맨발의 소녀

맨발의 소녀

킴벌리 브루베이커 브래들리 지음 • 이계순 옮김

라임

☆ 차례 ☆

걷지 못한다는 건

"에이다! 창문에서 떨어지지 못해?"

엄마가 내 팔을 홱 잡아당기며 소리쳤다. 나는 의자에서 떨어지면서 바닥에 철퍼덕 고꾸라졌다.

"그냥 스티븐 화이트한테 인사하고 있었을 뿐이에요."

나는 엄마한테 말대답을 할 만큼 바보는 아니었다. 하지만 때로는 머리보다 입이 빨랐다. 엄마가 뺨을 냅다 후려쳤다, 그것도 아주 세게. 나는 뒤로 벌러덩 넘어지면서 머리를 의자 다리에 찧었다. 잠시이긴 했지만 눈앞에 별이 번쩍였다.

"지나가는 사람들한테 말 걸지 마! 네가 창밖을 내다보도록 내버려 두는 건, 순전히 내가 착해서 그런 거야. 하지만 얼굴을 창밖으로 조금이라도 내미는 날엔 창문을 아예 판자로 막아 버릴 줄 알아."

"제이미는 마음대로 밖에 돌아다니잖아요."

나는 들릴 듯 말 듯한 목소리로 중얼거렸다.

"걔는 병신이 아니잖아. 너랑 차원이 다르지."

하고 싶은 말이 목구멍까지 치밀었지만 애써 꿀꺽 삼켰다. 고개를 흔들어 엄마의 말을 지우려 했다. 그때 바닥에 떨어진 핏자국이 보였다. 윽, 아까 깨끗이 닦아야 했는데. 엄마가 이걸 본다면 내가 뭘 했는지 금방 눈치챌 거다. 나는 슬금슬금 기어가 핏자국을 엉덩이로 잽싸게 가렸다. 그리고 뒤틀린 오른발을 한껏 오그려 몸 안쪽으로 숨겼다.

"차나 좀 끓여 봐. 조금 있다 일하러 나가야 하니까."

엄마가 침대 끄트머리에 앉아 스타킹을 벗더니, 두 발을 내 얼굴 앞에서 꼼지락대며 말했다.

"네."

나는 창문 밑에 있던 의자를 옆으로 살짝 밀어서 핏자국을 슬그머니 숨겼다. 그리고 딱지가 더덕더덕 내려앉은 오른발을 엄마가 보지 못하게 가리면서 바닥을 엉금엉금 기어갔다. 잠시 후, 다른 의자에 올라가 가스레인지에 주전자를 올린 뒤 불을 붙였다.

"빵도 좀 자르고, 찍어 먹게 고기 기름도 꺼내 놔. 네 동생 건 따로 남겨 놓고."

엄마가 비아냥거리며 덧붙였다.

"그래도 남는 게 있으면 창밖으로 어디 한번 던져 봐. 네가 차린 저녁을 스티븐 화이트가 얼마나 좋아하는지 보게……. 어때?"

나는 한마디도 하지 않았다. 그저 빵을 두툼하게 두 조각 자른 다음, 남은 빵은 싱크대 찬장에 대충 밀어 넣었다. 제이미는 엄마가 일하러 나갈 때까지 들어오지 않는 일이 많았다.

차가 준비되자 엄마가 머그잔을 가지러 왔다.

"네가 무슨 생각을 하는지 다 알아, 요 쬐끄만 계집애야. 날 거스를 수 있을 거라고 생각하지 마. 너는 지금 운이 아주 좋은 거야. 내가 꾹 참고 있으니까. 이보다 상황이 얼마나 더 나빠질 수 있는지 넌 상상도 못할걸."

나는 머그잔에 차를 따른 다음, 입에 한 모금 머금었다가 꿀꺽 삼켰다. 뜨거운 액체가 몸속을 짜르르 훑고 내려가자, 살을 지지는 듯한 통증이 느껴졌다. 엄마는 농담을 하는 게 아니었다.

세상엔 아주 다양한 전쟁이 있다. 내가 하려는 이 이야기는 지금으로부터 4년 전, 그러니까 1939년 여름의 길목에서 시작된다. 당시 영국은 제2차 세계 대전의 언저리에 있었고, 그 전쟁은 아직도 끝나지 않았다. 그때 난 열세 살이었다. 사람들은 이따금 골목길에서 히틀러라는 이름과 함께 욕설을 퍼부었고, 그 소리는 우리가 사는 낡은 아파트 창문으로 고스란히 날아들었다.

그 무렵까지만 해도 나는 히틀러나 그 전쟁하고 아무런 상관이 없었다. 이미 앞에서 나는 엄마와 전쟁 중이라는 걸 밝혔다. 실제로 내 첫 번째 전쟁은 그해 6월 남동생 제이미와 치른 것이었다.

갈색 더벅머리에 천사 같은 눈망울을 반짝이는 제이미는 완전 장난꾸러기였다. 엄마는 제이미가 여덟 살이 되었기 때문에 가을부턴 학교에 다녀야 한다고 했다. 나와 다르게 다리가 튼튼한 제이미는 걸을 때마다 양쪽 발바닥에서 따박따박 바닥을 딛는 소리가 났다. 제이미는 그 튼튼한 다리로 언제든 내게서 손쉽게 달아나곤 했다.

나는 혼자 있는 게 싫었다. 방 한 칸짜리 우리 집은 3층에 있었다. 건물 아래층에는 엄마가 밤마다 일하러 나가는 선술집이 있었다. 엄마는 매일 아침 늦게까지 잠을 잤다. 잠에서 깬 뒤에는 주로 물건을 사러 가게에 가거나 골목길에서 아줌마들과 수다를 떨었다.

저녁이 되어 엄마가 일하러 나가면, 나는 제이미한테 차를 끓여 준 뒤 노래를 불러 주면서 잠을 재웠다. 이 일을 아주 오래전부터 해 왔다. 제이미가 기저귀를 차고 다닐 때부터 쭉.

우리는 게임을 하거나 노래를 부르며, 작은 창문 너머로 바깥세상을 구경했다. 거리에는 손수레를 끌고 다니는 아이스크림 장수, 털이 텁수룩한 조랑말, 저녁마다 부두에서 퇴근해 집으로 돌아가는 아저씨, 그리고 함께 모여 빨래를 하거나 현관 앞에서 이야기를 나누는 아줌마들이 있었다. 아이들은 골목길에서 줄넘기나 술래잡기를 했다.

나는 계단을 내려가는 것까진 할 수 있었다. 손으로 바닥을 짚고 기어가거나 엉덩이를 질질 끌면서 내려가면 충분히 가능했다. 다른 사람의 도움 따윈 필요 없었다.

실제로 내가 위험을 무릅쓰고 밖으로 나갔을 때, 하필이면 엄마가 제일 먼저 나를 발견했다. 엄마는 내 어깨에서 피가 날 때까지 마구 때렸다.

"이게 어디서 내 얼굴에 먹칠을 하려고 들어? 넌 그냥 다리병신에 괴물이라고! 내가 널 밖으로 내보낼 것 같아?"

엄마가 바락바락 악을 써 댔다. 그러면서 내가 또 계단으로 내려가는 일이 생기면 우리 집 창문을 판자로 다 막아 버리겠다고 협박했다. 엄마는 항상 이런 식이었다.

내 오른발은 몹시 작은 데다 한껏 비틀려 있었다. 발바닥이 위쪽을 향한 채 발가락이 낱낱이 허공으로 뻗쳐 있었다. 대신에 발등이 바닥에 닿았다. 당연히 발목은 잘 움직이지 않았고, 어떻게든 발목에 힘을 줘서 걸을라치면 통증이 온몸을 휘감았다.

그래서 나는 오른발로 걷지 않고 주로 기어 다녔다. 방 한 칸짜리 집이라도 제이미와 함께 있을 땐 그런대로 참을 만했다. 하지만 제이미는 커 가면서 친구들과 거리에서 놀고 싶어 했다.

게다가 엄마는 일부러 제이미를 부추기곤 했다.

"너는 네 누나랑 달라. 가고 싶은 곳이 있으면 어디든 가도 돼."

"그런 게 어디 있어요? 제이미는 제 옆에 있어야 해요."

"왜 그래야 하는데? 얘는 정상이잖아."

나는 할 말을 잃고 말았다.

처음엔 제이미가 내 말을 곧잘 들었다. 하지만 친구를 사귀고 나서부터는 하루 종일 보이지 않았다. 이따금씩 템스강의 부두에서 본 것들을 내게 들려주곤 했다. 전 세계에서 몰려든 거대한 배들이 그곳에서 싣고 온 짐을 모두 내린다고 했다. 또, 우리가 살고 있는 아파트보다 훨씬 더 큰 창고와 기차에 대해서도 말해 주었다. 제이미는 시간을 종소리로 알려 주는 세인트 메리 교회도 봤다고 했다.

여름이 되면서 낮이 점점 길어지자, 제이미가 밖에 있는 시간이 늘어났다. 엄마가 일하러 나간 다음에야 겨우 집에 들어오곤 했다. 제이미는 내내 밖에 있었고, 엄마는 전혀 신경 쓰지 않았다.

우리 집은 감옥이었다. 그 뜨거운 열기와 적막, 공허감을 참을 수가 없었다. 나는 제이미를 못 나가게 하려고 온갖 짓을 다 했다. 문을 잠가 보기도 했지만, 제이미는 이제 나보다 힘이 더 세었다.

그러던 어느 무더운 여름날, 나는 제이미를 옆에 두기 위해 잠든 틈을 타서 팔과 다리를 끈으로 묶었다. 제이미는 한참 만에 잠에서 깼다. 몸부림을 한 번 치더니, 무기력하게 누워서 나를 빤히 쳐다보았다.

그런데 그때 제이미의 뺨에서 눈물이 주르륵 흘러내렸다. 나는 얼른 끈을 풀었다. 나 자신이 괴물처럼 느껴졌다. 끈으로 묶여 있었던 제이미의 손목에 빨간 자국이 선명하게 나 있었다.

"다신 안 그럴게. 약속해, 절대로."

제이미는 계속 눈물을 흘렸다. 나는 지금껏 제이미를 아프게 한 적이 없었다. 때린 적도 없었다, 단 한 번도.

"알았어. 집에 있을게."

제이미가 나직이 말했다.

"아니야, 그러지 않아도 돼. 이거 먹고 나가 놀아."

나는 제이미한테 차와 빵, 찍어 먹을 고기 기름을 갖다 주었다. 그날 아침엔 우리 둘만 있었다. 엄마는 어디론가 나가고 없었다. 나는 제이미의 머리를 쓰다듬은 뒤, 정수리에 입을 맞춰 주었다. 다정하게 노래를 불러 주며 제이미의 기분을 풀어 주려 애썼다.

"이제 곧 학교에 가겠구나. 그러면 너는 하루 종일 밖에 있겠지? 난 괜찮을 거야. 괜찮아지도록 뭐든 해 볼게."

그제야 실감이 났다. 나는 제이미를 구슬려 밖에 나가 놀도록 했다. 창문 너머로 손도 흔들어 주었다. 그리고 걷는 연습을 하기 시작했다. 만약 내가 걸을 수 있었다면, 엄마가 나를 그토록 부끄럽게 여기지 않았을지도 모른다.

여기서 내 발의 문제가 뭔지 정확히 짚고 넘어가야겠다. 나는 일어설 수도 있고 한쪽 발로 뛸 수도 있었다. 하지만 두 손과 무릎으로 기어가는 게 훨씬 빨랐다. 게다가 우리 집은 굉장히 좁은 데다 천장이 낮아서 굳이 힘들게 똑바로 설 필요가 없었다.

어쨌든 걷기 위해선 오른발을 바닥에 디뎌야 했다. 그리고 그 발로 체중을 지탱하면서 왼발을 바닥에서 떼어야 했다. 나는 균형이 안 맞는 오른발로 버티고 서서, 넘어지지 않으려 안간힘을 쓰며 극심한 고통을 참아내야 했다.

첫째 날에는 온몸을 흔들거리며 가까스로 제자리에 서 있었다. 체중을 왼발에서 오른발로 천천히 옮겼다. 숨이 턱 막혔다. 그동안 줄곧 걸어 다녔다면, 발 상태가 이렇게 나빠지지 않았을지도 모른다.

의자에서 손을 떼고 오른발을 앞으로 천천히 내디뎠다. 발목이 날카로운 칼에 찔리는 듯한 통증이 밀려들었다. 결국 얼마 안 가서 바닥에 픽 쓰러지고 말았다.

의자를 붙잡고 다시 일어났다. 마음을 억지로 가라앉혔다. 걸음을 앞으로 옮겼다. 또 바닥에 쓰러졌다. 가까스로 몸을 일으켜 앉았다. 한 번 더 시도했다. 이번엔 왼발을 앞으로 내디뎠다. 숨을 짧게 들이쉰 후 오른발을 옮겼다. 쿵, 바닥에 또다시 쓰러져 버렸다.

오른발의 발등이 찢어졌다. 바닥에 여기저기 피가 묻었다. 얼마 후, 더 이상 시도를 하지 못하고 무릎을 꿇고 말았다. 부들부들 떨리는 몸으로 걸레를 가져와 바닥에 묻은 피를 닦았다.

둘째 날은 더 심했다. 왼쪽 발과 다리가 모두 아팠다. 두 다리로 서 있는 것조차 힘들었다. 수도 없이 쓰러져서 양쪽 무릎엔 멍이 들었고,

오른발에는 염증이 생겼다. 그래서 그날은 의자를 잡고 서 있는 것만 했다. 그렇게 서서 창문 너머로 밖을 내다보았다. 체중을 양쪽 발에 번갈아 싣는 연습을 했다. 그런 다음 침대로 가서 누웠다. 너무 지쳐서, 너무 아파서 한참 동안 흐느껴 울었다.

당연히 나는 아무한테도 이 일에 대해 말하지 않았다. 내가 잘 걸을 수 있을 때까진 엄마한테 비밀로 하고 싶었다. 그리고 제이미의 입은 믿을 수가 없었다. 내가 걷기 시작했다는 소식을 길거리에다 대고 크게 외칠 수도 있었다.

나는 매일 창문 너머로 사람들을 지켜보았다. 어떨 땐 말을 걸기도 했다. 그러면 사람들은 손을 흔들어 주거나 "에이다, 안녕!" 하고 소리치며 인사를 건넸다.

내가 걷게 된다면 엄마가 환하게 미소를 지을지도 모른다. 어쩌면 이렇게 말할지도 모르지.

"아이고, 우리 딸! 기특하기도 하지."

생각이 계속 앞서 나갔다. 힘든 하루를 보낸 뒤, 침대에서 다리를 움켜쥐고서 더 이상 울지 않으려 애쓰며 몸을 부르르 떨었다.

엄마가 내 손을 잡고 계단을 내려가는 모습을 상상해 보았다. 엄마가 나를 거리로 이끌면서 사람들한테 "얘가 에이다예요. 제 딸이요. 보세요, 생각했던 것만큼 심각하지 않지요?"라고 말하는 걸……. 어쨌든 내 엄마니까.

저녁에는 창가에 앉아서 제이미를 붙잡고 늘어졌다.

"오늘은 뭘 봤어?"

"과일 가게에 갔어. 정말 많더라. 탁자 위에 잔뜩 쌓여 있더라고."

"뭐가?"

"어……, 사과. 조금 다르게 생긴 것도 있고. 또 주황색에 동글동글한 과일도 있었고, 또 초록색에……."

"이름을 알아 왔어야지."

"그럴 수 없었어. 주인아저씨가 날 보면 막 쫓아내거든. 과일을 훔쳐 가는 더러운 거지들은 필요 없다면서. 빗자루를 들고 막 쫓아온다니까."

"넌 더러운 거지가 아니잖아. 훔치지도 않고."

"음, 그게……."

제이미는 이렇게 말하며 손을 셔츠 안으로 쓱 넣었다. 그러더니 사과와 조금 다르게 생긴 과일, 그러니까 부드러운 노란색 과일을 하나 꺼냈다. 그땐 그 이름을 몰랐지만, 지금 생각해 보니 배였다. 한 입 베어 물자 과즙이 뺨을 타고 흘렀다. 이렇게 맛있는 건 처음이었다.

이튿날 제이미는 토마토를 하나 훔쳤다. 그리고 그날 오후, 정육점에서 고기 한 덩어리를 훔치려다가 붙잡히고 말았다. 정육점 주인아저씨는 길 한복판에서 제이미를 흠씬 두들겨 팬 뒤, 집으로 끌고 와 엄마한테 자초지종을 다 말했다.

엄마는 제이미의 목을 잡아채고서 마구 때렸다.

"이 멍청한 녀석! 과자나 사탕을 훔칠 것이지! 대체 고깃덩어리로 뭘 하려고?"

"누나가 배고프단 말이에요."

제이미가 훌쩍거리며 말했다.

사실 나는 항상 배가 고팠다. 하지만 그렇게 말하면 안 되는 거였다.

그건 제이미도 알고 있었다. 금세 눈을 동그랗게 뜨며 겁먹은 표정을 지었다.

아니나 다를까, 엄마가 몸을 홱 돌려 나를 노려보았다.

"너야? 동생한테 물건을 훔치라고 가르친 게? 아무짝에도 쓸모없는 계집애 같으니라고!"

엄마는 내게로 다가오더니 손바닥을 높이 치켜들었다. 생각할 겨를도 없이, 나는 단지 엄마 손을 피하기 위해 자리에서 벌떡 일어났다. 아차! 나는 그 자리에서 꼼짝하지 않았다. 한 걸음도 뗄 수 없었다. 내 비밀을 들키지 않으려면 말이다.

엄마가 이글이글 불타는 눈빛으로 나를 째려보았다.

"사람은 자기 분수를 알아야 해. 그렇지? 싱크대 밑으로 당장 기어 들어가!"

"안 돼요, 엄마. 제발."

나는 바닥에 주저앉으며 말했다. 싱크대 밑은 축축한 데다 쿰쿰한 냄새가 났다. 수도 배관에서 물이 툭툭 떨어졌기 때문이다. 게다가 바퀴벌레까지 살았다. 탁 트인 곳에서 보는 바퀴벌레는 별문제가 없었다. 종이로 때려잡은 다음, 창문 밖으로 내던지면 그만이었다.

하지만 어두운 싱크대 밑에서는 그 녀석들을 잡을 길이 없었다. 녀석들은 내 몸을 구석구석 기세 좋게 돌아다녔다. 그러다 한 마리가 내 귓속으로 기어 들어간 적도 있었다.

"어서 들어가."

엄마가 싱긋 웃으며 재촉했다.

"차라리 제가 들어갈게요. 고기를 훔친 건 저니까."

제이미가 말했다.

"아니, 네 누나가 들어갈 거야."

엄마는 제이미를 보며 살며시 미소를 지었다.

"누나는 오늘 밤 내내 싱크대 밑에 있을 거야. 네가 또 뭔가를 훔치다 걸리면 언제든지 다시 들어갈 거고."

뭔가 안 좋은 일이 있을 때, 나는 내 머릿속으로 들어가 숨곤 했다. 그러고 나면 의자 위든 싱크대 밑이든, 아무튼 어디든 있을 수 있었다. 무엇을 보거나 듣거나 느끼는 건 할 수 없고, 오로지 사라지는 것만 할 수 있었다.

어느덧 8월 말이 되었다. 제이미의 입학식이 얼마 남지 않았다. 제이미가 학교에 가는 건 두렵지 않지만, 엄마와 둘만 있는 시간이 늘어나는 건 정말 끔찍했다. 다행히 그날은 제이미가 일찍 집에 들어왔다. 그런데 뭔가 몹시 당황스런 일이 있었던 듯 다급하게 말했다.

"빌리 화이트가 그러는데, 애들이 전부 떠나고 있대요."

빌리 화이트는 스티븐 화이트의 동생이자 제이미와 가장 친한 친구였다. 그때 마침 엄마는 일하러 나갈 준비를 하고 있었다. 몸을 굽혀 신발 끈을 묶던 엄마가 허리를 쭉 펴고 앉으며 대꾸했다.

"그래, 그런다더라."

"떠난다니, 그게 무슨 소리예요?"

내가 물었다. 하지만 엄마는 내가 아니라 제이미를 보며 대답했다.

"런던을 떠난다고, 히틀러랑 폭탄 때문에. 런던에 폭탄이 떨어질 거라서 아이들을 전부 여기서 먼 시골로 보낸다나 봐. 안전한 곳으로 말이지. 너를 보낼지 말지는 아직 결정 안 했어. 그런데 보낼까 싶어. 입이 하나라도 줄면 돈이 덜 들겠지."

"폭탄이요? 시골로 간다고요?"

내가 물었지만 엄마는 또다시 나를 무시했다.

제이미는 의자에 비스듬히 누워서 발을 흔들었다. 그렇게 하니까 몸집이 매우 왜소해 보였다.

"빌리네 형제들은 토요일에 떠난대요."

앞으로 이틀 남았다.

"그리고 걔네 엄마는 애들한테 옷을 새로 사 준다나 봐요."

그러자 엄마가 말했다.

"나는 옷 사는 데 돈을 쓰지 않을 거야."

"저는요? 저도 가나요? 네?"

내가 기어 들어가는 목소리로 물었다.

엄마는 여전히 날 보지 않은 채 대답했다.

"당연히 아니지. 여기 애들은 피난 가서 좋은 사람들하고 살 거야. 그런데 누가 널 원하겠니? 착하고 좋은 사람들은 그런 발을 보고 싶어 하지 않을 텐데."

"끔찍한 사람이라도 괜찮아요. 어차피 여기랑 별반 다르지 않을 테니까요."

엄마 손이 날아오는 게 보였지만 재빨리 피하지 못했다.

"요게 어디서 말대꾸야?"

엄마 입이 묘하게 뒤틀리더니 서서히 미소로 바뀌었다. 나는 가슴이 옥죄어 왔다.

“너는 떠날 수 없어. 절대로 안 돼. 바로 여기, 이 방에 처박혀 있어. 폭탄이 떨어지든 말든.”

제이미의 얼굴이 하얗게 질렸다. 제이미가 뭔가 말하려고 입을 달싹였다. 나는 제이미를 향해 고개를 세차게 저었다. 제이미는 입을 꾹 다물었다. 그리고 엄마가 집에서 나가자마자 내 품으로 달려와 폭 안겼다.

“걱정하지 마.”

나는 제이미를 안고 천천히 흔들며 말했다. 여름 동안 대비를 잘해 둔 것 같아서 다행이란 생각이 들었다.

“제이미, 언제 어디로 나가야 하는지 알아봐. 우리는 같이 떠날 거야, 같이.”

선택받지 못한 아이

토요일 새벽, 나는 엄마 신발을 훔쳤다. 그럴 수밖에 없었다. 제이미의 운동화를 빼면 우리 집에 있는 유일한 신발이었기 때문이다. 제이미의 신발은 내 오른발에도 작았다. 엄마 신발은 너무 커서 발가락 쪽에 종이를 채워 넣어야 했다. 오른발은 헝겊으로 꽁꽁 싸맨 뒤 끈으로 단단히 묶었다. 신발이 익숙하진 않지만, 그럭저럭 신고 다닐 만했다.

제이미가 깜짝 놀라서 나를 쳐다보았다.

"신발을 신고 가야 해. 안 그러면 사람들이 내 발만 볼 테니까."

"누나, 일어설 수 있어? 걸을 수도 있고?"

내 인생에서 정말 중요한 순간이지만, 지금은 그게 문제가 아니었다. 내 앞에 닥친 일이 산 넘어 산이었다.

"응, 그래."

나는 엄마를 힐끗 보며 대답했다. 엄마는 침대에 누운 채 코를 골고 있었다. 나를 자랑스럽게 여길까? 설마, 그럴 리가.

나는 엉덩이로 계단을 미끄러지듯 내려갔다. 계단 끝에서 일어날 때는 제이미가 도와주었다. 우리는 새벽의 고요한 거리로 나갔다. 한 걸음씩 가자, 한 번에 한 걸음씩.

땅에 발을 디디는 건 꽤 흥미로운 경험이었다. 새벽녘의 하늘은 연붉은색이었고, 건물들 사이로 희뿌연 안개가 어룽거렸다. 그래서인지 이 순간 모든 것이 아주 멋지게 보였다.

나는 몸을 지탱하기 위해 오른손으로 제이미를 꼭 붙잡고 걸었다. 왼손에는 음식이 들어 있는 종이 봉지를 들고 있었다. 아침거리였다. 제이미는 그날 아침 9시까지 학교에 가야 한다고 말했다. 아직 몇 시간이나 남았지만, 나는 집을 일찍 나서는 게 좋겠다고 생각했다. 학교까지 얼마나 걸릴지 알 수 없었기 때문이다. 그리고 사람들이 나를 쳐다보는 것도 싫었다.

창문으로 볼 땐 몰랐는데 길이 꽤 울퉁불퉁했다. 집 안에서보다 걷기가 훨씬 더 힘들었다. 신발 덕분에 골목길 끝까지는 어렵사리 걸어갔지만, 그 뒤로는 발이 너무 아파서 한 발짝도 더 움직일 자신이 없었다. 그래도 한참을 꿋꿋이 걸어갔다.

"여기서 돌면 돼. 거의 다 왔어."

제이미가 내게 속삭였다.

나는 앞으로 한 걸음 더 내디뎠다. 오른발이 꼬이면서 바닥에 쿵 넘어졌다. 숨을 쉴 수가 없었다. 제이미가 내 옆에 무릎을 꿇고 앉았다.

"기어서 가도 돼. 아무도 보지 않으니까."

"얼마나 더 가야 돼?"

"세 블록."

그러면서 제이미가 얼른 덧붙였다.

"블록이란, 길을 사이에 두고 서로 모여 있는 건물을 말하는 거야. 그러니까 앞으로 길을 세 개 더 건너면 돼."

나는 거리를 대충 가늠해 보았다. 길 세 개라……. 내겐 삼 킬로미터처럼 아득하게 느껴졌다. 아니, 삼백 킬로미터 같았다.

"알았어. 기어서 가 볼게."

하지만 길거리에서 기는 건 생각보다 몹시 힘들었다. 내 양쪽 무릎엔 이미 굳은살이 단단히 박혀 있는데도, 돌바닥에 닿을 때마다 쓰리고 아팠다. 질척거리는 흙바닥도 질색이었다. 군데군데 흩어져 있는 쓰레기까지……. 한 블록을 겨우 지난 후, 나는 제이미의 손을 잡고서 가까스로 몸을 일으켰다.

"그동안 왜 안 걸었어? 걸을 수 있으면서."

"얼마 안 됐어. 올 여름부터 연습했거든, 네가 밖에 나가 노는 동안."

제이미가 고개를 끄덕이며 말했다.

"아무한테도 말 안 할게."

"이제 상관없어."

얼핏 봐도 세상은 몹시 거대하게 느껴졌다. 고개를 들어 건물 꼭대기를 쳐다보면 절로 현기증이 일었다.

학교의 벽돌 건물 주변으로 철제 울타리가 둘러쳐져 있었다. 우리는 아무도 없는 운동장으로 걸어 들어갔다. 나는 운동장에 도착하자마자 바닥에 털썩 주저앉았다. 너무 허기가 져서, 빵을 설탕에 조금씩 찍어 먹었다. 정말 맛있었다.

"엄마 몰래 가져온 거야?"

제이미가 눈을 동그랗게 뜨며 물었다.

"응, 몽땅."

우리는 소리 내서 크게 웃었다.

움직이지 않고 가만히 있어서 그런지, 아침 공기가 제법 쌀쌀하게 느껴졌다. 땅바닥이 축축했다. 다행히 끊어질 듯 아팠던 발목의 통증은 약간 욱신대는 정도로 가라앉았다. 나는 고개를 들어 학교 건물을 둘러보았다. 벽돌로 화려한 무늬를 넣은 건물 벽과 얇은 나무판을 겹겹이 쌓아서 만든 지붕, 그리고 네모난 창틀과 새 몇 마리가 눈에 들어왔다.

바로 그때, 제이미가 나를 팔꿈치로 쿡 찔렀다. 어떤 여자가 운동장을 가로질러 걸어오고 있었다. 그 여자가 우리를 보며 미소를 지었다.

"일찍 왔네?"

학교 선생님인가 보구나. 나는 고개를 끄덕이며 활짝 웃어 주었다.

"아빠가 일하러 나가시기 전에 데려다주셨어요. 선생님들이 잘 보살펴 주실 거라면서요."

"그래, 맞아. 날씨가 아직 차가운데, 교무실에 가서 기다릴래?"

우리는 얼른 고개를 끄덕였다. 그런데 자리에서 일어나는 순간, 선생님이 내가 절뚝거린다는 사실을 알아차렸다. 아니, 정확히 말해서 나는 절뚝거리지 않고 비틀거렸다. 다행히 제이미가 나를 재빨리 붙잡았다.

"이런, 괜찮니? 왜 그런 거야?"

"다쳤어요. 오늘 아침에요."

이건 어느 정도 사실이었다.

"선생님이 좀 봐도 되겠니?"

"아니요, 벌써 나아지고 있는걸요."

나는 앞으로 걸어 나가며 말했다.

그 이후로는 별문제가 없었다. 선생님과 오래도록 마주 앉아 있는 것이 낯설고 어색하긴 했지만, 아주 어려운 일은 아니었다.

얼마 뒤, 나는 제이미의 손을 잡고서 운동장으로 걸어 나갔다. 어느새 아이들이 운동장에 잔뜩 모여 있었다. 선생님이 우리를 맨 끝줄에 세웠다. 기차역까지는 일 킬로미터 남짓이라고 했다. 그런데 나는 도저히 더 이상 걸을 엄두가 나지 않았다. 이미 기진맥진해 있었다.

바로 그 순간, 아이들 사이에서 낯익은 얼굴이 보였다.

"에이다?"

스티븐 화이트였다. 스티븐은 그 집 형제 중 맏이였다. 스티븐과 막내 빌리 사이엔 여자 형제가 셋이 더 있었다. 화이트 남매들이 우르르 몰려와 나를 쳐다보았다. 창문 너머로 말고, 이렇게 가까이에서 보는 건 처음이었다.

"응, 맞아."

내가 고개를 끄덕이자, 스티븐은 깜짝 놀란 표정을 지었다.

"네가 여기에 올 줄은 몰랐어. 너희 엄마가 그러셨거든. 너를 좋아하는 사람들이 있는 특별한 곳으로 갈 거라고."

우리 엄마는 정작 내게 그런 이야기를 한 적이 없었다.

"나를 좋아하는 사람들이라니, 그게 무슨 뜻이야?"

스티븐은 시선을 피하며 아래를 내려다보았다.

"너도 알잖아."

스티븐이 기어 들어가는 목소리로 대답했다.

물론 나도 알고 있었다.

"내 몸에 장애가 있어서?"

그러자 스티븐이 깜짝 놀라며 고개를 번쩍 들었다.

"아니……, 그게 정신적 장애 말이야. 다들 네가 모자란 애라고 말했거든. 나는 네가 말도 못 하는 줄 알았어."

나는 창문으로 밖을 내다보는 내내 아주 온전한 정신으로 있었다.

"내가 창문가에서 너한테 말을 걸었잖아."

스티븐의 표정이 몹시 불안해 보였다.

"네가 손을 흔들면서 뭐라 하는 것 같긴 했지만, 밑에선 정확하게 들리지 않았거든. 그리고 너희 엄마가 그랬어. 널 위해서 방문을 계속 잠그고 있어야 한다고."

그 순간, 스티븐이 내 발을 보았다.

"발이 불편하니?"

나는 고개를 끄덕였다.

"그런데 여기까지 어떻게 왔어?"

"걸어서. 제이미를 혼자 보낼 수가 없었거든."

"힘들었겠네?"

"응."

그때 내가 이해할 수 없는 묘한 표정이 스티븐의 얼굴에 스쳐 지나갔다.

"네가 여기에 온 거, 너희 엄마도 아시니?"

나는 거짓말을 해야 했다. 입을 막 달싹이려는 순간, 제이미가 끼어들었다.

"아니, 우리 엄마는 누나가 폭탄에 맞을 거라고 했어."

그러자 스티븐이 고개를 끄덕이며 말했다.

"기차역까지 걸어가는 건 걱정하지 마. 내가 업어 줄게."

나는 그게 무슨 소린지 몰랐다. 하지만 스티븐의 여동생이 나를 보고 미소를 지으며 말했다.

"우리 오빠는 나도 잘 업어 줘."

나도 그 애에게 환히 웃어 주었다. 말하는 품새가 제이미와 똑 닮아서였다.

"알았어, 그러면."

한참 뒤, 정말로 스티븐이 나를 업고 기차역까지 갔다. 제이미와 나를 교무실로 데려갔던 선생님이 스티븐한테 도와줘서 고맙다고 인사를 했다.

기차역 대합실은 아이들로 몹시 북적였다.

"기차에 올라탈 수 있겠어?"

스티븐이 나를 바닥에 내려놓으며 물었다. 나는 제이미의 어깨를 붙잡으며 대답했다.

"당연하지."

스티븐은 고개를 끄덕인 다음, 빌리와 여동생들을 불러 모았다. 그러더니 갑자기 몸을 돌려 대뜸 내게 물었다.

"너한테 정신적으로 문제가 없다면, 너희 엄마는 왜 그동안 너를 방

안에 가둬 둔 거야?

"내 발 때문에."

그러자 스티븐이 고개를 저으며 말했다.

"미쳤군."

나는 스티븐을 가만히 쳐다보았다. 미쳤다고?

우리는 곧 기차에 올랐다. 기차는 정오를 알리는 교회 종소리가 울리기 전에 출발했다. 드디어 제이미와 나는 탈출했다. 엄마와 히틀러의 폭격, 방 한 칸짜리 감옥, 그 모든 것에서. 미쳤든 안 미쳤든, 바야흐로 나는 자유로운 몸이 되었다.

예상한 일이지만 기차는 절망적인 분위기로 가득했다. 나와 달리, 아이들 대부분은 런던을 떠나는 걸 반기지 않았다. 몇몇 애들은 벌써부터 울음을 터뜨렸다. 어떤 애는 한쪽 구석에서 끙끙 앓았다.

우리 칸에 배정된 선생님은 부지런히 돌아다니면서 어질러져 있는 물건들을 치우고, 싸우는 남자애들을 뜯어 말렸다. 그러면서 이 기차엔 화장실이 없으니 가고 싶어도 꾹 참아야 한다고 했다. 그런 이야기를 세 번, 아니 열 번, 아니 한 백 번쯤 반복했다. 이 기차가 어디로 가는지 아는 사람은 아무도 없었다.

기차에는 화장실뿐 아니라 마실 것도 없었다. 집에서 챙겨 온 빵도 이미 다 먹었다. 나는 제이미의 손바닥에 설탕을 조금 부어 주었다. 제이미는 설탕을 고양이처럼 야금야금 핥아 먹었다.

창문 밖 세상은 점점 더 빠르게 지나갔다. 눈에 힘을 뺀 채 초점을 맞추지 않고 바라보면 바깥 풍경이 흐릿하게 번진 채 내 옆을 지나갔다. 하지만 뭔가를 집중해서 바라보고 있으면 내 고개가 꺾이면서 뒤로 돌아갔다. 그러니까 움직이는 건 세상이 아니라 기차였다.

어느 순간 건물들이 싹 사라지더니 세상이 온통 초록색으로 바뀌었다. 눈부시게 싱그러운 초록색이 파란 하늘 밑에서 선명하게 나풀거렸다. 나는 그 초록색을 한동안 넋 놓고 바라보았다.

"저게 뭘까?"

"풀이야."

제이미가 대답했다.

"풀?"

제이미는 저 초록색이 뭔지 알고 있었단 말이야? 우리 집 골목길엔 풀이 한 포기도 자라지 않았다. 그래서 나는 저것과 비슷하게 생긴 것도 본 적이 없었다. 내가 알고 있는 초록색은 양배추나 옷이 전부였다.

제이미가 고개를 끄덕였다.

"저건 땅에서 자라는 건데 끝이 뾰족뾰족해. 그렇다고 가시처럼 따끔거리지는 않아. 교회 공동묘지의 묘비 주변에 풀이 잔뜩 나 있었어. 키가 큰 나무도 있었고. 저기 저쪽에 있는 게 나무야."

제이미가 차창 너머 어딘가를 가리켰다. 나무는 길쭉하니 늘씬했다. 꼭 엄청나게 큰 셀러리 줄기 같았다. 그리고 꼭대기는 초록색이 폭발한 듯이 보였다.

"교회 공동묘지엔 언제 간 거야?"

그런데 공동묘지가 뭐지? 이건 다음에 물어봐야겠다. 제이미가 어깨를 으쓱하며 대답했다.

"세인트 메리 교회 있잖아. 거기서 묘비들을 껑충껑충 뛰어넘으면서 놀았더니 목사가 우리를 막 쫓아내더라고.”

나는 초록색 풀들이 희미해질 때까지 계속 바라보았다. 늦잠을 자지 않으려고 전날 밤을 거의 뜬눈으로 지샌 탓에 자꾸만 눈꺼풀이 감겼다. 바로 그때, 제이미가 속삭였다.

“누나, 누나, 저것 좀 봐.”

조랑말에 탄 여자애가 우리가 탄 기차와 경주를 하고 있었다. 조랑말에 올라탄 채 양쪽 다리를 쩍 벌리고서. 손에는 끈 같은 걸 쥐고 있었는데, 조랑말 머리와 연결되어 있었다. 그 여자애는 기쁨에 겨워 활짝 웃고 있었다. 조랑말 타는 걸 매우 즐기고 있는 게 틀림없었다.

우리 집 골목길에도 조랑말이 있었다. 하지만 하나같이 뒤에 커다란 수레를 달고 있었다. 나는 조랑말을 저렇게 탈 수 있는 건지 몰랐다. 조랑말이 저토록 빨리 달릴 수 있는지도 처음 알았다.

그 여자애는 휘날리는 조랑말 갈기 쪽으로 몸을 숙였다. 이윽고 양쪽 다리로 조랑말 옆구리를 쿵 쳤다. 그러자 조랑말이 앞으로 돌진했다. 갈색 다리는 공중을 날고, 두 눈은 반짝 빛났다. 기차가 풀밭을 크게 돌며 곡선을 그리자 조랑말도 같이 휘돌았다.

그때 그 여자애 앞에 돌담이 나타났다. 나는 숨을 헉 들이마셨다. 저기에 부딪히면 크게 다칠 텐데, 왜 조랑말을 멈춰 세우지 않는 거지? 잠시 후, 그 여자애는 조랑말에 탄 채 돌담을 풀쩍 뛰어넘었다. 그리고 기차 선로가 풀밭에서 멀어질 때까지 계속 달렸다.

그 순간, 나는 힘차게 달려서 도약하는 기분을 맛보았다. 공중으로 붕 떠올라 부드러운 공기를 마음껏 들이마시는 느낌……. 나는 그것을 온몸으로 느꼈다. 마치 전에도 수없이 느껴 봤던 것처럼.

나는 차창을 톡톡 두드리며 말했다.

"나도 저렇게 할 거야."

그러자 제이미가 피식 웃었다.

"왜, 안 돼?"

"음, 우리 누나는 잘 걸으니까."

기차는 가다 서다를 반복했다. 뜨거운 햇살이 창문으로 쏟아져 들어와 공기를 바짝바짝 말렸다. 얼마나 달렸을까? 마침내 기차가 어느 항구에 멈춰 섰다.

그런데 어떤 아줌마가 플랫폼에 버티고 서서 우리를 내리지 못하게 했다. 그 아줌마는 교장 선생님과 한참 동안 실랑이를 벌였다. 그다음엔 다른 선생님과, 또 그다음엔 차장과…….

선생님들은 그 아줌마한테 부디 온정을 베풀어 아이들을 내리게 해 달라고 부탁했다. 하지만 군복 같은 옷에 앞치마를 두른 그 아줌마는 철가면을 쓴 듯 딱딱한 표정으로 서류철을 딱딱 두드리며 단호하게 거절했다.

"우리는 젖먹이를 안고 있는 엄마들이 70명 올 줄 알았습니다, 초등학생 200명이 아니라……. 여기 그렇게 적혀 있어요. 자, 보세요."

"거기 뭐라고 적혀 있는지는 그쪽 사정이고요."

교장 선생님이 톡 쏘며 되받아쳤다.

그때 우리 칸에 있던 선생님이 고개를 절레절레 흔들더니 기차 문을 활짝 열었다.

"애들아, 나와. 기차역에 화장실이 있어. 선생님이 먹을 것과 마실 것 좀 찾아볼게. 어서 내려."

우리는 앞다투어 플랫폼에 내려선 뒤, 대합실 쪽으로 우르르 몰려나갔다. 다른 선생님들도 기차 문을 하나씩 열었다. 그 철가면 아줌마가 우리를 보며 고래고래 소리를 질렀지만, 우리는 일부러 들은체만체하며 그 옆을 재빠르게 지나갔다. 아이들은 시끄럽게 소리를 지르며 소란을 피웠다.

제이미는 내가 기차에서 내리는 걸 도왔다. 온몸이 뻣뻣하게 느껴졌다. 그리고 난감한 순간이 다가왔다. 나는 제이미한테 조심스럽게 물었다.

"화장실에 가려면 어떻게 해야 해?"

우습게 들리겠지만, 화장실은 이번이 처음이었다. 우리 집 복도 끝에는 여러 사람이 같이 쓰는 공중 화장실이 하나 있었다. 하지만 나는 집 안에서 양동이에다 볼일을 보았고, 엄마나 제이미가 그걸 화장실에 가져가서 비웠다.

"나는 남자 화장실로 갈 거야."

"그게 뭐야?"

"저기, 보여?"

제이미가 대합실 쪽에 있는 문 두 개를 가리키며 되물었다. 남자애들은 전부 오른쪽 문으로 들어가고, 여자애들은 모두 왼쪽 문으로 들어가고 있었다. 지금은 문밖으로 줄이 길게 이어졌다.

"그럼, 들어가선 어떻게 해?"

"오줌을 누고 물을 내리면 돼."

"물을 내려? 어떻게?"

"그 안에 들어가 보면 손잡이 같은 게 있을 거야. 그걸 아래로 내려."

나는 줄을 서서 내 차례를 기다렸다. 그리고 안으로 들어가 물 내리는 것까지 무사히 해결했다. 바깥쪽에 세면대가 보였다. 나는 세면대로 가서 빨갛게 달아오른 얼굴에 물을 끼얹었다.

어떤 여자애가 바로 맞은편 세면대를 사용하고 있었다. 초라한 옷차림에 꼬질꼬질해 보이는 그 여자애는 왠지 낯이 익었다. 기분이 이상했다. 나는 그 애를 보며 얼굴을 찡그렸다. 그 애도 날 보며 똑같이 얼굴을 찡그렸다.

그제야 거울을 보고 있다는 걸 깨달았다. 엄마한테도 거울이 있었다. 하지만 높은 곳에 걸려 있었기 때문에 굳이 거울을 보려고 애를 쓰지는 않았다.

불현듯 오싹한 기분이 들었다. 거울 속의 나는 푸석푸석한 머리칼이 서로 뒤엉켜 있는 데다 안색은 몹시 창백했다. 거뭇거뭇하게 굳은살이 박힌 무릎은 볼썽사납게 낡은 치마 밑으로 툭 튀어나와 있었다. 갑자기 내가 너무나 초라하고 형편없게 느껴졌다. 어이없게도 그동안 나는 다른 여자애들과 별반 다르지 않을 거라고 생각했다.

하지만 어쩌겠는가? 나는 숨을 크게 들이마신 다음, 휘청거리며 밖으로 나갔다. 제이미가 기다리고 있었다. 제이미 역시 다른 남자애들보다 더 지저분해 보였다. 셔츠는 해져서 원래 색이 무엇인지 알 수가 없었고, 손톱 밑엔 때가 까맣게 끼어 있었다.

"우리, 목욕 좀 해야겠다."

그러자 제이미가 어깨를 으쓱하며 대답했다.

"상관없어."

런던의 우리 집에서 창밖을 내다보면, 길 건너편 왼쪽으로 세 번째 건물 모퉁이에 생선 가게가 하나 있었다. 그 가게 주인은 아침마다 생선을 가져와 차가운 돌판 위에 쭉 늘어놓고 팔았다. 여름엔 뜨거운 열기로 생선이 빨리 상할 수 있기 때문에, 손님들은 가장 신선하고 좋은 놈으로 신중하게 골라야 했다.

돌판 위의 생선, 그게 바로 우리들이었다. 선생님들이 우리를 데리고 거리로 내려가 커다란 건물로 들어갔다. 우리를 한쪽 벽에 일렬로 쭉 세웠다. 마을 사람들이 우르르 몰려와, 우리가 그들의 집에 데려갈 만큼 건강하고 예쁘고 상냥해 보이는지 낱낱이 살폈다. 사람들의 표정과 대화로 판단할 때, 대부분은 우리를 탐탁지 않게 여기는 듯했다.

"아이고, 세상에나! 왜 이렇게 더러워?"

어떤 아줌마가 꼬마 여자애에게 다가가 머리 냄새를 킁킁 맡더니 코를 막으며 소리쳤다.

"씻기면 됩니다."

철가면 아줌마가 단호한 목소리로 말했다. 그런 다음 서류철을 손에 들고서 마을 사람들한테 말했다.

"지금 우리에겐 넓은 마음이 필요합니다. 너무 많은 걸 바라서도 안 되고요. 그저 우리의 몫을 감당해야 합니다."

"제 몫은 거리를 돌아다니는 더러운 시궁쥐들까지 돌보는 게 아니라고요. 이 녀석들은 우리가 자고 있을 때 목을 졸라 죽일 것처럼 생겼잖아요."

어떤 할아버지가 이렇게 말하자 철가면 아줌마가 대답했다.

"그저 아이들일 뿐입니다. 겉모습이 어떻게 보이는지는 이 애들 잘못이 아니죠."

나는 주변을 휘둘러보았다. 마을 여자애들이 머리에 리본을 매달고서 차를 나눠 주고 있었다. 눈이 부시게 예뻤다. 그 애들 몸에선 왠지 좋은 향기가 날 것만 같았다.

"물론 그럴 수 있죠. 하지만 얘들은 우리 애들과 많이 달라요. 그렇지 않나요?"

또 다른 아줌마가 말했다. 철가면 아줌마는 뭐라 받아치려고 입을 달싹이다가 그대로 다물어 버렸다. 우리가 이 마을 아이들과 다른 건 사실이었다. 그건 누구도 부인할 수 없었다.

"누나, 우리 둘을 원하는 사람은 없을 것 같아."

제이미가 나직이 속삭였다. 그것도 사실이었다. 시간이 흐르면서 마을 사람들도, 피난 온 아이들도 점점 줄어들었다. 선생님들이 제이미와 나를 앞으로 떠밀면서 우리에 대해 짐짓 좋은 말을 늘어놓았다. 철가면 아줌마도 마을 사람들을 살살 구슬렸다.

머리가 희끗희끗한 할머니가 제이미의 팔을 잡으며 말했다.

"요 꼬마 남자애는 돌볼 수 있을 것 같은데……. 여자애는 말고."

"그건 곤란해요. 얘는 물건을 훔치거든요. 화가 나면 이로 물기도 하고요. 제가 없으면 얘를 감당하기 어려우실 거예요."

내 말을 들은 할머니는 기겁한 표정을 지었다. 그러고는 입 모양으로 '오, 이런!' 하고선 허둥지둥 자리를 떴다.

어느덧 그 큰 방엔 선생님들과 철가면 아줌마, 그리고 제이미와 나만 남았다. 엄마 말이 맞았다. 우리를 데려가려는 사람은 아무도 없었다. 선택받지 못한 아이는 우리뿐이었다.

"걱정할 필요 없어."

철가면 아줌마가 말했다. 이 말은 내가 들어 본 것 중에서 가장 어처구니없는 거짓말이었다. 철가면 아줌마가 서류철을 툭툭 치며 말을 이었다.

"너희한테 딱 맞는 집이 있지."

"착한 분들인가요?"

제이미가 물었다.

"혼자 사는 미혼 여성이야. 아주 착한 사람이지."

그러자 제이미가 고개를 저으며 말했다.

"엄마가 그랬어요. 착한 사람들은 저희를 원하지 않을 거라고요."

철가면 아줌마의 한쪽 입꼬리가 살짝 올라갔다.

"그렇게 착한 사람은 아니야. 그리고 그 사람한텐 결정권이 없어."

그 말인즉슨, 그 여자가 우리를 맡아야 한다는 뜻이었다. 아주 좋았다. 나는 오른발을 살짝 들어 체중을 왼발에 실었다. 숨이 턱 막혔다. 가만히 서 있는 동안은 통증에 적응이 되어서 참을 수 있었지만, 몸을 움직일 때는 모든 게 훨씬 더 안 좋아졌다.

"걸을 수 있겠니? 발은 왜 그런 거야?"

철가면 아줌마가 물었다.

"짐마차에 발이 깔렸는데, 지금은 괜찮아요."

"목발을 짚지 그랬니?"

나는 목발이 뭔지 몰랐다. 그래서 그냥 어깨만 으쓱했다. 걸음을 한 발짝 떼는 순간, 오른발이 내 몸을 지탱하지 못해 그대로 마룻바닥에 쓰러져 버렸다. 비명을 지르지 않으려고 입술을 꽉 깨물었다.

"아이고, 이런."

철가면 아줌마가 이렇게 말하면서 무릎을 구부렸다. 나는 아줌마가 소리치고 화를 낼 줄 알았다. 아니면, 밖으로 질질 끌고 나가든가……. 그러는 대신에 놀랍게도 두 팔로 나를 감싸 안아 바닥에서 들어 올렸다. 그리고 제이미를 돌아보며 말했다.

"얼른 따라와."

철가면 아줌마는 곧장 밖으로 나가더니, 나를 자동차 뒷좌석에 태웠다. 진짜 자동차에 말이다. 제이미가 눈을 휘둥그레 뜨고서 내 옆에 앉았다. 철가면 아줌마가 자동차 문을 닫았다. 그리고 운전석으로 가서 앉은 다음 자동차에 시동을 걸었다.

"일 분이면 도착해. 아주 가깝거든."

철가면 아줌마가 우리를 돌아보며 말했다.

자동차의 고급스런 내부 장식을 손으로 만지작거리던 제이미가 방긋 웃으며 대답했다.

"괜찮아요. 천천히 가셔도 돼요. 저흰 괜찮으니까."

그 집은 마치 잠든 것처럼 보였다. 한적한 골목길의 제일 끝에 그 집이 있었다. 골목길을 따라 양옆으로 나무들이 죽 서 있었다. 나무 꼭대기가 서로 맞닿은 채 길 쪽으로 초록색 그늘을 길게 드리웠다. 그래서 집 안엔 오히려 햇살이 한가득 쏟아져 내렸다.

나무덩굴이 빨간색 벽돌로 만든 굴뚝을 감싸며 올라가고 있었다. 이파리가 무성한 관목은 유리창 위까지 키가 자라 있었다. 창문마다 커튼이 드리워져 있었으며, 현관문은 굳게 닫혀 있었다.

철가면 아줌마가 못마땅하다는 듯 혀를 쯧쯧 찼다. 차를 세운 뒤 시동을 끄고서 말했다.

"여기서 기다려."

철가면 아줌마는 빨간색 현관문 앞으로 가서 주먹으로 쿵쿵 쳤다.

"이봐요, 스미스 씨!"

몇 분이 지나도 아무런 반응이 없자, 아줌마는 현관문 손잡이를 돌려서 문을 열고는 안으로 들어갔다. 나는 팔꿈치로 제이미를 쿡 찌르며 말했다.

"저기 가서 얘기 좀 들어 봐."

제이미가 현관문 옆에 잠시 서 있다가 자동차로 돌아왔다.

"안에서 둘이 싸우고 있어. 여기, 집주인은 우리를 원하지 않아. 전쟁이 일어난 것도 몰랐대."

우리를 원하지 않는 건 딱히 놀랄 일이 아니었다. 하지만 전쟁이 일어난 것도 모르는 사람이 있다니, 그건 정말로 믿기가 힘들었다. 아마도 거짓말을 하고 있거나 아주 멍청하거나 둘 중 하나가 분명했다.

나는 어깨를 으쓱하며 말했다.

"다른 곳으로 가면 돼."

그런데 바로 그 순간, 모든 게 달라지고 말았다. 잠든 듯 고요한 이 집의 오른편 풀밭에서 황토색 조랑말 한 마리가 관목 사이로 고개를 빼죽 내밀었다. 조랑말은 낮은 돌담 뒤에 서 있었다. 눈은 짙은 갈색이고, 코 밑엔 흰 줄무늬가 나 있었다. 녀석은 귀를 쫑긋 세우더니 나지막이 울음소리를 냈다.

나는 제이미를 쿡쿡 찌르며 조랑말을 가리켰다. 마치 내가 상상한 게 이루어지는 것 같았다. 기차에서 질주하는 조랑말과 여자애를 보면서 느꼈던 감정이 생생하게 되살아났다.

"여기에 사나?"

제이미가 속삭였다.

나는 이미 차에서 내리고 있었다. 조랑말이 스미스 씨와 사는 게 아니라면 적어도 옆집에서는 살고 있겠지. 그게 어디든 나는 이 집에 머무를 생각이었다. 한 걸음 앞으로 내딛으려 했지만, 오른발이 영 말을 듣지 않았다. 급한 마음에 제이미를 홱 잡아당겼다.

"나 좀 도와줘."

"조랑말한테 가려고?"

"아니, 저 집에."

우리는 비틀거리며 돌계단을 밟고 올라갔다. 빨간색 현관문을 지나 안으로 들어갔다. 집 안은 어둡고 답답했다. 고릿한 냄새가 코를 찔렀다. 우리가 들어간 곳엔 독특하게 생긴 가구들이 가득했는데, 전부 보라색 천으로 덮여 있었다.

창백한 얼굴에 깡마른 체격의 여자가 검은색 드레스를 입은 채 보라색 소파에 꼿꼿이 앉아 있었다. 그 여자의 가냘픈 얼굴 옆으로 머리카락이 부스스하게 부풀어 올라 있었다, 마치 노란 뭉게구름처럼.

철가면 아줌마는 허리를 세우고서 맞은편에 자리를 잡고 있었다.

"……그 애들에 대해 아는 게 하나도 없어요."

그 여자가 말했다.

"아, 여기 왔네요! 여자애는 다리를 다쳤어요. 얘들아, 이분은 수잔 스미스 씨란다. 스미스 씨, 얘들은……."

순간, 철가면 아줌마가 말을 멈췄다. 우리를 바라보면서 어리둥절한 표정을 지었다. 기차를 타고 온 아이들은 모두 이름표를 달고 있었다. 우리만 이름표가 없었다.

“너희 이름이 뭐니?”

나는 잠시 망설였다. 여기서 새로운 이름과 성을 지을 수도 있었다. 공주의 성을 따서 엘리자베스라고 할까? 아님, 까짓것 히틀러라고 할 수도 있고. 내가 그렇게 해도 엘리자베스나 히틀러는 전혀 모를 거다.

“에이다랑 제이미예요.”

제이미가 말했다.

“그럼, 성은?”

철가면 아줌마가 물었다.

“히틀러요.”

내가 이렇게 대답하자, 제이미가 놀란 눈으로 나를 쳐다보았다.

“무례하게 굴지 말고.”

철가면 아줌마가 호되게 꾸짖었다.

“무례가 무슨 뜻인데요?”

“너희 성이 히틀러가 아닌 걸 뻔히 아는데도 뻔뻔하게 거짓으로 둘러댄다는 뜻이지. 여기, 스미스 씨한테 너희 성을 똑바로 알려 드려.”

“스미스예요.”

내가 시큰둥하게 말하자, 철가면 아줌마는 화가 나서 씩씩거렸다.

“얘가, 진짜로! 까짓거, 좋아. 그래도 상관없어.”

아줌마는 스미스 씨를 돌아보며 말을 이었다.

“학교 선생님들이 이 애들의 기록을 갖고 있을 겁니다. 내가 알아볼

게요. 그리고 난 지금 가 봐야겠어요. 정말이지 아주 긴 하루군요."

철가면 아줌마가 자리에서 일어났다. 나는 현관문에서 가장 가까운 자리에 얼른 앉았다. 제이미도 덩달아 소파에 덥석 주저앉았다.

"안녕히 가세요."

나는 철가면 아줌마한테 인사를 했다.

"자동차가 정말 멋져요."

제이미도 인사했다.

"아, 이거 참."

스미스 씨는 이렇게 말하더니, 자리에서 일어나 철가면 아줌마를 따라서 밖으로 나갔다. 둘은 나가서도 몇 분 동안 말다툼을 벌였다. 하지만 나는 누가 이길지 이미 알고 있었다.

역시나, 자동차가 곧 굉음을 내며 출발하는 소리가 들렸다. 스미스 씨가 성난 얼굴로 발을 쿵쿵거리며 집 안으로 들어왔다. 그리고 이렇게 말했다.

"미리 말해 두는데, 나는 애들을 어떻게 돌봐야 하는지 몰라."

나는 어깨를 으쓱했다. 스미스 씨가 날 돌볼 필요는 전혀 없었다.

스미스 씨는 착한 사람이 아니지만

스미스 씨가 내 머리에서 이를 한 마리 발견했다. 붐비는 기차에 오르기 전까지만 해도 내 머리에는 이가 없었다. 하지만 나한테 이가 언제 생겼는지는 스미스 씨한테 중요한 문제가 아니었다. 스미스 씨는 날카로운 목소리로 우리한테 지금, 당장, 바로 목욕을 해야 한다고 말했다. 그러더니 내 발을 보고서 이렇게 물었다.

"계단을 오를 수 있겠니? 발은 왜 그런 거야?"

"짐마차에 깔렸어요."

내 말에 스미스 씨는 몸을 움찔했다. 나는 한 번에 한 단씩 엉덩이로 계단을 올라갔다. 스미스 씨는 우리를 커다란 욕조가 있는 하얀색 방으로 데려갔다. 그리고 수도꼭지에서 뜨거운 물을 콸콸 틀었다. 그 방은 단박에 내 마음을 사로잡았다. 스미스 씨는 우리한테 사생활을 지켜 주겠다고 하면서 밖으로 나갔다.

사생활이라니, 그게 무슨 뜻인지는 모르겠다. 아무튼 그 방엔 새하얀 비누와 보드라운 수건이 있었다. 나는 거기 있는 작은 천 조각에 비누칠을 한 다음 내 얼굴과 목을 문질렀다. 천 조각이 금세 회색으로 변했다. 이윽고 비누로 거품을 낸 뒤, 제이미와 내 머리에 대고 손을 마주 비볐다. 수도꼭지를 다시 돌려 물을 받은 다음 몸을 깨끗이 헹궜다.

목욕은 정말로 멋졌다. 더러워진 물은 욕조 밑에 있는 구멍으로 내보냈다. 우리 집에서처럼 물을 퍼내지 않아도 되었다. 아주 깨끗해진 제이미가 새하얀 수건 속에서 활짝 웃었다. 나는 수건을 몸에 두른 뒤 머리카락을 어깨 위로 길게 늘어뜨렸다.

"되게 부잣집인가 봐."

제이미가 웃음기 어린 목소리로 말했다.

나는 고개를 끄덕였다. 여긴 아주 고급 주택이었다. 스미스 씨가 아주 못된 사람이라 해도 난 상관없었다. 어차피 우리는 엄마한테 익숙해져 있었다.

얼마 뒤, 스미스 씨가 문을 두드리며 짐이 어디 있는지 물었다. 나는 스미스 씨의 말을 선뜻 알아듣지 못했다. 집에서 챙겨 온 빵은 진작 다 먹었고, 텅 빈 봉지는 기차에 두고 내렸다.

"갈아입을 옷 말이야. 아까 그 옷을 또 입을 순 없잖아."

스미스 씨가 말했다.

그러고 보니 기차에 있던 다른 아이들은 짐 꾸러미를 들고 있었다.

"그 옷을 다시 입어야 해요. 우리가 가져온 건 그게 다거든요."

스미스 씨가 문을 살짝 열어 우리를 위아래로 훑어보았다. 나는 얼른 오른발을 뒤로 숨겼지만 이미 늦어 버렸다.

"짐마차에 깔린 게 아니라 내반족(발이 안쪽으로 휘는 병)이구나. 바닥에 피가 묻었어."

스미스 씨가 문을 마저 열며 뿌루퉁하게 말했다. 그러고는 손을 내 쪽으로 쭉 뻗었다. 나는 본능적으로 몸을 움츠렸다. 스미스 씨가 손길을 멈추고 말했다.

"때리려는 거 아니야. 도와주려고 그래."

스미스 씨가 무릎을 꿇고 내 오른발을 거머쥐었다. 나는 발을 빼내려고 안간힘을 썼지만 스미스 씨가 너무 꽉 잡고 있었다.

"신기하네. 리처드 3세가 내반족이었는데. 나도 이런 발은 처음 봐."

나는 조랑말을 떠올렸다. 우리 집 골목길에서 본 조랑말과 기찻길 옆을 달리던 조랑말, 그리고 이 집에 사는 황토색 조랑말을 타고 달리는 나. 나는 내 머릿속으로 들어가 조랑말을 탔다. 그래야 스미스 씨가 내 발을 만지는 걸 참을 수 있었다.

"내일은 병원에 가서 너한테 뭘 해 줘야 하는지 알아보자."

"의사 선생님은 누나를 좋아하지 않을걸요. 착한 사람들은 저렇게 보기 흉한 발을 싫어하거든요."

제이미가 말했다.

그러자 스미스 씨가 귀에 거슬리는 웃음을 짧게 터뜨렸다.

"그렇다면 너희는 운이 좋은 편이네. 나는 눈곱만큼도 착한 사람이 아니거든."

스미스 씨는 착한 사람이 아니지만 바닥을 깨끗이 닦았다. 스미스 씨는 착한 사람이 아니지만 내 오른발을 하얀색 천으로 감싸 주었다. 그리고 스미스 씨의 깨끗한 셔츠 두 벌을 우리한테 입으라며 내주었다. 셔츠는 무릎 밑까지 내려왔다. 스미스 씨는 우리의 머리칼을 단정하게 빗질해 주고, 심하게 엉킨 곳은 가위로 잘라 주었다. 그런 다음에는 스크램블드에그를 접시에 한가득 담아 주었다.

"이게 여기 있는 음식의 전부야. 이번 주에 장을 못 봤거든. 너희가 올 줄 몰랐어."

스미스 씨는 '이게 여기 있는 음식의 전부'라고 했다. 하지만 조금 딱딱한 빵 위엔 버터가 있었고, 따뜻한 차 옆엔 설탕이 놓여 있었다. 달걀 요리는 물기가 약간 많아 보였지만, 나는 무엇이든 먹을 수 있을 만큼 배가 고팠다. 그리고 사실 요리는 모두 맛있었다. 내가 빵으로 접시를 싹싹 닦자, 스미스 씨가 달걀 요리를 더 갖다 주었다.

한참 있다가 스미스 씨가 물었다.

"너희한테 뭘 해 줘야 하지?"

참으로 이상한 질문이었다.

"아무것도 안 해 줘도 돼요. 제이미는 지금껏 제가 돌봤어요. 그러니까 신경 쓰실 필요 없어요."

내 말에 스미스 씨가 얼굴을 찌푸리며 다시 물었다.

"너, 몇 살이니?"

나는 잠시 할 말을 잃고 우물쭈물하며 망설였다.

"제이미는 여덟 살이에요. 엄마가 그랬어요."

"여덟 살치고는 키가 작은데? 그러면 너는 얘보다 확실히 나이가 많은 거지? 학교는 안 다니고?"

"발이 보기 흉해서 안 되죠."

제이미가 끼어들었다. 그러자 스미스 씨가 대뜸 콧방귀를 뀌면서 말했다.

"흥, 발하고 머리는 아무 상관이 없거든요."

스미스 씨가 접시 가장자리를 칼로 톡톡 치며 또 물었다.

"그럼 생일은 언제야? 이름은? 진짜 이름하고 성 말이야."

"에이다랑 제이미, 그리고 스미스. 이게 제가 아는 전부예요."

스미스 씨가 나를 노려보았다. 나도 똑같이 그랬다. 잠시 후, 별수 없다는 듯 스미스 씨의 눈빛이 누그러졌다.

"너, 진짜 몰라?"

나는 내 접시에 있는 달걀 요리를 물끄러미 내려다보았다.

"뭐, 물어본 적은 있어요. 그런데 엄마가 그런 건 하나도 중요하지 않다고 했어요."

그러자 스미스 씨가 한숨을 푹 내쉬며 말했다.

"알았어. 제이미는 여덟 살이고, 너는 그보다 나이가 많아. 그럼 이제부터 열세 살이라고 할까?"

목소리만 듣고서는 스미스 씨가 얼마나 화가 났는지 알 수가 없었다. 나는 어깨를 으쓱했다. 열세 살, 괜찮았다. 나도 그 정도의 수는 셀 줄 알았다. 열하나, 열둘, 열셋, 열넷…….

"너희 부모님께 편지를 쓸 거야. 토튼 부인이 주소를 알려 주면 곧바로 쓰도록 할게. 그럼 부모님이 너희 나이를 알려 주시겠지."

스미스 씨가 우리를 쓱 훑어보았다.

"아빠는 무슨 일을 하셔?"

"안 계세요. 돌아가셨거든요."

나는 일부러 시큰둥하게 대답했다. 아빠는 몇 년 전에 돌아가셨다.

그게 아니라면 집을 나갔거나. 나도 잘 모르겠다. 눈을 꼭 감고서 집중하면 아빠 얼굴을 떠올릴 수 있을 거라 생각한 적이 있었다. 하지만 키가 큰 남자의 흐릿한 이미지만 어른거릴 뿐이었다. 그래도 그 사람은 평온한 인상이었다, 엄마와는 다르게.

"아, 그렇구나. 그럼 너희 엄마한테 편지를 쓸게."

스미스 씨는 착한 사람이 아니지만, 우리한테 내준 침대는 깨끗하고 부드러웠다. 매끄러운 흰색 천이 깔린 침대 위에는 따뜻한 담요가 놓여 있었다. 스미스 씨는 빛이 들어오지 않도록 창문에 커튼을 쳤다.

"조랑말은 누구 거예요?"

나는 잠들기 전에 꼭 알고 싶었다. 스미스 씨가 커튼을 치다 말고 멈칫 서서 창문 밖을 내다보았다.

"응, 조랑말 이름은 버터야. 베키가 나한테 줬지."

"베키가 누구예요?"

제이미가 물었지만, 스미스 씨는 선뜻 대답하지 않았다.

이튿날 아침, 우리는 해가 중천에 뜰 때까지 잠을 잤다. 스미스 씨도 늦잠을 잤다. 건넛방에서 스미스 씨가 코를 고는 소리가 들렸다.

나는 제이미를 데리고 아래층으로 내려가 빵을 챙겨 주었다. 집에서 그랬던 것처럼 바닥을 엉금엉금 기어 다녔다. 걸어 다니려고 애를 썼지만 기어 다니는 편이 한결 더 수월했다.

거실에는 뒷문이 있었다. 거기서 돌담으로 둘러싸인 작은 공간이 보였다. 그 옆에는 똑같이 돌담으로 둘러싸여 있지만, 아까보다 훨씬 더 넓은 공간이 있었다. 조랑말 버터가 그 넓은 공간에서 집 쪽을 향해 눈과 귀로 주의를 기울이며 서 있었다. 나는 미소를 함빡 지었다. 녀석은 마치 나를 기다리고 있었던 듯했다.

제이미가 내 팔을 잡으며 말했다.

"누나는 밖에 나가면 안 되잖아."

나는 고개를 세차게 흔들었다.

"여기서는 내가 가고 싶은 곳 어디든 갈 수 있어."

그러자 제이미가 머뭇거리며 물었다.

"그걸 누나가 어떻게 알아?"

이건 내가 받는 보상이야. 용감하게 행동했으니까. 그리고 이렇게 멀리까지 오랫동안 걸어왔으니까. 나는 이제 걸을 수 있게 되었다. 발에 힘을 주며 일어났다. 여기서 조랑말 쪽으로 걸어갈 작정이었다.

나는 비틀대며 아장아장 걸었다. 온몸이 쑤시고 아팠다. 조랑말이 나를 쳐다보았다. 돌담에 다다르자마자 그 위에 올라앉았다. 그리고 다리를 들어 올려 반대편으로 내려갔다.

조랑말이 다가와 고개를 낮추더니, 내 손에 코를 갖다 대고 킁킁거렸다. 그러고는 머리를 내 쪽으로 살살 밀었다. 나는 두 팔로 조랑말을 감쌌다. 이름을 왜 버터라고 지었는지 알 것 같았다. 뜨거운 햇빛을 받고 있는 녀석의 몸에서 버터 향이 났다.

조랑말을 타고 싶었지만 어떻게 해야 할지 알 수가 없었다. 조랑말의 등이 땅에서 꽤 높았다. 게다가 기차에서 봤던 여자애는 손에 끈 같은 걸 쥐고 있었다. 나는 조랑말의 목을 잡고 서 있다가 그 옆으로 조심스럽게 돌아 보았다.

땅에 돋아난 풀이 내 왼쪽 발을 콕콕 찔렀다. 물기를 머금은 땅이 천 조각으로 감싼 오른발을 촉촉하게 적셨다. 땅바닥은 몹시 부드러웠다. 그래서 내가 걸음을 옮길 때마다 땅이 으깨지며 파였다. 마치 갓 구운 빵처럼 말랑했다. 가장자리에는 햇빛을 받으며 가지를 살랑거리는 나무들이 줄지어 서 있었다. 나뭇가지에서 새들이 지저귀며 이리저리 날아다녔다. 런던의 우리 집 골목길에도 새들이 있었지만, 이렇게 많은 새들이 한꺼번에 지저귀는 건 처음이었다.

제이미가 노래를 흥얼거렸다. 어디선가 주워 온 막대기를 휘두르며 풀밭을 이리저리 돌아다녔다. 버터가 고개를 낮추더니 또 내 손에 코를 대고 킁킁거렸다. 내가 자기를 위해 뭔가를 가져왔다고 생각하는 걸까? 지금이라도 뭔가를 갖다 줘야 하나? 조랑말은 뭘 좋아하지?

버터의 코끝은 부드럽고 따뜻했다. 나는 손으로 버터의 머리와 귀, 그리고 목덜미에 난 털을 쭉 훑으면서 쓰다듬었다. 버터는 숨을 한 번 내쉰 뒤 또다시 내 쪽으로 몸을 기댔다. 그런 다음 뒤로 몇 걸음 물러나 풀을 뜯기 시작했다.

나는 풀밭에 앉아 버터를 바라보다가 그 자리에 그대로 드러누웠다. 딱딱하게 굳은 몸에 따뜻한 햇살이 퍼지자 기분이 무척 좋았다. 그러다 나도 모르는 새 까무룩 잠이 들었다. 얼마 뒤 잠에서 깨어났을 때는 스미스 씨가 나를 내려다보고 있었다.

"밖에 너무 오래 있어서 얼굴이 발갛게 탔잖니?"

나는 일어나 앉아 기지개를 켰다. 온몸이 쑤셨다. 햇빛에 노출된 양쪽 다리가 연분홍색으로 물들어 있었다. 살짝 아프기도 했다. 하지만 나는 아픈 것에 익숙했다.

"배 안 고파?"

스미스 씨는 왠지 화가 난 것 같았다. 나는 눈을 깜박였다. 배가 고팠다, 그것도 아주 많이. 나는 배고픈 것에도 익숙했다. 뭐라고 대답해야 하지? 스미스 씨는 내가 배고프기를 바랄까, 아닐까?

"아침에 왜 안 깨웠어?"

스미스 씨가 물었다. 나는 절대로 스미스 씨를 깨우지 않을 것이다. 나는 그렇게 바보가 아니다.

"자, 이리 와."

스미스 씨가 한쪽 팔을 나한테 내밀며 말했다.

"늦었어. 병원에 갔다가 돌아오는 길에 필요한 물건들 좀 사자."

"도움은 필요 없어요."

"쓸데없는 소리 하지 마."

스미스 씨가 이렇게 말하며 나를 잡아 위로 끌어올렸다.

나는 스미스 씨를 뿌리치려 애썼지만, 오른발이 끔찍하게 아파서 결국 도움을 받으며 집 안으로 들어갔다. 제이미는 이미 식탁 앞에 앉아 통조림 콩과 토스트를 먹고 있었다. 나도 식탁 앞에 앉았다. 스미스 씨가 통조림 콩을 접시에 덜어 주며 말했다.

"붕대가 벌써 더러워졌어."

나는 오른발을 내려다보며 숨을 크게 들이쉬었다. 미처 내가 말을 꺼내기도 전에 제이미가 끼어들었다.

"제가 누나한테 말했어요, 밖에 나가면 안 된다고."

"그게 무슨 소리야?"

스미스 씨가 날카로운 목소리로 물었다.

"당연히 너희 누나는 밖에 나갈 수 있어. 단지 우리한텐 좀 더 효율

적인 방법이 필요할 뿐이야. 네가 어제 신고 온 신발은…….”

“엄마 거예요.”

내가 대답했다.

“나도 알아, 네 신발이 아닌 거. 네가 한쪽 발만 평범한 신발을 신을 수 있다는 걸 몰랐을 뿐이지.”

스미스 씨의 말에 나는 그저 어깨를 으쓱했다.

“자, 이제 의사 선생님 만나러 가자. 일단 택시를 타고 병원에 간 다음에 어떻게 할지 생각할 거야. 그렇다고 택시에 익숙해지지는 마. 자주 탈 만큼 여유로운 건 아니니까.”

나는 고개를 끄덕였다. 택시가 뭔지는 몰랐지만 왠지 근사하게 들렸기 때문이다.

나는 곧 택시가 자동차의 한 종류라는 걸 알게 되었다. 자동차를 이틀 동안 두 번이나 타다니! 정말로 놀라운 일이었다.

나는 의사 선생님을 처음 보지만 어떤 일을 하는지는 그 전부터 알고 있었다. 의사 선생님은 아주 웃기게 생긴 물건을 코에 걸치고 있었다. 그러니까 작고 동그랗게 생긴 유리알 두 개를…….

“여기 올라와서 앉아 볼래?”

의사 선생님이 커다란 나무 탁자를 톡톡 치며 우리한테 말했다.

제이미는 껑충 뛰어올랐지만 나는 그럴 수가 없었다.

“오, 이런.”

의사 선생님이 내 오른발의 상태를 알아차리고는 나를 들어 올려서 탁자에 앉혔다. 엄마는 때릴 때 말고는 내 몸에 손도 안 댔다. 제이미는 나를 안아 주지만, 당연하게도 들어 올리지는 못했다. 이곳 사람들은 자꾸 나를 만졌다. 매우 마음에 들지 않았다.

의사 선생님이 제이미와 나를 손으로 슬쩍슬쩍 찔러 보더니 셔츠를 벗으라고 했다. 그러고는 귀에 꽂은 동그란 관의 끝에 달린 차가운 금속을 가슴에 차례로 갖다 댔다. 그리고 머리 속을 들추어 긁힌 자국을 살폈다.

"농가진(물집과 고름, 딱지가 생기는 피부병)이 있네요."

이 말은 내게 아무 의미도 없었지만, 스미스 씨는 가방에서 수첩을 꺼내 부지런히 받아 적었다.

"둘 다 심각한 영양실조에 걸려 있고, 여자애한테는 구루병 증세가 보입니다. 햇빛을 많이 쬐도록 해 주세요. 음식도 많이 먹이고. 특히 우유."

"그런데 내가 뭘 어떻게 하면 될까요? 주변에 아이들이 없어서요."

"잘 먹이고 잘 씻기면 됩니다. 잠도 푹 자게 하고요. 강아지보다 어렵지 않아요, 진짜로. 말 키우는 것보다 훨씬 쉽지요."

의사 선생님이 방긋 웃으며 말했다. 그러자 스미스 씨가 톡 쏘아붙였다.

"그 말들은 베키 거예요. 그리고 난 개를 키운 적도 없고요."

"베키가 누구예요?"

제이미가 고개를 갸우뚱거리며 물었다.

나는 '쉿!' 하며 제이미를 조용히 시켰다.

"에이다의 발은 어떤가요? 그건 내가 어떻게 해야 하죠?"

스미스 씨가 의사 선생님에게 묻자, 나는 오른발을 슬그머니 뒤로 숨겼다. 그러자 스미스 씨가 내 무릎을 툭 쳤다.

"얼른 보여 드려."

나는 그러고 싶지 않았다. 다행히 내 오른발은 천에 싸여 있어서 보이지 않았다. 나는 천천히 몇 걸음 왔다 갔다 했다. 이 정도면 충분하겠지.

스미스 씨가 내 오른발을 휙 잡아당기며 말했다.

"제대로 해야지."

의사 선생님이 천 조각을 풀어서 벗겼다.

"아이고, 이런."

의사 선생님이 내 발을 조심스레 손으로 들었다.

"내반족인데 어릴 때 치료를 받지 않았구나. 선생님도 이런 발은 처음 본단다."

"내반족은 꽤 흔한 걸로 아는데요."

스미스 씨가 말했다.

"물론 그렇죠. 하지만 대부분은 유아기 때 교정을 성공적으로 끝냅니다."

그러자 스미스 씨가 숨을 크게 들이마셨다. 왜 그러는지 나는 이해하지 못했다.

"그런데 왜……."

스미스 씨는 나를 바라보더니 입을 닫았다.

교정을 성공적으로 끝낸다고? 그런데 내 오른발은 교정이 성공적으로 되지 않았다는 뜻인가? 왠지 그 말은 내 오른발이 엄마 때문에 잘못되었다고 하는 것처럼 들렸다. 엄마는 항상 내가 잘못해서 내 오른발이 그런 거라고 했다. 그럴 때마다 그게 사실인지 궁금했다.

의사 선생님은 내 오른발을 손으로 쿡쿡 찌르다가, 도저히 참기 어려울 정도로 비틀면서 세세히 관찰했다. 나는 얼른 버터를 머릿속에 떠올렸다. 녀석에게서 얼마나 따뜻하고 향긋한 냄새가 났는지, 그리고 녀석의 숨결이 내 손에 닿을 때 어떤 느낌이 들었는지. 내 머릿속 텅 빈 공간으로 들어가는 대신, 나는 버터에게로 힘껏 달려갔다.

"에이다, 정신 차려. 그레이엄 선생님이 묻고 계시잖아."

스미스 씨가 내 뺨을 톡톡 치며 큰 소리로 말했다. 의사 선생님은 이미 내 오른발에 붕대를 새로 감아 놓았다.

의사 선생님이 물었다.

"많이 아프니?"

얼마나 아파야 많이 아프다고 할 수 있지? 의사 선생님은 내가 뭐라고 말하기를 바랄까? 나는 그냥 어깨를 으쓱해 보였다.

"의사 선생님이 전문의를 만나 보자고 하신 건 어떻게 생각해?"

스미스 씨가 물었다. 나는 스미스 씨를 빤히 쳐다보다가 천천히 고개를 저었다. 그러자 스미스 씨와 의사 선생님이 눈길을 교환했다. 아무래도 내가 잘못 말한 모양이었다.

"그레이엄 선생님은 전문의가 네 오른발을 수술할 수 있을지도 모른다고 생각하셔."

나는 전문의가 뭔지 몰랐다. 사실은 의사 선생님과 스미스 씨가 말한 '수술'이란 게 뭔지도 알지 못했다. 하지만 이럴 때 뭐라고 대답하는 게 더 좋은지는 알고 있었다.

"알았어요. 그렇게 할게요."

내가 대답하자, 스미스 씨가 미소를 지었다.

"무섭게 느껴진다는 거 잘 알아. 하지만 전문의를 만나 수술을 하면 지금보다 훨씬 좋아질 거야. 너희 엄마한테 바로 편지를 써서 허락을 받도록 할게. 반대하시진 않겠지? 그동안은 그레이엄 선생님이 주시는 목발을 사용하도록 해."

목발이란 건 겨드랑이에 끼고 걸을 수 있도록 만든 나무 지팡이였다. 나는 목발로 몸을 지탱하면서 왼발을 땅에 디뎠다. 그렇게 하자 아픈 오른발은 더 이상 땅에 닿을 필요가 없었다.

의사 선생님이 말했다.

"보셨죠? 에이다가 저렇게 웃을 줄 알았어요."

병원은 기차역과 가까운 시내에 있었다. 우리는 시내 중심가를 따라 걸었다. 나는 왼발뿐만 아니라 오른발을 사용해서 거리를 걸었다. 아무도 나를 가로막지 않았다. 우리는 곧 가게에 들어가 고기랑 채소를 샀다. 가게에서도 나를 내쫓는 사람은 없었다.

스미스 씨가 말했다.

"에이다, 그쪽에 있는 사과 세 개만 집어 줄래?"

나는 그때까지 아무것도 만지지 않으려고 굉장히 조심했다. 하지만 스미스 씨가 말하는 순간 만져도 된다는 걸 깨달았다. 내가 사과를 집어 스미스 씨에게 건넸지만, 가게 주인은 눈길조차 주지 않았다.

가게에는 물건이 무척 많았다. 그런데 스미스 씨만큼 음식물을 한꺼번에 많이 사는 사람은 드물었다. 스미스 씨는 그 자리에서 현금으로 바로 물건 값을 계산했다. 외상이 필요 없었다. 내가 팔꿈치로 쿡 찌르자, 제이미가 얼른 고개를 끄덕였다. 스미스 씨는 부자였다.

스미스 씨가 거리로 나와 남은 돈을 확인하더니 한숨을 짧게 내쉬었다. 그러고는 우리를 데리고 벽돌로 지어진, 근엄한 분위기의 가게로 들어갔다. 안에서는 사람들이 창구마다 줄을 서서 기다리고 있었다. 여기는 뭘 파는 가게일까?

"뭐 하는 곳이에요?"

제이미가 묻자 스미스 씨가 대답했다.

"은행이야. 너희도 전에 가 본 적 있을걸."

스미스 씨가 왜 그렇게 생각했는지 모르겠다. 나는 은행이라는 말을 이번에 처음 들었다. 스미스 씨는 종잇조각에 뭐라고 휘갈겨 쓴 다음, 그걸 창구 뒤의 남자에게 건넸다. 그러자 남자가 돈을 세어 스미스 씨에게 공손하게 내밀었다.

"돈 가게였어."

제이미가 눈을 동그랗게 뜨며 속삭였다. 나는 고개를 끄덕였다. 우리가 살던 골목길에는 확실히 이런 가게가 없었다.

우리는 어제 입은 옷을 걸치고 있었다. 스미스 씨의 셔츠만 입고서는 시내에 나갈 수 없었기 때문이다. 어쨌든 스미스 씨가 우리 옷을 깨끗이 빨아 줘서 깔끔해 보이는 데다 냄새도 꽤 좋았다. 그런데도 스미스 씨는 우리를 옷가게로 데려가 옷을 위아래로 한 벌씩 사 주었다. 속옷과 양말도 샀다.

스미스 씨가 신발 가게로 들어가 부츠를 집어 들자, 제이미는 눈을 떼지 못하며 모깃소리처럼 조그맣게 말했다.

"저는 이미 신발이 있어요. 누나는 필요가 없고요."

스미스 씨는 제이미의 말을 못 들은 척했다. 그러자 눈썹이 수북하게 자란 가게 주인이 못마땅해하며 끼어들었다.

"피난 아이들은 여간 골칫거리가 아니에요. 그렇죠? 제 아내도 이런 아이들을 돌보고 있는데, 하루 빨리 자기 집으로 갔으면 좋겠어요. 불결한 쥐새끼들이 침대에 오줌까지 싼다니까요."

스미스 씨가 차가운 눈빛으로 쏘아보자, 가게 주인은 얼른 입을 다물었다. 우리는 곧 가게 문을 나섰다. 내 왼발은 갈색 가죽 신발을 신고 있었다. 나만을 위한 진짜 신발이었다.

스미스 씨는 집에 들어가자마자 라디오를 켰다. 그리고 거실의 화려한 목재 수납장에 걸터앉았다. 라디오에서 출연자들의 대화 소리가 흘러나왔다. 스미스 씨가 한숨을 내쉬었다.

"음악을 듣고 싶었는데."

그러더니 팔을 뻗어 라디오를 껐다. 스미스 씨가 하품을 쏟아 냈다. 나는 자리에서 일어나며 스미스 씨한테 물었다.

"차 좀 끓일까요?"

"이제 저녁 먹을 시각이잖아."

스미스 씨가 희미하게 웃었지만 딱히 기분이 좋아 보이지는 않았다.

"내가 저녁을 준비할게. 너희를 돌보는 건 내 일이니까."

스미스 씨는 곧 자리에서 일어나 저녁을 준비했다. 그것도 아주 성대한 저녁 식사를. 햄과 삶은 감자, 그리고 통조림에서 꺼낸 초록색의 작고 동그란 것. 스미스 씨는 그걸 완두콩이라고 불렀다. 또 두툼하게 썬 토마토와 빵, 버터가 있었다. 식탁엔 다양한 색깔과 모양, 냄새가 모여 있었다. 완두콩은 입 안에서 돌아다니다가 내가 이로 씹자 부드럽게 으깨졌다.

저녁 식사는 마치 기적 같았다. 그 모든 음식이 한꺼번에 차려져 있었기 때문이다. 하지만 지칠 대로 지쳐 짜증이 난 제이미는 햄 말고는 아무것도 손대지 않았다. 따뜻한 음식과 고기가 있는 식탁이라니……. 스미스 씨는 우리한테 기꺼이 좋은 음식을 내주었다.

스미스 씨는 천 조각을 네모나게 접은 뒤 그 위에 포크를 올려 두었다. 그리고 식사 전에 그 천을 빼내 무릎 위에 놓았다. 우리도 똑같이 따라 했다. 그런데 제이미가 뜬금없이 그 천 조각을 머리에 뒤집어쓰면서 어리광 부리듯이 말했다.

"햄이 먹고 싶어요."

"골고루 한 입씩 먹어 봐. 그럼 햄을 더 줄게. 그리고 냅킨은 머리에 쓰는 게 아니야."

스미스 씨가 말을 마치자마자 제이미는 접시를 벽으로 휙 내던졌다. 접시가 순식간에 산산조각이 났다. 스미스 씨는 깜짝 놀라 눈을 동그랗게 뜨며 비명을 질렀다. 나는 곧장 제이미한테 달려들었다. 바닥에 떨어져 뭉개진 토마토 조각을 집어든 다음, 제이미의 입에다 마구 쑤셔 넣었다.

"먹어!"

나는 고함을 치며 윽박질렀다. 그다음에는 완두콩을 한 움큼 쥐고서 제이미의 목구멍에 밀어 넣었다. 제이미는 숨이 막힌 듯 컥컥거렸다. 스미스 씨가 내 팔을 홱 잡아당겼다.

"에이다, 그만해! 동생이 힘들어하잖아!"

스미스 씨는 입에 든 음식을 뱉어 내며 몸부림치는 제이미의 팔을 두 손으로 꽉 붙잡으며 말했다.

"제이미, 이제 곧 잘 시간이야. 씻고 자도록 해!"

스미스 씨는 제이미를 이층으로 데려갔다.

나는 목발을 짚고 자리에서 일어났다. 산산이 깨진 접시 조각과 바닥에 흩어져 있는 음식을 주워 모았다. 위층에서 바락바락 악을 쓰는 제이미의 목소리가 들렸다. 스미스 씨가 제이미를 씻기고 있거나 제압하고 있는 게 분명했다.

부엌을 정리한 뒤 이층으로 올라갔다. 목발이 있어서 움직이기가 한결 수월했다. 고함 소리는 어느새 잦아들어 있었다. 스미스 씨가 나를 보고 말했다.

"욕조에 네가 쓸 물을 새로 받아 두었어. 저녁은 다 먹은 거니?"

나는 천천히 고개를 끄덕였다. 배가 고프기는 했지만 속이 울렁거려서 더 이상 먹을 수가 없었다.

정말로 욕실에 따뜻한 물과 비누, 수건이 있었다. 나는 몸을 깨끗이 씻은 후에도 물속에 계속 있었다. 그렇게 하니까 마음이 편안해졌다. 얼마 후 파자마라는 새 옷으로 갈아입었다. 스미스 씨가 그 옷은 잠잘 때에만 입으라고 했다. 위아래 다 파란색이었다. 질감이 무척 보들보들해서 잠시 동안 옷에다 얼굴을 대고 있었다. 이곳에 있는 물건들은 전부 부드러웠다. 하도 부드럽고 훌륭해서 이따금씩 두렵기까지 했다. 나는 내 분수를 잘 알았다.

다 씻고 나서 방에 들어갔을 때, 제이미는 몸을 공처럼 돌돌 만 채 코를 골고 있었다. 스미스 씨는 제이미 옆에 놓인 의자에서 꾸벅꾸벅

졸았다. 스미스 씨는 착한 사람이 아니야, 나는 속으로 이렇게 되뇌며 억지로 잠을 청했다.

한밤중에 퍼뜩 잠에서 깼다. 엄마가 집에 손님들을 데려왔을 때 이렇게 갑자기 깬 적이 있었다. 나는 침대에서 일어나 앉으며 이불을 꽉 움켜쥐었다. 그리고 가쁜 숨을 헉헉 몰아쉬었다.

"에이다, 괜찮아. 걱정하지 마."

스미스 씨 목소리였다.

나는 몸을 옆으로 돌렸다. 스미스 씨가 제이미 옆 의자에 그대로 앉아 있었다. 창문으로 달빛이 새어 들어왔다. 스미스 씨의 얼굴에 그림자가 길게 드리워졌다. 심장은 쿵쾅쿵쾅 뜀박질을 하고, 머리는 빙글빙글 어지러웠다.

"이제 괜찮아질 거야. 악몽을 꿨니?"

내가? 잘 모르겠다. 제이미는 옆에서 입을 살짝 벌린 채 쌔근쌔근 자고 있었다.

"폭탄이 떨어졌나요?"

스미스 씨가 고개를 저었다.

"아니, 아무 소리도 들리지 않았어. 그렇지만 나도 불현듯이 잠에서 깼단다."

달빛 한 조각이 스미스 씨의 손목을 비추었다.

"3시가 넘었어. 여기서 자려고 했던 건 아닌데, 의자에 앉아 있다가 깜빡 잠들어 버렸지 뭐니?"

스미스 씨가 슬며시 미소를 지었다.

"오랫동안 잠을 푹 못 잤어, 베키가 죽은 후로."

"그때가 언젠데요?"

"삼 년 전. 다음 주 화요일이면 딱 삼 년이네. 그래서 내가 너희를 맡지 않으려고 했던 거야. 가을이 되면 상태가 아주 안 좋아지거든. 낮이 점점 짧아지면……. 생각해 보니 겨울에도 좋았던 적이 없네. 나는 어두운 것도 싫고 추운 것도 싫어."

나는 고개를 끄덕였다. 나도 어둡고 추운 게 싫었다. 겨울만 되면 손과 발이 동상에 걸렸다. 그러면 미칠 듯이 가렵고 화끈거렸다.

"베키는 딸이었어요?"

"내 딸?"

스미스 씨가 큰 소리로 피식 웃었다.

"아니, 내 친구였어. 우리는 같은 대학을 다녔지. 이 집은 베키 건데, 나한테 물려 준 거야."

"그리고 버터도."

내가 기억해 둔 것을 짐짓 소리 내어 말했다.

"버터는 베키가 죽기 한참 전에 나한테 준 거야. 내가 자기처럼 말을 좋아하길 바랐거든. 끝까지 그렇게 안 되었지만."

"어떻게 돌아가셨어요?"

"폐렴으로. 폐가 아픈 병이야."

나는 고개를 끄덕였다. 스미스 씨와 이야기를 나누자, 마음이 어느 정도 가라앉았다. 담요를 쥐었던 손을 풀며 다시 자리에 누웠다.

"여기서 주무셔도 돼요."

내가 스미스 씨에게 말했다. 제이미가 침대 가운데에서 자고 있었기 때문에 가장자리에 스미스 씨가 누울 만큼의 여유가 있었다.

스미스 씨가 고개를 저으며 말했다.

"아니야, 나는 그냥……. 음, 그럼 이번만."

스미스 씨는 제이미 옆에 누운 다음 담요를 슬며시 끌어다 덮었다. 나는 또 한 번 예기치 않은 부드러움과 따뜻함을 느끼면서 담요를 머리끝까지 뒤집어썼다.

아침이 밝아 눈을 뜨자, 방 안에 햇빛이 쏟아져 들어왔다. 활짝 열린 창문으로 교회 종소리가 들렸다. 스미스 씨가 말했다.

"제이미, 침대에 오줌을 쌌네."

제이미는 집에서 그런 적이 없었다. 문득 피난 아이들이 침대에 오줌을 싼다며 불평을 늘어놓던 신발 가게 주인이 떠올랐다. 내가 사납게 노려보자 제이미가 금방 울음을 터뜨렸다.

"괜찮아, 빨면 돼. 월요일에 방수포를 사러 가자. 오줌을 또 쌀 수도 있으니까."

"돈이 많아서 참 다행이네요."

나는 순전히 내 걱정을 덜기 위해서 이렇게 말했다. 스미스 씨는 화려하고 멋진 집에다 온갖 음식을 다 갖추고 사는 부자였다.

"그렇지 않아. 베키가 남기고 간 사냥용 말들을 판 돈으로 생활하고 있거든."

스미스 씨가 자리에서 일어나 기지개를 켰다.

"저 고약한 종소리는 뭐람? 우리가 그렇게 늦게 일어났나? 참, 너희를 교회에 데려갈 거야. 그런데 오늘은 너무 늦었네."

스미스 씨는 곧 아래층으로 내려가 차를 끓였다. 그러면서 제이미한테 라디오를 켜라고 했다. 라디오에서 굵은 남자 목소리가 엄숙하게 흘러나왔다.

"조금 전에 총리가 공식적으로 선전포고를 했습니다. 바야흐로 영국과 독일의 전쟁이 시작되었습니다."

교회의 종소리가 잠잠해졌다.

"이제 우리를 폭격하는 거예요?"

제이미가 묻자 스미스 씨가 씁쓸한 표정으로 고개를 끄덕였다.

그때까지, 그러니까 그날 아침까지 나는 폭격을 완전히 잊고 있었다. 폭격은 이곳 스미스 씨네 집이 아니라 런던에서나 일어날 일이라고 생각했기 때문이다.

별안간 속이 갑갑해졌다. 내가 물었다.

"전쟁이 시작되었다는 게 무슨 뜻이에요? 이미 시작된 거 아니었어요? 우리는 벌써 여기에 와 있는데."

"정부가 미리 도시를 비운 거야. 정확히 언제인지는 모르지만 전쟁이 곧 닥치리라는 걸 알았던 거지."

"전쟁이 일어날 걸 알았으면, 그만두게 할 수도 있잖아요."

내 말에 스미스 씨가 고개를 저으며 대답했다.

"맞서 싸우지 않고서는, 히틀러를 그만두게 할 수 없단다. 에이다, 걱정하지 마. 너도 안전하고 너희 엄마도 안전하실 거야. 그리고 곧 집에도 갈 수 있을 거고."

"그러고 싶지 않아요."

나는 순간적으로 속마음을 말해 버렸다. '여기에 오래 있고 싶다고요.'라는 그다음 말은 입술을 깨물며 꿀꺽 삼켰다. 스미스 씨는 깜짝 놀란 듯했다. 뭔가 말하려는 찰나에 제이미가 울음을 터뜨렸다.

"집에 가고 싶어요. 전쟁도 싫고 폭격도 싫어요. 무서워요. 집에 가고 싶어요."

집에 갈 생각을 하자 숨이 턱 막혔다. 나는 폭격보다 집이 더 두려웠다. 그런데 제이미는 무슨 생각을 하고 있는 걸까?

스미스 씨가 숨을 크게 내쉬었다. 손수건을 꺼내 제이미의 얼굴에 흐르는 눈물과 콧물을 닦아 주었다.

"우리가 뭘 원하는지 물어보는 사람은 아무도 없구나. 자, 이리 와. 뭘 좀 먹자."

집으로 돌아가는 아이들

그다음 주에는 세 가지 일이 있었다. 우선 첫 번째는 스미스 씨가 하루 종일 잠만 자거나 멍하니 허공만 보며 지낸 일이었다. 월요일에는 우리한테 먹을 걸 챙겨 주었지만 그것 말고는 아무것도 안 했다. 화요일에는 아예 침대 밖으로 나오지도 않았다.

나는 그동안 스미스 씨가 화덕으로 요리하는 걸 지켜봤기 때문에 어떻게 해야 하는지 잘 알았다. 그래서 직접 요리를 한 뒤 제이미와 나눠 먹었다. 그날 오후에는 스미스 씨한테 갖다 줄 차를 끓였다. 제이미가 나 대신 찻잔을 쟁반에 받쳐 들고 위층으로 올라갔다.

스미스 씨는 옆으로 누워 있었다. 잠에선 깨어나 있지만 아무것도 보고 있지 않았다. 눈이 빨갛게 부어 있었다. 스미스 씨는 우리를 보고 사뭇 놀란 듯했다.

"아, 내가 너희를 내팽개치고 있었구나. 토튼 부인한테 이미 말했어. 나는 아이들을 돌보는 데 적합한 사람이 아니라고."

나는 찻잔을 들어 침대 옆 탁자에 내려놓았다.

"차 드세요."

스미스 씨가 일어나 앉았다.

"너희가 나를 돌보면 안 되는 거야. 내가 너희를 돌봐야 하는 거지."

스미스 씨는 차를 한 모금 마셨다. 그러고는 눈물을 흘리며 말했다.

"차에 설탕을 넣었구나."

스미스 씨는 평소에 우유 없이 설탕만 하나 넣어서 차를 마셨다.

"네."

나는 스미스 씨한테 맞을까 봐 겁이 나서 몸을 살짝 피하며 말했다.

"조금밖에 안 넣었어요. 설탕은 아직 많이 남아 있고요. 저는 눈곱만큼도 안 먹었어요."

그렇지만 제이미한테는 조금 주었다.

"에이다, 난 너를 안 때릴 거야. 너희를 방치하고는 있지만 때리지는 않아. 그리고 네가 무엇을 먹든 상관 안 해. 다 괜찮아. 그건 그렇고, 나한테 차를 갖다 주다니 너는 참 사려가 깊은 아이구나."

사려가 깊다니. 좋은 걸까, 나쁜 걸까?

그때 스미스 씨가 한숨을 내쉬었다.

"너희 엄마한테서 아직 연락이 안 왔어. 그렇긴 하지만, 너희의 성은 스미스가 맞아. 토튼 부인이 확인해 주었거든. 그 전까지 나는 네가 거짓말을 하고 있다고 생각했어."

"네."

"너희의 성이 히틀러라고 하면서 엉뚱한 소리를 한 다음에 그랬으니까. 스미스는 아주 흔한 성인데. 그런데도 네가 거짓말을 하고 있다고 생각하다니…….”

스미스 씨가 혼잣말처럼 중얼거렸다.

다음 날 아침, 스미스 씨가 자리에서 일어나 머리가 부스스한 채로 나왔다. 노란색 구름이 머리 주변에 둥둥 떠 있는 것 같았다.

스미스 씨가 우리한테 말했다.

“기운 내도록 노력해 볼게. 어제는…… 베키 때문이었어. 오늘은 기운 낼 거야.”

나는 어깨를 으쓱하며 말했다.

“제이미는 제가 돌볼 수 있어요.”

“그렇겠지. 하지만 너도 누군가에게 보살핌을 받아야 해.”

두 번째는 영국 공군이 버터의 풀밭 건너편으로 비행기 이착륙장을 만든 일이었다. 활주로 주변에 설치하는 안전 지대와 막사 등 비행장에 필요한 모든 것들을 사흘 만에 뚝딱 만들었다. 비행장에 관심이 많은 제이미는 몰래 들어가 내부를 구경했다. 그러다 결국 공군 군무원한테 걸려서 목덜미를 잡힌 채 끌려와 스미스 씨한테 넘겨졌다.

“아이에게 주의를 주십시오. 공군 비행장에는 민간인이 들어올 수 없습니다.”

그다음 세 번째는 빌리 화이트가 런던의 집으로 돌아간 일이었다. 제이미는 그 전부터 빌리와 친구들이 너무 보고 싶다며 호들갑을 떨었다. 하지만 나는 그 애들이 어디에 머물고 있는지 몰랐다. 또, 그 애들을 무턱대고 찾아 나설 생각도 없었다.

이제는 목발 짚는 요령을 다 터득해서 걷는 게 그리 어렵지 않았다. 그냥 제이미를 독차지할 수 있어서 기분이 좋았다. 우리는 주로 밖에서 놀았다. 뒷마당에는 마구간이라는 건물이 있었다. 그곳은 베키의 말들이 살았던 곳인데, 이따금 거기서 놀기도 했다. 하지만 대부분은 버터가 있는 풀밭에 있었다. 나는 그곳이 정말 좋았다.

목요일에는 우리 셋이 시내에 나갔다. 먹을 게 다 떨어졌기 때문이다. 기차역 앞에서 빌리와 빌리 엄마, 그리고 여자 형제들을 보았다.

"빌리!"

제이미가 빌리네 가족한테 뛰어가며 방긋 웃었다.

"너, 어디 살아? 나는 여기서 멀지 않은 곳인데, 어디냐면……."

그러자 빌리가 말했다.

"엄마가 우리를 데리러 오셨어. 그래서 집에 가는 중이야."

"하지만 히틀러는? 폭격은?"

제이미가 놀라서 다그치듯 묻자 빌리 엄마가 대답했다.

"지금까지 런던에 폭탄이 터진 적은 없어."

빌리 엄마는 한쪽 팔로 막내딸을 감싸고 있었다. 내가 그 애를 보며 웃음을 짓자, 막내딸을 짐짓 내 쪽에서 멀리 떼어 냈다. 마치 내 오른발이 그 애를 붙잡고 있기라도 한 것처럼.

"나는 애들과 떨어져 살 수가 없어. 우리는 전쟁을 끝까지 함께 치를 거야."

빌리 엄마가 나를 곁눈질로 힐끗 보며 말을 이었다.

"네가 에이다인가 보구나? 너네 엄마가 그러더라. 너도 어떻게 따라간 모양이라고. 그래도 난 믿지 않았지. 그냥 네가 창문으로 밖을 내다보지 않는 것뿐이라고 생각했거든."

빌리 엄마가 나를 위아래로 훑어보았다. 특히 아래쪽, 붕대가 감긴 오른발을. 스미스 씨는 붕대를 매일 깨끗하게 빨아서 내게 주었다.

"저, 모자란 애 아니에요. 그냥 오른발이 좀 안 좋은 것뿐이라고요."

"글쎄다, 난 잘 모르겠네. 너희 엄마는……."

빌리 엄마는 다시 한 번 막내딸을 한쪽 팔로 감싸 안았다. 그러자 스미스 씨가 우리 쪽으로 다가오며 말했다.

"에이다 어머님께는 이미 편지를 써서 보냈습니다. 하지만 빌리 어머님께서 런던에 가시면, 에이다 어머님께 한 번 더 전해 주시길 부탁드립니다. 의사 선생님이 말씀하시기를……."

그때 빌리가 끼어들었다.

"제이미, 난 여기가 싫어. 우리를 데려갔던 사람들은 완전 가난뱅이들이야. 굶어 죽을 뻔했다니까."

"나도 여기가 싫어."

제이미는 이렇게 소리치더니 스미스 씨를 쳐다보며 말을 이었다.

"집에 가도 돼요? 집에 좀 데려다주세요, 네?"

스미스 씨는 애써 미소를 지으며 천천히 고개를 저었다. 마치 제이미가 농담을 하고 있다는 듯이.

"나는 런던에 가 본 적이 없어. 그래서 어디로 가야 하는지도 몰라."

"저희 집이요."

제이미가 계속 고집을 부렸다.

"스티븐은 어디 있어요?"

보다 못한 내가 짐짓 말을 걸자, 빌리 엄마가 노려보며 대꾸했다.

"그 애는 안 갈 거야. 그 집에 자기가 꼭 있어야 한다고 생각하거든."

그러더니 나를 신기하다는 듯이 바라보며 덧붙였다.

"네가 밖에 나와 있다니 참 놀랍구나. 이 마을 사람들이 너를 정신병원에 가둘 줄 알았는데."

빌리 엄마의 말투로 보아, 나를 어딘가에 가둬야 한다고 생각하는 게 분명했다. 나는 혐오와 반감이 숨겨진 이 말에 어안이 벙벙해졌다. 그동안 우리 집 창문 너머로 빌리 엄마한테 손을 수없이 흔들었고, 빌리 엄마도 매번 내게 손을 흔들어 주었다. 그동안 나를 좋아하는 줄로만 알았다. 그런데…… 아니었다.

나는 뭐라고 말해야 할지 알 수가 없었다. 시선을 어디에 둬야 할지도 몰랐다. 스미스 씨가 내 어깨에 가만히 손을 올렸다. 나는 고개를 살짝 돌렸다. 스미스 씨의 치맛자락이 보였다. 더 이상 빌리 엄마를 마주 보며 서 있을 수가 없었다.

곧이어 빌리 엄마는 아이들을 이끌고 대합실로 들어갔다. 제이미가 그 모습을 보고 울부짖기 시작했다.

"저도 데려가 주세요!"

스미스 씨가 제이미를 뒤에서 꼭 안았다.

"너희 엄마는 네가 여기서 안전하게 있기를 바라실 거야."

"엄마도 저를 보고 싶어 할 거예요. 누나가 저를 돌보면 되고요. 누나, 그렇지? 응?"

나는 침을 꿀꺽 삼키며 생각했다. 어쩌면 그럴지도. 내가 이곳으로 떠나오는 바람에 집에는 엄마한테 차를 끓여 줄 사람이 없어졌으니까. 그리고 지금은 걸을 수 있으니까. 비록 목발을 짚고 다니기는 하지만……. 엄마가 이 사실을 알면, 목발을 미처 생각하지 못한 걸 미안해할까?

제이미의 비명 소리가 점점 더 커졌다. 제이미는 스미스 씨를 발로 걷어차면서 손아귀에서 벗어나려고 몸부림을 쳤다.

"빌리, 나도 데려가! 나도 가고 싶단 말이야! 집에 가고 싶다고!"

스미스 씨는 굳은 표정으로 제이미의 손목을 잡아끌면서 시내 중심가로 걸어갔다.

"에이다, 잘 따라와."

스미스 씨가 돌아보지도 않고서 매서운 어조로 말했다. 제이미는 계속 흐느껴 울었다. 콧물이 턱밑으로 흘렀다. 제이미가 울부짖었다.

"이거 놔! 놓으란 말이야!"

그때 누군가 침착한 목소리로 물었다.

"무슨 문제라도 있나요?"

나는 고개를 번쩍 들었다. 우리한테 자동차를 태워 주었던 철가면 아줌마였다. 그 옆에는 철가면 아줌마를 축소해 놓은 것처럼 보이는 여자애가 굳은 표정으로 서 있었다. 머리에 리본을 매달고서 우리한테 차를 나눠 주던 여자아이들 중 하나였다.

놀랍게도 스미스 씨는 눈을 천천히 굴리며 고개를 세차게 저었다. 마치 성질을 부리는 제이미가 전혀 성가시지 않다는 듯.

"그냥 짜증을 좀 부리는 거예요. 방금 같이 온 친구가 집으로 돌아갔거든요."

철가면 아줌마가 제이미를 보며 따끔하게 한마디 했다.

"이제 그만해. 말들이 놀라서 다 도망가겠다."

제이미는 소리 지르는 걸 뚝 멈추고서, 주변을 휘둘러보며 이렇게 물었다.

"말이 어디 있어요?"

"그냥 그렇다는 거지. 비유적인 표현이야."

철가면 아줌마는 이렇게 말한 뒤, 스미스 씨를 바라보며 덧붙였다.

"벌써 열 명이 넘는 아이들이 집으로 돌아갔어요. 그 아이들 부모한테 계속 이야기했지요. 거긴 안전하지 않다고, 런던은 곧 폭격을 맞을 거라고요. 하지만 아무 소용 없었어요. 자녀의 안전보다 현재의 즐거움을 더 중요하게 여기는, 그런 덜떨어진 여자들이 있다니까요."

철가면 아줌마는 제이미와 나를 번갈아 보며 말을 이었다.

"너희는 확실히 전보다 좋아졌구나. 스미스 씨, 대단한데요?"

"아니에요. 깨끗한 옷을 입히고 먹을 걸 챙겨 준 것뿐이에요."

스미스 씨는 농가진이 난 우리 피부에 냄새가 고약한 연고도 발라 주었다. 하지만 그 이야기는 하지 않았다. 대신에 주저주저하며 이렇게 물었다.

"혹시 헌옷이 좀 있나요? 아니면 헌옷을 갖고 있을 만한 분이라도 알려 주세요. 얘들한테 겨울옷이 필요한데 나 혼자 감당하기에는 좀 벅차서요."

철가면 아줌마가 커다란 가방에서 서류철을 꺼냈다. 저 아줌마는 왠지 잠잘 때에도 서류철을 손에 쥐고 있을 것 같았다. 철가면 아줌마가 거기에 뭐라고 적으며 대답했다.

"물론이죠. 안 그래도 정부 지원금으로 옷까지 부담하기는 힘들 거라고 예상했어요. 피난 온 애들이 자기 옷을 넉넉히 챙겨 왔어야 하는

데……. 아니, 이 말은 신경 쓰지 마시고. 아무튼 런던에서 애들이 더 많이 왔어야 해요."

철가면 아줌마의 딸이 붕대 감은 내 오른발을 가만히 바라보았다. 나는 그 애 쪽으로 몸을 기울이며 속삭였다.

"어제 다친 거야. 조랑말한테 밟혔거든."

그 애가 눈을 가늘게 뜨며 빈정거렸다.

"피, 웃기시네. 조랑말한테 밟혀도 그렇게 아프지 않거든. 나는 벌써 수십 번이나 밟혔는데."

나는 할 말이 없어서 눈을 껌뻑거리다가 혀를 쏙 내밀었다. 그러자 그 애가 나를 보며 이를 드러내었다. 호랑이처럼, 크엉!

그때 스미스 씨가 놀란 눈으로 되물었다.

"정부 지원금이라뇨?"

알고 보니 스미스 씨는 우리를 돌보는 대가로 정부에서 돈을 받을 수 있었다. 일주일에 19실링! 거의 1파운드였다! (엄마는 일주일에 19실링을 벌지 못했다.) 어쨌든 그것만으로도 스미스 씨는 이제 부자였다. 나는 숨을 헉 내쉬었다. 이제 내 신발 값이 얼마인지 걱정할 필요가 없었다. 제이미와 나는 일주일에 각각 19실링만큼 실컷 먹어도 되었다.

"아이쿠, 모르고 계셨어요? 내가 분명히 설명을……."

그러자 스미스 씨가 피식 웃으며 말했다.

"말씀하실 때 잘 안 들었나 봐요."

우리가 길을 따라 내려가는 동안 제이미는 차츰 진정이 되었다.

"한 달에 3파운드 16실링이나 돼요. 우리 같은 피난 아이들을 더 받아서 돈을 많이 벌 수도 있겠어요."

내가 말하자 스미스 씨가 인상을 썼다.
"다행히도, 그렇게까지 쪼들리지는 않는단다."

나는 아무도 모르게 버터를 타고 놀았다. 스미스 씨는 내가 밖에서 뭘 하며 노는지 몰랐기에, 버터를 타지 못하게 막는 일도 없었다.

스미스 씨가 계속 침대에만 누워 있던 지난 화요일, 나는 처음으로 버터의 등에 올라탔다. 버터를 잘 달래서 돌담 옆에 가만히 서 있게 한 다음, 목발 없이 돌담에 올라가 오른발을 버터 등 위로 올렸다. 그리고 갈기를 붙잡으며 힘껏 기어올랐다. 그러자 버터 냄새가 확 올라오면서 따뜻한 털이 내 다리를 간질였다.

버터가 천천히 앞으로 걸었다. 한 발짝씩 내디딜 때마다 내 엉덩이가 함께 씰룩거렸다. 갈기를 손으로 꽉 움켜잡고서 내가 원하는 쪽으로 몰아 보았지만 그다지 소용이 없었다. 얼마 안 있어 녀석은 고개를 푹 떨어뜨린 채 풀을 뜯어 먹었다.

이튿날은 두 다리가 후들후들 떨렸다. 하지만 크게 개의치 않았다. 걸을 때 힘든 것에 비하면 이건 아무것도 아니었다.

마구간 옆에는 창고가 하나 딸려 있었다. 그 전엔 잠겨 있었지만 제이미가 창고 문 근처에서 열쇠를 찾아냈다. 그 안에는 온갖 종류의 물건이 다 있었다. 추측컨대 베키가 말을 키우면서 사용했던 물건들인 듯싶었다.

나는 기차와 경주를 벌이던 조랑말에서 보았던 것과 같은 끈이 있는지 찾아보았다. 그러다가 가죽 끈이 가득 들어 있는 상자를 몇 개 찾아냈다. 그중에는 금속 조각이 달린 것도 있었다. 나는 그것들을 꺼내 놓고 자세히 살펴보았다.

말의 머리를 감싸는 가죽 끈을 굴레라고 하는데, 만약 실수로 굴레의 머리끈 대신 코끈이나 턱끈을 집어 들면 말 머리에 씌울 수가 없었다. 하지만 그땐 뭐가 뭔지 알지 못했다.

다행히 선반에서 네모난 물건을 하나 찾아냈다. 내가 읽을 수 없는 글씨가 잔뜩 적혀 있는 종이 뭉치였는데, 중간중간에 가죽 끈을 머리에 씌운 말 그림이 있었다. 나는 그 그림과 가죽 끈을 계속 비교하며 들여다보다가 한참 만에야 가까스로 이해를 했다.

그날 오후, 나는 버터한테 굴레를 씌우려고 애를 썼다. 그런데 버터보다 덩치가 큰 말이 사용하던 굴레를 잘못 챙겨 온 모양이었다. 머리끈을 버터의 귀 위쪽에 올려놓자, 머리끈과 연결된 금속 조각이 버터의 턱 근처에서 대롱거렸다. 버터는 몇 번인가 콧바람을 흥흥 불더니 결국 저만치로 달아나 버렸다. 내가 다시 버터를 끌고 오는 데는 오후 반나절이 다 걸렸다. 그것도 제이미가 도와줘서 겨우겨우…….

목요일 오후에는 좀 더 작은 굴레로 도전을 해 보았다. 이번에는 모든 게 딱 맞아떨어졌다. 솔직히 그 당시엔 굴레, 재갈, 고삐, 턱끈, 머리끈이라는 용어를 몰랐다. 그리고 굴레를 씌운 말 그림과 글씨가 잔뜩 적혀 있던 네모난 종이 뭉치는 책이었다. 바로 내 첫 번째 책.

어쨌든 버터가 굴레를 쓴 채 내 앞에 서 있었다. 내가 올라타자 숨을 크게 내쉬더니 이내 고개를 숙이고서 풀을 뜯어 먹었다. 나는 굴레에 연결한 고삐를 확 잡아당겼다. 그러자 버터가 깜짝 놀라며 고개를 번쩍 들었다. 나는 발로 버터를 살짝 걷어찼다. 이렇게 하면 녀석이 움직일 거라는 걸 알고 있었다.

아니나 다를까, 버터가 앞으로 걸음을 천천히 옮겼다. 나는 고삐를 한쪽으로 잡아당겼다. 그러자 버터가 그쪽으로 움직였다. 잠시 후, 두 손으로 고삐를 잡아당기자 버터가 그 자리에 멈춰 섰다. 이거 쉬운데? 나는 버터를 달리게 하려고 양쪽 발로 힘껏 걷어찼다. 버터가 고개를 휙 숙이는가 싶더니 등을 구부리며 위로 풀쩍 뛰어올랐다. 그러고는 몸을 흔들어서 나를 밑으로 떨어뜨렸다. 그 바람에 나는 바닥에 확 내팽개쳐지고 말았다.

"누나! 괜찮아?"

제이미가 깜짝 놀라 소리치며 허겁지겁 뛰어왔다.

"응, 괜찮아."

나는 서둘러 일어났다. 버터 위에 다시 올라타자, 나를 또 떨어뜨리려 했다. 버터의 머리를 계속 들게 했더니, 아까처럼 등을 구부리며 뛰어오르지는 못했다. 그런데 이번에는 버터가 몸을 옆으로 비틀면서 펄쩍펄쩍 뛰었다. 그 서슬에 나는 옆으로 휙 떨어지면서 머리를 풀밭에 쿵 처박았다. 잠시 동안 머리가 어지러웠다.

"너도 타 볼래?"

나는 겸연쩍은 얼굴로 제이미에게 물었다. 제이미는 대번에 고개를 저었다.

"아니, 지금은 별로. 나를 좋아할 것 같지 않거든."

나는 버터를 가만히 바라보았다. 지금 한창 풀을 뜯고 있는데, 내가 또 올라타면 좋아하지 않을 게 뻔했다. 하지만 나중에는 탁 트인 곳에서 힘껏 달리며 돌담을 뛰어넘으리라. 그때는 버터도 좋아하겠지.

나는 지금도 좋았다. 떨어지는 게 두렵지 않았다. 조랑말을 타는 건

걷기 연습과 비슷했다. 아프긴 하지만 계속해야 하는…….

"숨을 왜 그렇게 내쉬는 걸까?"

한밤중에 제이미가 뜬금없이 물었다. 그러면서 스미스 씨의 한숨을 따라 했다. 그건 엄마의 한숨과 달랐다.

"우리를 안 좋아하잖아. 스미스 씨는 우리를 원하지 않았어. 기억 안 나?"

나는 스미스 씨한테 폐를 끼치지 않으려고 무척 노력했다. 그 덕분에 스미스 씨는 철가면 아줌마한테 우리를 도로 데려가라고 하지 않았다. 나는 항상 설거지를 했다. 제이미는 옆에서 그릇의 물기를 닦았다. 또한 스미스 씨가 시키는 대로 목욕과 빗질도 부지런히 했다. 심지어 제이미가 처음 보는 음식도 다 먹게 했다. 그렇게 할 수 있는 방법이 비록 협박밖에 없었지만.

"우리, 여기서 얼마나 오래 있어야 할까?"

제이미가 물었다.

"글쎄, 나도 모르겠어. 전쟁이 끝나거나 엄마가 우리를 데리러 올 때까지겠지."

"전쟁이 끝나려면 얼마나 걸릴까?"

"두 주 정도? 아니면 더 길어질 수도 있고."

"집에 가고 싶어."

제이미는 자주 이렇게 말했다. 나는 그 말에 신물이 났다. 그래서 제이미한테 따지듯이 물었다.

"왜?"

나는 목소리를 낮춰서 말하려 했지만, 알 수 없는 분노가 속에서 욱하고 치밀어 올랐다.

"너는 네 맘대로 다 하면서 나는 아무것도 하지 말라는 거야? 이제 누나 노릇도 하지 말라는 거야? 나더러 또다시 조그만 방에 갇혀 지내라는 거냐고?"

제이미의 동그란 눈에 눈물이 가득 고였다. 제이미가 조용히 속삭였다.

"아니야, 나한테 누나 노릇하는 건 아무래도 상관없어. 그리고 엄마도 더 이상 누나를 가두지 않을 거야. 이제는 목발을 짚고 잘 걸어 다니니까."

"우리 동네 사람들은 나를 불쾌하게 여겨. 내가 무슨 괴물인 줄 안다니까."

제이미가 내 시선을 외면하며 말했다.

"안 그럴 거야. 누나가 목발을 짚으니까!"

제이미는 얼굴을 베개에 파묻고서 아예 대놓고 울기 시작했다.

"목발을 짚는다고 내 발이 바뀌는 건 아니야! 그대로라고! 계속 아파! 나는 똑같단 말이야!"

그러자 제이미가 훌쩍거리며 말했다.

"나는 우리 집에 있는 물건들의 이름을 다 알아."

나는 제이미의 말뜻을 곧바로 알아차렸다. 생전 처음 보는 물건들이 가득한 가게에 들어갈 때, 나도 이따금 주눅이 들곤 했다.

"집에는 좋은 게 없었어. 너도 항상 배가 고팠잖아. 기억 안 나?"

"아니. 나는 배고픈 적 없었어, 한 번도."

만약 그랬다면, 그건 순전히 내가 먹을 걸 대부분 제이미한테 양보했기 때문이다.

"나는 항상 외롭고 배가 고팠어. 늘상 방에 갇혀 있었다고. 그리고 지금 당장은, 누가 뭐라고 해도 너는 내가 시키는 대로 해야 해. 너를 안전하게 보호하는 사람은 나니까."

제이미는 눈물이 그렁그렁한 눈으로 나를 빤히 쳐다보았다. 그리고 몸을 돌려 바로 누웠다. 내가 이불을 턱밑까지 끌어 올린 다음, 깡마른 어깨를 토닥이자 이렇게 물었다.

"이제 안전하게 된 거야?"

그건 아니었다. 나는 결코 안전하다고 느끼지 않았다.

"응."

"거짓말. 누나가 거짓말하는 거 다 알아."

제이미가 내게 등을 보이며 돌아누웠다. 나는 똑바로 누워서 열린 창문으로 들어오는 인동덩굴의 향기를 맡으며 숨을 내쉬었다. 어쨌든 지금은 배가 고프지 않았다. 그리고 그대로 잠이 들었다.

그다음 날 시내에 갔을 때, 기차역 근처의 담벼락에 붙여진 거대한 포스터가 보였다. 스미스 씨가 손가락으로 글자를 하나씩 짚어 가며 큰 소리로 읽었다.

당신의 용기, 당신의 활기, 당신의 결의가 우리에게 승리를 가져다줄 것이다.

"이상해요. 마치 우리만 이 모든 일을 다 해야 하는 것 같잖아요."

내가 이렇게 말하자 스미스 씨가 나를 보며 씩 웃었다.

"진짜 그러네."

"이건 이렇게 써야 해요. 우리의 용기, 우리의 활기, 우리의 결의가 우리에게 승리를 가져다줄 것이다."

"그래, 맞아. 당장 국방부에 편지를 써야겠구나. 문구를 수정해야 한다고 말이야."

나는 스미스 씨가 진심으로 그렇게 생각한 것인지, 아니면 나를 비꼰 것인지 판단할 수 없었다. 스미스 씨의 말뜻을 알아차릴 수 없을 때는 속에서 은근히 짜증이 치밀었다.

"내가 너를 어린애라고 우습게 보면 안 되겠다. 그치?"

스미스 씨가 내 어깨를 가볍게 치며 덧붙였다.

"자, 얼른 가자. 요 잘 삐치는 아가씨, 채소 고르는 것 좀 도와줘."

그때 제이미가 내 팔을 잡아당기면서 손가락으로 길 건너편을 가리켰다. 스티븐 화이트가 어느 노인의 팔을 잡은 채 걸어가고 있었다. 아니, 그 노인이 스티븐의 팔을 잡고 있다는 표현이 더 정확했다.

스미스 씨가 내게 물었다.

"친구니?"

"아니요, 빌리의 형이에요."

스미스 씨가 고개를 끄덕이며 말했다.

"저기 가서 인사하고 와도 돼."

막상 그렇게 하려니 기분이 이상했지만, 스티븐이 왜 다른 가족하고 같이 런던의 집으로 돌아가지 않았는지 궁금했다. 나는 스티븐 쪽으로 걸음을 옮겼다. 스티븐이 나를 보고 우뚝 멈춰 섰다. 그러면서 옆의 노인도 걸음을 멈추게 했다. 나를 돌아보는 노인의 눈이 여느 사람들과 달리 탁한 우윳빛이었다.

스티븐이 내 목발을 가리키며 말했다.

"좋은데? 진작 이게 있어야 했어."

그러자 나를 업고 기차역까지 걸어가던 스티븐의 모습이 떠올랐다. 괜스레 얼굴이 화끈거렸다.

"얘는 누구니? 누구랑 이야기하고 있는 거야? 새로 온 애냐?"

노인이 고래고래 소리치면서 나를 똑바로 쳐다보았다.

스티븐이 헛기침을 하며 목소리를 가다듬었다.

"에이다예요. 저희 동네에서 같이 왔어요. 에이다는……."

노인이 스티븐의 말을 끊으며 나섰다.

"이 녀석, 그렇게 소개하는 건 예의 바른 행동이 아니야. 내가 가르쳐 주지 않았니?"

스티븐이 숨을 깊게 내쉬며 대답했다.

"네, 알겠습니다. 대령님, 이 아이는 런던에서 온 에이다 스미스입니다. 그리고 에이다, 이분은 로버트 맥퍼슨 대령님이셔. 영국 육군에서 퇴역하셨지. 나는 여기서 이분과 같이 살아."

노인이 허공에 손을 내밀며 내게 말했다.

"에이다 스미스, 너는 이제 내 손을 잡고 악수하면 된단다. 너도 이 녀석과 같은 동네에서 왔다면, 예의 바른 행동을 가르쳐 준 사람이 없었겠구나. 나와 악수를 나누면서, '맥퍼슨 대령님, 만나서 반갑습니다.' 라고 말하면 된단다."

나는 손을 내밀어 대령의 말라비틀어진 손에 살짝 얹었다. 그러자 대령이 내 손을 확 거머쥐더니 위아래로 세차게 흔들었다.

"이제 '맥퍼슨 대령님, 만나서 반갑습니다.'라고 말해야지."

"맥퍼슨 대령님, 만나서 반갑습니다."

"에이다 스미스, 나도 만나서 기쁘구나. 네가 스티븐의 친구라면, 우리 집에 와서 차를 한잔 마셔야지."

그제야 대령이 내 손을 놓았다. 나는 얼른 손을 치마에 문질러서 닦았다. 대령의 손이 더러워서가 아니었다. 대령의 손은 매우 깨끗했다. 그저 낯선 사람과의 접촉이 이상하게 느껴졌기 때문이다.

스티븐이 빙긋 웃었다. 대령과 내가 인사를 나누는 모습이 아주 재미있었다는 듯이.

내가 스티븐한테 물었다.

"왜 집에 안 갔어?"

스티븐이 맥퍼슨 대령 쪽으로 눈길을 돌렸다.

"아, 엄마가 그러라고 하셨어. 나는 여기에 더 있는 게 좋겠다고."

"아니야, 너희 엄마는……."

스티븐이 내 팔을 한 대 세게 쳤다. 나는 스티븐을 쏘아보았다. 스티븐이 턱으로 노인을 가리키며 인상을 썼다.

내가 물었다.

"뭐라고?"

"나중에 얘기할게, 나중에. 알았지?"

"알았어."

나는 이렇게 말했지만 여전히 어리둥절했다. 길 건너편으로 돌아오자 스미스 씨와 제이미가 두 번째 포스터 앞에 서 있었다.

"누나, 이건 좀 나아."

그러자 스미스 씨가 읽어 주었다.

전력을 기울여 위기에 처한 자유를 지키자!

이건 괜찮았다. 하지만 궁금한 게 있었다.

"'전력'이 뭐예요?"

"라디오에서 '독일군이 전력을 증강하였습니다.'라고 하잖아."

제이미가 대꾸하자 스미스 씨가 말했다.

"음, 그것도 맞는 말이긴 한데, 여기서 전력은 모든 힘이나 능력을 뜻해. 그러니까 우리의 힘을 모두 쏟아부어 자유를 지키자는 거지."

"우리가 가진 힘을 모두 쏟아 위기에 처한 자유를 지키자!"

제이미가 앞서 나가며 크게 소리쳤다. 그러면서 팔을 앞뒤로 크게 휘저었다.

"그런데 '자유'가 뭐예요?"

나는 스미스 씨와 나란히 걸어가며 물었다.

"그건, 흐음……. 나는 그걸 자기 자신과 관련된 뭔가를 결정할 수 있는 권리라고 말할래. 자기 인생에 대한 결정권 말이야."

"우리가 오늘 아침에 시내로 가기로 결정한 것과 비슷한 건가요?"

"그것보다는 네가 되고 싶거나 하고 싶은 거. 예를 들어, 나도 잘은 모르겠지만, 네가 변호사가 되고 싶다고 결정하는 것과 비슷한 거지. 네가 다 컸을 때 말이야. 아니면 선생님이 되고 싶다든가, 혹은 웨일스에서 살고 싶다고 결정하는 거지. 한마디로 중대한 결정을 내리는 거야. 독일이 침공하더라도 물건은 계속 살 수 있겠지만, 우리가 결정할 수 있는 것들은 줄어들겠지."

언제나 그렇듯, 나는 스미스 씨의 말을 대부분 이해하지 못했다.

"스티븐 화이트는 심술쟁이 할아버지랑 살고 있어요."

"응, 나도 봤어. 허약해지신 모습을 보니 마음이 안 좋더라. 그분은 베키와 같이 여우 사냥을 다니셨어. 그런데 나이가 저렇게 많으신 줄은 몰랐네."

"할아버지가 시켜서 서로 손을 만졌어요."

나는 몸서리를 치며 말했다.

"그건 그냥 인사법이야."

"할아버지도 그렇게 말했어요."

그러자 스미스 씨가 빙긋 웃었다.

나는 스미스 씨가 왜 웃는지 몰랐다.

"이그, 모든 것에 삐딱한 꼬마 아가씨."

나는 스미스 씨의 말을 듣고 기분이 언짢아져서 인상을 찌푸렸다. 스미스 씨는 내 땋은 머리를 잡고서 빙글빙글 돌리며 말했다.

"친애하는 에이다 님, 당신의 용기, 당신의 활기, 당신의 결의가 당신에게 승리를 가져다줄 것입니다."

스미스 씨는 포스터의 문장을 적절치 못하게 활용했다. 나는 스미스 씨를 째려보았다.

마침내 우리는 과일 가게에 도착했다. 먼저 입구에 도착한 제이미가 가게 문을 열고서 기다리고 있었다. 나는 땋은 머리를 가볍게 휙 넘겨 스미스 씨의 손에서 빼냈다. 다시는 단어의 뜻을 묻지 않을 것이다.

이젠 너무 지쳤다. 하지만 스미스 씨가 나를 쳐다보더니, 내가 묻지도 않은 걸 말해 주었다.

"승리란 건 말이지, 평화를 뜻한단다."

내가 거짓말쟁이라고?

며칠이 지난 후, 기차에서 우리 칸에 있었던 선생님이 스미스 씨네 집을 찾아와 곧 학교에서 수업이 시작될 거라는 소식을 전했다. 그런데 마을에는 피난 온 아이들만 수용할 수 있는 빈 건물이 없었다. 별수 없이 그 마을에 있는 학교를 같이 써야만 했다.

마을 아이들은 원래대로 자신들을 가르쳤던 선생님들과 오전 8시부터 정오까지 수업을 하고, 피난 온 아이들과 선생님들은 오후 1시부터 5시까지 수업을 하는 방식이었다.

선생님은 스미스 씨한테 학교생활을 자세히 안내해 주었다. 그리고 떠나기 전에 제이미를 보며 말했다.

"그럼 월요일 오후에 보자."

우리 네 명은 거실의 폭신폭신한 보라색 소파에 앉아서 스미스 씨가 끓여 온 차를 마시고 있었다. 스미스 씨가 선생님을 보며 의아하다는 듯이 웃음을 지었다.

"당연히 에이다도 가야죠."

그동안 내가 어떻게 보였는지는 몰라도, 선생님과 제이미의 입이 동시에 떡 벌어졌다. 선생님이 먼저 입을 오므리며 말했다.

"에이다는 저희 학교 학생 명단에 없습니다. 지난번에 이 아이들의 엄마 집 주소를 전달하면서 말씀드렸잖아요. 제이미만 등록되어 있다고요."

"누나는 밖에 나가면 안 돼요."

제이미가 끼어들었다.

"말도 안 돼. 그건 런던에 있을 때 얘기지. 너도 알잖아."

내가 사납게 쏘아붙이자, 제이미는 다 기어 들어가는 목소리로 대꾸했다.

"하지만 학교는 아니야."

나는 학교에 간 적이 없었다. 학교에 갈 생각을 해 본 적도 없었다. 하지만 왜 안 된다는 거지? 나는 이제 목발을 짚고 학교에 갈 수 있었다. 그리 멀지도 않았다.

스미스 씨는 명단이 중요한 게 아니라고 주장했다. 피난 온 아이들 중 이미 상당수가 런던으로 돌아갔기 때문에 내가 들어갈 자리가 분명히 있을 거라고 하면서…….

"빈자리? 물론 있지요. 그런데 얘가 수업을 따라갈 수 있을까요?"

선생님이 대뜸 자리에서 일어나더니, 스미스 씨의 책장에서 책을 한 권 빼 왔다. 그리고 그 책을 아무 데나 펼쳐서 내 앞으로 내밀었다.

"자, 읽어 볼래?"

나는 책을 들여다보았다. 흐릿한 까만 자국들이 눈앞에서 빙글빙글 돌았다. 내가 고개를 들자 선생님이 미소를 지었다. 스미스 씨가 다가오더니 두 팔로 나를 꼭 감쌌다. 나는 몸부림을 치며 뿌리치려 했지만, 스미스 씨가 꽉 잡고서 놓지를 않았다.

"보셨죠? 얘는 교육이 불가능해요."

선생님이 부드럽지만 단호한 목소리로 말했다.

나는 교육이 불가능하다는 게 무슨 뜻인지 몰랐다. 아니, 내가 교육이 불가능한지 아닌지를 몰랐다는 게 맞겠다.

"에이다는 그저 교육을 못 받은 것뿐이에요. 절대로 모자란 아이가 아니라고요. 에이다한테도 교육 받을 기회를 줘야 해요."

스미스 씨가 말하자 선생님이 고개를 저었다.

"그건 다른 학생들한테 공평하지 않아요."

선생님은 곧 자리에서 일어나 조용히 문을 닫고 밖으로 나갔다.

스미스 씨가 두 손으로 내 어깨를 꼭 잡았다.

"울지 마. 선생님이 틀렸어. 너는 배울 수 있어. 내가 알아."

내가 왜 울어? 그런데 몸을 비틀어 스미스 씨한테서 벗어나자마자, 눈물이 툭 떨어지면서 뺨을 타고 흘러내렸다. 나는 뭐든 닥치는 대로 힘껏 걷어차거나 집어 던지고 싶었다. 소리를 바락바락 지르고 싶었다. 버터를 타고 전속력으로 끝없이 달리고 싶었다. 아니, 두 발로 힘껏 뛰고 싶었다.

하지만 뒤틀리고, 못생기고, 끔찍한 이 발로는 절대로 그럴 수가 없었다. 나는 소파의 쿠션에 머리를 파묻었다. 어떻게 할 수가 없었다. 그냥 울었다.

스미스 씨가 내 등에 살며시 손을 얹었다.

"속상해하지 마. 저 사람들이 틀렸어. 우리, 다른 방법을 찾아보자. 넌 결코 어리석지 않아. 어리석은 사람은 자기 남동생을 너처럼 돌볼 수 없어. 또 그런 사람은 너만큼 용감하지도 않고 유능하지도 않아."

어리석다, 모자라다, 교육이 불가능하다……. 모두 말뿐이었다. 나는 이런 의미 없는 말들에 질려 버렸다.

그날 저녁 목욕을 마치고 잠들기 전, 스미스 씨가 우리 방문 앞에 서서 잠시 망설이더니 입을 열었다.

"내가 뭘 좀 가져왔는데, 이건 내가 어렸을 때 좋아하던 책이야. 잠들기 전에 우리 아빠가 읽어 주시곤 했지. 너희한테도 읽어 주려고."

나는 고개를 돌려 외면했다. 모르는 단어들이 더 많이 생기겠군.

제이미가 물었다.

"근데 왜요, 스미스 씨?"

"있잖니, 얘들아. 나를 스미스 씨라고 부르지 않았으면 좋겠어."

스미스 씨가 의자를 들어 제이미 옆으로 옮기며 말을 이었다.

"내 이름은 수잔이니까, 수잔 이모라고 부르거나 그냥 이모라고 해. 그리고 이제 이 책을 읽어 줄게. 너희가 좋아할 것 같으니까."

"우리가 왜요?"

제이미가 또 물었다.

스미스 씨는 제이미의 질문에 대답하지 않고 다른 말을 했다.

"이건 《로빈슨 가족》이라는 책인데, 잘 들어 봐."

스미스 씨가 목소리를 가다듬은 후 책을 읽기 시작했다.

"여러 날 동안 우리는 폭풍우에 시달렸다. 이 거칠고 무시무시한 광경 속으로 어둠이 여섯 번 다가왔다……."

나는 머리를 베개에 파묻었다. 스미스 씨가 읽는 단조로운 목소리는 창문가에서 파리가 윙윙거리는 소리 같았다. 나는 곧 잠에 빠져들었다.

이튿날 아침, 어제 들은 몇몇 단어들이 머릿속에서 빙글빙글 맴돌았다. 나는 결국 참지 못하고 아침을 먹으며 이렇게 물었다.

"'폭풍우에 시달렸다'는 게 무슨 뜻이에요?"

스미스 씨가 머그잔을 든 채로 나를 바라보며 대답했다.

"사나운 비바람이 휘몰아쳤다고. 바람, 비, 번개 말이야. 그리고 너희가 작은 배를 타고 있다고 상상해 봐. 그것도 바다에서. 배가 앞뒤로 계속 흔들리면서 엄청나게 괴롭고 힘들겠지? 바다에 그냥 떠밀려 다니는 거야, 폭풍우 때문에."

나는 제이미를 보며 말했다.

"이건 우리 이야기네, 떠밀려 다니는 거. 폭풍우에 시달리면서."

그러자 제이미가 고개를 끄덕였다.

나는 다시 스미스 씨를 바라보며 물었다.

"'교육이 불가능하다'는 건 무슨 뜻이에요?"

스미스 씨가 헛기침을 하며 대답했다.

"교육을 할 수 없다고. 그러니까 배울 수 없다는 거지. 하지만 에이다, 너는 충분히 배울 수 있어. 너는 교육이 가능해. 내가 잘 알아. 선생님이 잘 모르고서 한 말이야."

바로 그때, 비행기 한 대가 하늘 높이 떠올랐다. 제이미가 펄쩍펄쩍 뛰며 밖으로 나갔다. 공군 비행장이 근처에 생기면서 우리는 요즘 자주 비행기를 보고 또 소리를 들었다. 그런데 제이미는 비행기를 볼 때마다 아주 신나 했다.

"에이다, 너만 괜찮으면 오늘부터 글 읽는 걸 가르쳐 주고 싶은데."

스미스 씨가 말했다.

"아니요, 괜찮습니다."

나는 제이미를 따라 밖으로 뛰어나가며 대답했다. 스미스 씨가 가르쳐 준 대로 예의를 지키면서. 스미스 씨가 고개를 저으며 뒤따라 나왔다.

"속마음은 그게 아니잖아."

"버터랑 있고 싶어요."

스미스 씨가 몸을 앞으로 숙이며 말했다.

"에이다, 너는 충분히 배울 수 있어. 너를 잘 모르는 사람이 한 말에 귀 기울이지 마. 네가 아는 것, 그러니까 너 자신이 하는 말에 귀를 기울이라고."

내가 아는 것이라니. 나는 런던 우리 집의 작은 창문으로 밖을 내다보며 세상을 배웠다. 나는 아는 게 없었다. 스미스 씨가 하는 말은 정말 무슨 소린지 하나도 모르겠다. '능력이 있다'라든가, '폭풍우에 시달린다'라든가. 심지어 몇 글자 안 되는 '바다'라는 말도 모르겠다. 바다가 뭐지? 배들은 템스강을 통해 들어오고 나갔다. 바다는 강과 비슷한 건가? 나는 도무지 모르겠다, 정말이지 하나도.

"조랑말을 봐야 해요."

"그래, 그렇게 해."

스미스 씨가 한숨을 내쉬더니 뒤돌아서 안으로 들어갔다.

나는 창고에서 솔을 찾아낸 뒤, 버터의 황토색 털을 빗겨 주었다. 빠진 털과 먼지들이 공중에 날렸다. 버터는 기분이 매우 좋은 것 같았다.

"기분 좋구나, 그렇지? 가려운 데를 긁어 줄게."

내 피부는 예전처럼 가렵지 않았다. 냄새가 고약한 연고를 바른 후로 거칠거칠한 딱지가 전부 사라졌다. 아침마다 스미스 씨가 내 머리를 빗겨 주어서 머릿결도 훨씬 좋아졌다. 스미스 씨는 내 머리카락을 하나로 땋아서 등 뒤로 길게 늘어뜨렸다. 그래서 바람이 불어도 항상 단정했고, 잠을 잘 때도 머리카락이 엉키지 않았다.

그날 점심을 먹으면서, 스미스 씨가 오늘은 제이미가 학교에 처음 가는 날이기 때문에 데려다주고 오겠다고 했다.

"혼자 있어도 괜찮지? 아니면 같이 가도 되고."

나는 고개를 저었다. 학교 근처에도 가지 않을 작정이었다. 그리고 나중에 안 사실이지만, 그날 학교에 안 간 건 내게 큰 행운을 가져다주었다.

스미스 씨가 제이미를 데리고 집을 나서자마자 나는 버터 등에 올라탔다. 그런데 얼마 후, 처음 보는 말 한 마리가 스미스 씨네 풀밭으로 뛰어들었다.

어떻게 된 일인지 설명하면 이랬다. 나는 버터에게 방향 바꾸는 법을 알려 주기 위해 크게 원을 그리며 천천히 걸었다. 그때 인도에서 이쪽으로 다가오는 말발굽 소리가 들렸다. 나는 멈춰 서서 주위를 둘러보았지만, 나무 때문에 아무것도 보이지 않았다.

마침내 그 말과 말에 올라탄 사람이 내 눈에 들어왔을 때, 공군 비행장에서 비행기 한 대가 이륙하며 굉음을 내뿜었다. 버터는 비행기 따윈 신경도 안 쓴 지 오래였다. 요즘 들어 하루에도 수십 번씩 비행기가 이륙했기 때문이다. 하지만 다른 말, 그러니까 그 커다란 갈색 말은 비행기 소리에 겁을 먹고선 몸을 반대 방향으로 홱 돌리더니 맹렬하게 달아나기 시작했다.

말에 올라탄 사람이 고삐를 바짝 잡아당겨 멈추려 했지만, 말은 또 한 번 몸을 홱 돌리더니 인도를 벗어나 스미스 씨네 풀밭의 돌담 쪽으로 마구 돌진했다. 그 순간 말에 탄 사람은 안장에서 튕겨 나갔고, 제정신이 아닌 말은 돌담을 풀쩍 뛰어넘어 버렸다. 말에서 떨어진 사람은 옆으로 한참을 데굴데굴 굴러갔다.

그 낯선 말은 등자(말에 앉을 때 두 발을 디디게 되어 있는 물건)를 양옆에 덜렁거리며 우리를 향해 전속력으로 달려왔다. 버터가 그걸 보고 몸을 흔들어 나를 바닥에 떨어뜨렸다. 버터와 그 말은 풀밭 저쪽으로 나란히 달려 나갔다. 우둔한 두 녀석은 잠시 동안 전력 질주를 했다.

하지만 나는 그 녀석들한테 계속 신경을 쓸 수가 없었다. 오른발을 질질 끌면서 최대한 빨리, 말에서 떨어진 사람에게로 뛰어갔다. 마침내 그 사람이 누구인지 알아챘다. 철가면 아줌마의 딸이었다.

그 애는 길가 도로변의 잡초가 무성한 질퍽한 땅에 엎드려 있었다. 내가 돌담 위로 가까스로 기어오르자, 두 눈을 깜박이며 몸을 굴려서 아예 바닥에 드러누웠다. 그러고는 런던의 우리 집 골목길은커녕 부둣가 조선소의 기숙사에서나 들을 것 같은 악담과 욕설을 마구 퍼부었다. 결국 그 애는 이렇게 말을 끝냈다.

"나는 저 빌어먹을 말이 정말 싫어."

스미스 씨는 '빌어먹을'이란 말을 제이미나 내가 쓰지 못하게 했다. 그건 나쁜 욕이었다.

"나는 저 말이 싫어."

그 애는 나를 쳐다보며 한 번 더 말했다. 내가 물었다.

"많이 다쳤어?"

그 애는 몸을 일으켜 자리에서 일어나다가 다시 풀썩 쓰러졌다. 고개를 끄덕이며 대답했다.

"머리가 어지러워. 어깨도 아프고. 쇄골이 부러진 것 같아."

그 애는 손으로 목 밑을 만지더니 움찔하며 얼굴을 찡그렸다.

"우리 엄마도 작년에 쇄골이 부러졌어, 사냥하다가. 원래 잘 부러지는 데야. 근데 이 거지 같은 말은 어디로 간 거야?"

나는 돌담 건너편을 바라보며 대답했다.

"우리 조랑말 옆에서 풀을 뜯고 있어, 아무 일도 없었던 것처럼."

그 애는 천천히 몸을 일으켰다.

"그렇겠지. 정말 싫어. 저 녀석은 우리 오빠 거야."

그 애는 얕게 신음 소리를 내는가 싶더니 바닥에 털썩 주저앉았다. 얼굴이 창백해지면서 금세 어두운 그림자가 드리워졌다.

"여기 앉아 있는 게 좋겠다."

나는 이렇게 말한 다음, 말이 있는 데로 걸어갔다. 말의 앞발에 고삐가 엉켜 있는 것만 빼면 다른 건 다 괜찮아 보였다. 내가 엉킨 고삐를 푸는 동안 말은 얌전히 서 있었다. 말은 버터보다 훨씬 더 컸다. 털은 반질반질 윤이 나는 데다 다리가 쭉 뻗은 게 상당히 잘생겼다. 그 말은 버터가 종종 그러는 것처럼 내 손에 코를 대고 킁킁 냄새를 맡았다.

"미안, 먹을 게 없어."

나는 말을 끌고 그 여자애한테로 걸어갔다. 말 머리 위로 고삐를 올린 다음, 왼발을 왼쪽 등자에 걸치고 몸을 위로 올려서 말에 올라탔다. 버터의 등에 올라타면 헐렁거려서 주르륵 미끄러지곤 하는데, 이 말은 안장에 앉자마자 몸에 딱 맞는 게 무척 편안했다. 오른발은 어차피 끼울 수 없지만, 등자에 쏙 들어간 왼발의 느낌이 아주 좋았다. 내가 고삐를 모으자 말이 목을 활 모양으로 우아하게 구부렸다.

나는 발뒤꿈치로 말을 쿵 쳤다. 그 바람에 말이 놀라서 하마터면 앞으로 뛰어나갈 뻔했다. 내 실수였다. 이 말은 버터보다 훨씬 더 부드럽게 다뤄야 했다. 나는 다리를 천천히 움직이며 고삐를 뒤로 잡아당겼다. 말이 다리를 크게 구부리며 성큼성큼 걸어갔다.

멀리서 보니 그 애는 이제 돌담에 기대서 있었다. 그 애가 소리쳤다.

"돌아서 문으로 나오면 돼."

하지만 내게 더 좋은 생각이 있었다. 아까 말이 돌담을 뛰어넘어서 들어왔으니 나갈 때도 그렇게 할 수 있을 터였다. 나는 말을 발로 차서 앞으로 몰았다. 말은 잠시 동안 활기차게 뛰다가 곧 리듬을 타면서 사뿐히 달렸다.

우아, 나는 가쁜 숨을 내쉬며 생각했다. 고통 없이 빨리 움직이는 기분이라는 게 바로 이런 거였구나. 고삐를 조절해 말이 돌담 쪽으로 달려가게 했다. 말은 조금도 머뭇거리지 않았다. 땅을 한번 부드럽게 디디고는 높이 뛰어올랐다. 나도 말의 갈기를 두 손으로 꼭 잡고서 같이 날아올랐다. 잠시 후, 우리는 반대편으로 가볍게 뛰어내렸다. 나는 큰 소리로 웃음을 터뜨렸다.

"잘난 척은."

그 애는 퉁명스러운 목소리로 이렇게 투덜거렸지만, 어느덧 나랑 같이 웃음을 터뜨리고 있었다.

"비행기가 또 날지 않아서 다행이네."

"그래, 맞아. 정말 다행이지. 그런데 어때? 말을 탈 수 있겠어?"

그 애는 시험 삼아 오른팔을 움직여 보더니 금방 얼굴을 찡그렸다.

"고삐를 쥘 수 없을 것 같아. 그렇다고 한 손으로는 무리고. 머리도 깨질 듯이 아파. 내가 네 뒤에 타고 가도 될까?"

나는 몸을 조금씩 앞으로 움직였다. 안장은 충분히 넓었다. 나는 등자에서 발을 뺀 다음, 그 애가 말에 올라타는 걸 도왔다.

"발에 걸치는 거, 이거 네가 해."

그러자 그 애가 내 허리에 왼팔을 두르고 두 발을 등자에 끼우며 말했다.

"내가 왔던 길로 되돌아가면 돼. 그리고 제발 걸어가 줘. 머리가 두 동강 난 것처럼 아프니까. 쿵쿵거리면서 뛰어가면 난 죽을지도 몰라."

그 애 이름은 마가렛이었다. 마가렛 엄마는 이 지역 '여성 자원 봉사 협회' 대표였다. 그래서 마가렛 엄마가 피난 온 아이들을 관리하는 거였다.

"하지만 그게 다가 아니야. 엄마는 하루 종일 전쟁과 관련된 일들을 처리해. 맨날 정신없이 바쁘게 지내려고 애쓰지. 그래야 조나단 오빠를 걱정할 시간이 없으니까. 엄마는 오빠가 전쟁에 참여하기 전에, 이 전쟁이 영국의 승리로 끝나길 바라."

조나단은 마가렛의 오빠로, 이곳에서 먼 다른 공군 비행장에서 전투기 조종법을 배우고 있었다.

"너도 우리 집에 있는 피난 애들처럼 말하네. 말투가 정말 웃겨."

"나한테는 네 말투가 웃기거든."

그러자 마가렛이 깔깔대며 웃었다.

"그렇겠네. 하지만 너는 말을 탈 수 있어. 우리 집에 머물고 있는 애들은 전부 말을 무서워해. 말 타는 건 런던에서 배운 거야?"

"아니, 나 혼자 여기서 알아냈어."

"우아, 굉장한데?"

"이렇게 멋진 말이라면 누구든지 잘 탈 수 있을걸. 우리 조랑말은 하루에도 대여섯 번씩은 날 떨어뜨려."

"조랑말이 얼마나 약삭빠른데. 교활한 악마 같다니까. 우리 집 조랑말도 얼마나 못됐는지 네가 한번 봐야 해."

알고 보니 우리가 타고 가던 그 말은 조나단의 사냥용 말이었다. 마가렛 엄마의 지시로 운동을 시키던 중이라 했다.

"내가 학교에 갈 때까지만이야. 원래는 지난주까지 학교에 가야 했어. 그런데 전쟁 때문에 학교를 옮기느라 늦어진 거지. 그건 그렇고, 나는 이 말이 진짜 싫어. 사실은 얘도 날 싫어해. 다른 사람들한테는 어린 양처럼 순하게 굴면서……. 주변에 아무도 없을 때 나한테 더 못되게 군다니까. 그래서 날마다 한 시간씩 나 혼자서 얘랑 씨름을 해. 마구간에서 일하던 남자들은 다 입대했고, 그라임스 씨는 일이 너무 많아. 나랑 같이 밖에 나갈 사람이 아무도 없어."

내가 이해할 수 있는 말은 절반밖에 안 되었지만, 어쨌든 마가렛은

이 많은 이야기를 털어놓으면서 기운이 쭉 빠진 모양이었다. 곧 내 어깨 위로 몸이 축 처졌다.

"괜찮아?"

"아니, 괜찮지 않아."

말이 절도 있고 힘찬 발걸음으로 모퉁이를 돌았다. 나는 그 말이 집으로 가는 길을 잘 알고 있기만을 바랐다. 다행히 그렇게 보였다. .

그런데 갑자기 마가렛의 몸이 휘청거리며 흔들렸다. 나는 마가렛을 내 앞으로 옮겨야겠다는 생각이 들었다. 그래야 내가 마가렛을 계속 잡고 있을 수 있으니까.

"매기?"

나는 다급히 마가렛을 불렀다. 런던의 골목길에도 마가렛이란 애가 있었는데, 사람들은 그 애를 매기라고 불렀다.

"매기, 꼭 잡고 있어."

나는 내 허리를 감싸고 있는 매기의 손을 앞으로 더 끌어당겼다. 매기는 내 목덜미에 머리를 기대며 혼잣말처럼 중얼거렸다.

"우리 엄마는 나보다 오빠를 더 좋아해. 오빠를 위해서라면 뭐든지 하지만 나한테는 맨날 짜증만 내."

"우리 엄마도 내 남동생을 더 좋아해. 나는 미워하고, 내 발 때문에."

매기가 몸을 굽혀 내 오른발을 보는 게 느껴졌다. 붕대를 감고 있어서 다행이었다. 그러다 매기가 균형을 잃고 휘청거렸다.

"조심해."

"으으음."

"짐마차에 깔린 거야."

"흥, 그것 때문에 너희 엄마가 너를 미워한단 말이야? 말도 안 돼."

말이 쿵쿵거리며 걸어갔다. 매기의 머리도 덩달아 내 어깨에서 쿵쿵 튕겼다.

"사실, 짐마차 때문이 아니야."

나는 잠시 말을 멈추었다가 이었다.

"내반족이거든."

의사가 한 말을 그대로 전했다. 매기가 웅얼거리듯이 대꾸했다.

"아, 내반족. 들어 봤어. 우리 집에도 내반족으로 태어난 망아지가 있었거든."

말이 한 번 더 방향을 바꾸더니, 양옆으로 나무가 줄지어 서 있는 자갈길로 내려갔다. 그리고 머리를 흔들면서 점점 더 빠르게 걸었다. 매기가 신음을 하며 괴로워했다.

"윽, 토할 것 같아."

"말 위에서는 안 돼."

"우욱."

매기가 안장에서 토하지 않으려고 몸을 숙이더니 곧 바깥쪽으로 돌렸다. 그러다가 또 말에서 떨어질 뻔했다. 나는 매기를 확 잡아챘다. 말은 쉴 새 없이 머리를 흔들었다.

"이 녀석은 집에 돌아갈 때 더 좋아해. 망할 놈의 말 같으니라고."

매기가 중얼거렸다.

"그런데 망아지가 뭐야?"

"뭐? 아……, 새끼 말. 우리 집에 내반족으로 태어난 말이 있었어."

매기가 또 한 번 휘청거렸다.

"속이 너무 안 좋아."

나는 한쪽 발굽이 뒤틀린 작은 말을 상상해 보았다. 버터의 발굽은 길게 굽이져 있지만 뒤틀리진 않았다. 말이 걸을 수 없다니, 그럼 그 말은 어떻게 하지? 말을 위한 목발은 없잖아. 아니, 있나?

"그래서 그 말은 죽었어?"

"응? 아, 그 내반족 말. 아니, 그라임스 씨가 고쳐 줬어. 그라임스 씨랑 편자공(말발굽에 편자를 만들어 붙이는 사람)이."

그때 양옆으로 서 있던 나무가 사라지면서 우리 앞에 거대한 석조 건물이 나타났다. 그 건물은 런던의 기차역만큼이나 컸다.

내가 고삐를 잡아당기자 말이 고개를 흔들었다. 말은 거대한 건물 안으로 들어가지 않고 그 옆으로 걸어갔다. 곧 내가 봐도 어떤 곳인지 한눈에 알 수 있는 건물이 나왔다. 바로 마구간이었다.

어떤 노인이 다리를 절뚝거리며 걸음을 재촉해 앞으로 나왔다. 그라임스 씨구나, 나는 속으로 생각했다.

"무슨 일이니?"

"매기가 다쳤어요."

매기가 옆으로 쓰러지면서 그라임스 씨의 팔에 안겼다. 그라임스 씨는 살짝 휘청거리기는 했지만 매기를 계속 잡고 있었다.

"말에서 떨어지면서 땅에다 머리를 박았어요. 어깨도 다쳤고요."

내가 말하자 그라임스 씨가 고개를 끄덕였다.

"잠시 여기에 있을래? 매기 아가씨를 안에 모셔다 두고 올 테니까."

"네, 그러세요."

나는 매기 목소리를 흉내 내며 품위 있게 말했다. 그라임스 씨는 내반족 말을 고쳤어. 내반족을 고쳤다고. 그런데 어떻게 했을까?

그라임스 씨가 매기를 집 안으로 옮겼다. 나는 말에서 미끄러지듯 내려왔다. 발이 땅에 닿기까지, 그 높이가 제법 되었다. 나는 주변을 둘러보았다. 마구간에는 우리가 여러 개 있었다. 스미스 씨네 마구간처럼. 다만 스미스 씨네 우리는 전부 막혀 있었지만, 여기는 더 멋지게 꾸며 놓은 데다 대부분 말이 안에 들어가 있었다. 말들은 위쪽 절반이 뚫린 칸막이 문 위로 고개를 내민 채 귀를 쫑긋 세우고 있었다.

나는 조나단의 말을 빈 우리에 넣었다. 말은 커다란 물통에 머리를 박고 물을 벌컥벌컥 마셨다. 그다음엔 건초 더미에 머리를 처박고서 허겁지겁 먹어 대었다. 나는 가죽 버클을 살살 풀어 안장을 벗긴 다음, 칸막이 문에 걸쳐 놓고서 굴레를 빼 주었다. 마구간 칸막이의 문을 잠근 후 안장과 굴레를 챙겨서 창고로 향했다.

창고를 찾는 건 그리 어렵지 않았다. 창고의 선반 한쪽에 안장이 줄지어 있었고, 다른 쪽에는 굴레가 나란히 놓여 있었다. 나는 빈자리를 찾아 하나씩 올려놓았다. 그리고 그라임스 씨가 올 때까지 다른 말들을 구경하며 어슬렁거렸다.

"고맙구나. 매기 아가씨는 침대에 뉘었고, 토튼 부인이 의사와 통화를 하고 있단다. 매기 아가씨는 지금 자기가 어디에 있는지도 몰라. 머리를 땅에 세게 부딪히면 누구나 그럴 수 있지."

"처음엔 괜찮아 보였어요. 그런데 집으로 오면서 점점 더 안 좋아지더라고요."

그러자 그라임스 씨가 내 오른발을 가리키며 말했다.

"아이고, 이런. 발은 왜 그런 거니? 너도 다쳤니?"

나는 급히 발을 내려다보았다. 붕대에서 피가 살짝 새어 나왔다.

"아, 종종 그래요. 목발을 짚지 않고 걸어 다니면요."

나는 머뭇거리다가 이렇게 덧붙였다.

"내반족이거든요."

그라임스 씨는 내 발을 고쳐 주겠다고 말하지 않았다. 그저 고개를 끄덕이며 이렇게만 말했다.

"내가 집까지 차로 데려다줄게."

얼마 뒤, 그라임스 씨가 나를 집까지 편안하게 데려다주었다. 그러면서 '매기 아가씨'를 도와줘서 고맙다는 인사를 거듭했다. 나 역시 도움을 줄 수 있어서 기뻤다고, 그리고 그렇게 크고 멋진 말을 탈 수 있어서 기분이 좋았다고 대답했다. 그라임스 씨가 살짝 웃으며 내 손을 토닥거렸다.

나는 현관문을 열고 안으로 들어갈 때까지 행복감에 젖어 있었다. 그래서 뜻하지 않은 스미스 씨의 분노를 받아들일 준비가 전혀 안 되어 있었다. 스미스 씨는 눈빛을 살벌하게 번쩍이며, 키 작은 노랑머리 마녀처럼 내게로 다가왔다.

"여태까지 어디 있었던 거야? 지금 막 경찰서로 가려 했다고. 조랑말은 굴레가 씌워진 채로 풀밭에 있지, 너는 안 보이지. 벌써 4시가 다 되어 가는데. 도대체 무슨 생각을 하고 다니는 거야?"

나는 두 손으로 머리를 감싸며 뒷걸음질을 했다. 스미스 씨가 으르렁대며 고함을 질렀다.

"안 때린다고 했잖아! 물론 지금 기분 같아선 한 대 치고 싶지만. 사람을 이렇게 걱정시키면 좀 혼나기도 해야지."

걱정이라고? 런던에서 내가 제이미를 걱정했던 것처럼, 스미스 씨가 나를 걱정했단 말이야? 나는 손을 아래로 떨어뜨렸다. 보라색 소파에 앉아 스미스 씨를 물끄러미 쳐다보았다. 몹시 당혹스러웠다.

이윽고 스미스 씨가 흥분을 가라앉히며 말했다.

"나도 알아. 네가 낯선 사람을 따라가지 않았으리라는 걸. 하지만 네가 시내에 나갈 이유도 없잖아. 공군 비행장에 갔을 리도 없고. 어쨌든 거기에도 가서 물어봤지. 그 사람들도 너를 못 봤다지 뭐야. 내가 너를 혼자 둔 건 이번이 처음이잖아. 이런 일이 생기리라고는 상상도 못 했어. 네가 어디에 있는지 나는 전혀 몰랐단 말이야."

"저는 밖에 나가도 되는 줄 알았어요."

오른발이 아팠다. 최근 들어 최고로 아픈 것 같았다. 여기 온 이후로 목발 없이 걸어 다닌 적이 없었다. 팔에는 긁힌 자국도 나 있었다. 긁힌 자국을 따라 피딱지가 길게 붙어 있었다.

"나한테 아무 말 없이 나가면 안 돼."

스미스 씨는 어느 정도 화가 가라앉은 듯이 보였다.

"어디에 갈 건지 나한테 미리 알려 줬어야지."

내가 그걸 어떻게 알려 줄 수 있을까?

"매기를 도와줘야 했어요."

나는 비행기 때문에 그 집 말이 얼마나 놀랐는지, 그리고 매기가 어쩌다 바닥에 떨어졌는지 차근차근 설명했다.

"매기? 토튼 집안의 마가렛 말이야? 토튼 부인의 딸?"

스미스 씨가 눈을 크게 뜨며 물었다. 나는 어깨를 으쓱해 보였다.

"그럴걸요. 그 애 오빠는 조나단이라고 했어요."

"지난주에 시내에서 토튼 부인과 함께 있던 그 여자애 말이지?"

나는 고개를 끄덕였다. 스미스 씨가 소파에 털썩 주저앉았다.

"그러니까 마가렛과 같이 조나단의 말을 타고 그 집에 갔다고?"

"네."

"아, 도저히 믿을 수 없어."

나는 뭐라고 말해야 할지 몰랐다. 나는 거짓말을 자주 했다. 하지만 이번엔 아니었다. 다른 사람한테 도움을 주었다. 매기와 말을 집으로 돌려보냈으니까.

"사실이 아니라면 제가 그 집을 어떻게 알겠어요?"

그러자 스미스 씨가 씁쓸하게 말했다.

"네가 그 집에 갔다는 건 나도 믿어. 마가렛이 말을 타고 온 것, 네가 마가렛을 만난 것, 그리고 마가렛을 데려다준 것도 믿어. 그런데 지금 네 꼴을 봐. 발에서 피가 나잖아, 그것도 많이. 나는 이것 말고는 아무것도 중요하지 않아."

나는 그 말에 놀라서 입을 떡 벌리고 있다가 가만히 닫았다. 뭐라 할 말이 없었다.

스미스 씨가 말했다.

"네 방으로 올라가. 욕실에서 씻은 다음 네 방에 가 있어. 오늘은 너를 보고 싶지 않아. 제이미가 돌아오면 저녁을 준비해서 올려 보낼게."

다음 날 오후, 나는 풀밭에 나가 있었다. 버터는 절대로 뛰려 하지 않았다. 나는 시도하고 또 시도했다. 다리로 버터를 차기도 하고 꽉 누르기도 했다. 심지어 나뭇가지를 하나 꺾어 버터의 옆구리를 힘껏 치기도 했다. 버터는 휘청거리며 몇 걸음 비틀비틀 움직였지만, 이내 평소처럼 발을 질질 끌며 느릿느릿 걸었다. 버터가 조나단의 말처럼 우아하지 못한 건 버터 탓이 아니었다. 하지만 조금만 더 노력하면 훨씬 더 좋아질 거라는 생각이 자꾸만 드는 건 어쩔 수 없었다.

그때 스미스 씨가 뒷문을 열고 소리쳤다.

"에이다, 이리 좀 와 봐."

나는 못 들은 척하며 버터의 방향을 바꿔 스미스 씨한테서 등을 돌렸다. 스미스 씨가 한 번 더 외쳤다.

"에이다, 손님이 오셨어."

매기? 그라임스 씨? 아니면, 엄마? 나는 버터의 등에서 미끄러지듯 내려와 굴레를 벗겼다. 굴레를 씌워 두고 가면 녀석이 이빨로 질겅질겅 씹어서 망가뜨릴 터였다. 나는 돌담에 세워 둔 목발 쪽으로 절뚝거리며 걸어갔다. 그리고 최대한 빨리 집으로 들어갔다.

손님은 토튼 부인이었다. 토튼 부인이 환히 웃고 있었다. 그렇게 웃고 있으니까 예전과 좀 달라 보였다.

"너한테 감사 인사를 하러 오셨어."

스미스 씨가 이상하게 경직된 목소리로 말했다. 나는 대문간에 서서 오른발을 왼발 뒤로 숨기며 둘을 쳐다보았다.

"좀 어때요? 음……, 매기 말이에요."

토튼 부인, 그러니까 매기 엄마가 소파 옆 빈자리를 손으로 톡톡 쳤다. 나는 그 자리에 앉으며 두 손을 가지런히 모았다. 오른발을 왼발 뒤로 밀어 넣고서.

"오늘은 훨씬 나아졌어. 고맙구나. 아직 머리가 아프다고는 하는데,

자기가 지금 어디에 있는지는 알고 있단다."

"처음 말에서 떨어졌을 땐 괜찮아 보였어요. 집으로 가는 동안, 점점 더 안 좋아지더라고요."

토튼 부인이 고개를 끄덕이며 말했다.

"머리를 다치면 그럴 수 있어. 우리 애가 그러더구나. 무슨 일이 있었는지 기억이 잘 안 난다고. 네가 같이 있었다는 건 기억하는데……. 네가 우리 애를 어떻게 집으로 데려왔는지는, 마구간에서 일하는 그라임스 씨가 말해 줬단다."

나는 스미스 씨를 힐끗 보았다. 스미스 씨의 표정은 여전히 굳어 있었다. 마치 빳빳한 종이 상자로 만든 것처럼. 나는 스미스 씨를 고갯짓으로 가리키며 말했다.

"저분은 제 말을 믿지 않았어요. 제가 그 말을 타고 갔다는걸요."

토튼 부인이 발밑에 둔 상자를 들어 뚜껑을 열며 말했다.

"그걸 본 사람이 없다면 나 역시 믿지 못했을 거야. 쉽게 다룰 수 있는 말이 아니거든."

"그 말은 저를 좋아해요."

생각보다 말이 먼저 튀어나왔다. 하지만 그건 사실이었다. 조나단의 말은 나를 좋아했다. 토튼 부인의 얼굴이 살짝 일그러졌다.

"그래? 그렇다면 너는 세 번째 사람이 되겠구나. 그 말이 진심으로 좋아하는 사람 말이야. 그라임스 씨와 내 아들, 그다음으로 말이지."

토튼 부인이 고개를 한 번 세차게 흔들더니, 예의 그 공식적인 표정을 지었다. 딱딱하고 사무적인 철가면 표정…….

"너희 남매를 위해 옷을 챙겨 왔어. 네 남동생 거는 마을 사람들이 준 옷을 모아 온 것이고, 네 것은 주로 내 딸이 입었던 거야. 자, 여기."

토튼 부인이 노란색 바지 한 벌과 무릎까지 오는 부츠 한 켤레를 꺼냈다. 나는 그것을 가만히 바라보았다. 두껍고 질긴 천으로 만든 바지의 윗부분은 풍선처럼 부풀어 있었고, 무릎 아래 부분은 단추로 채워져 폭이 좁았다. 나는 그 옷이 뭔지 금방 알아차렸다. 매기가 어제 저렇게 생긴 옷을 입고 있었기 때문이다.

내가 말했다.

"말 탈 때 입는 옷이군요?"

지금껏 나는 바지를 입은 적이 없었다. 바지를 입으면 버터를 탈 때 훨씬 더 편할 것 같았다. 토튼 부인이 고개를 끄덕였다.

"그래. 물론 스미스 씨가 너희를 잘 도와주고 있겠지만, 너한테 맞는 승마복을 찾아 주긴 힘들 것 같아서."

그러자 스미스 씨가 아주 부드러운 목소리로 말했다.

"저는 아무것도 도와주지 않았어요. 이 아이 혼자서 다 한 거예요."

토튼 부인이 나를 위아래로 훑어보았다.

"마가렛은 며칠 더 침대에 누워 있어야 해. 학교 가기 전까진 말을 타기 힘들 거야. 하지만 말에 대해 궁금한 게 있으면 언제든 우리 마구간에 와서 그라임스 씨한테 물어보렴. 도움이 될 거야."

나는 토튼 부인이 직접 나서서 나를 돕겠다고 제안하지는 않을 거라는 걸 알아차렸다.

"버터가 빨리 달리려고 하지 않아요. 어떻게 다뤄야 할지 잘 모르겠어요."

토튼 부인이 하하 헛웃음을 짓더니, 내 무릎을 가볍게 두드리며 자리에서 일어났다.

"조랑말은 고집이 세. 누가 자기 주인인지 확실히 알 때까지는 제 멋대로 굴지."

스미스 씨가 밖에 나가서 토튼 부인을 배웅했다. 그리고 다시 돌아와 잠시 망설이다 어렵사리 말을 꺼냈다.

"미안해. 너를 일부러 거짓말쟁이라고 부른 건 아니야."

나는 어깨를 으쓱이며 일부러 차갑게 대꾸했다.

"저, 그거 맞아요."

스미스 씨는 상자 안의 옷을 하나씩 꺼내 차곡차곡 정리했다. 그러다가 다시 입을 열었다.

"나도 잘 모르겠어. 우리 둘 다 네가 가끔씩 거짓말을 한다는 건 알아. 그렇다고 해서 너를 거짓말쟁이라고 말할 수는 없어. 내가 무슨 말을 하는지 알겠니?"

상자 안에는 내가 입을 블라우스와 스웨터, 치마도 들어 있었다. 소맷부리에 레이스가 달린 빨간색 드레스랑 겨울 코트도…….

나는 코트를 손으로 만져 보았다, 매기가 입던 코트를.

"겨울까지 여기에 있을까요?"

"잘 모르겠어. 그런데 내가 방금 한 말, 이해했니? 거짓말을 하는 것과 거짓말쟁이의 차이? 만약 네가 너의 안전을 위해 거짓말을 해야 한다면……, 그렇다면 너는 거짓말쟁이가 아니야. 거짓말쟁이들은 그럴 필요가 없는데도 계속 하는 사람들이거든. 특별하고 중요한 사람으로 보이려고 말이지. 나는 어제 네가 그랬다고 생각했어. 그런데 내가 틀렸어."

나는 이 문제를 더 이상 이야기하고 싶지 않았다. 그래서 다른 질문을 했다.

“매기는 왜 여기서 멀리 떨어진 학교에 다녀요? 제이미가 다니는 학교에 가지 않고?”

“부자들은 기숙사가 딸린 학교에서 자녀를 교육시킨단다. 마가렛은 다른 아이들처럼 초등학교를 졸업하고 일을 하지 않아도 돼. 열아홉 살까지 쭉 학교에 다닐 거야. 그 후엔 대학교에 진학하겠지.”

“그럼 스미스 씨는 어떤 학교를 다녔어요?”

“나도 기숙사 학교를 다녔어. 우리 집이 부자여서 그랬던 건 아니야. 나는 공부를 잘했고, 우리 아빠는 성직자였거든. 몇몇 학교는 성직자의 자녀 가운데 몇 명을 뽑아 장학금을 주었어.”

“성직자는 뭐 하는 사람이에요?”

“교회에서 예배를 인도하는 사람…….”

“교회는 종이 있는 곳이죠?”

“그래, 맞아. 하지만 이제는 교회에서 종이 울리지 않을 거야. 독일군이 침공했을 때에만 울릴 수 있거든, 우리한테 알리기 위해서.”

나는 승마용 바지를 손으로 어루만졌다. 내일은 이 옷을 입을 거다. 그리고 왼쪽 부츠도.

“에이다, 너를 믿을 수 있으면 좋겠어.”

나는 스미스 씨를 힐끗 본 뒤 또다시 어깨를 으쓱했다.

학교에 가기 싫은 이유

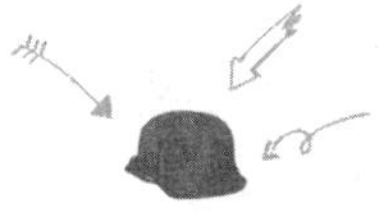

제이미가 학교에서 돌아왔다. 울었던 게 분명한데 그 이유를 좀처럼 말하려 하지 않았다. 그리고 밤사이 침대에 오줌을 싸고선 매우 비참해하며 잠에서 깼다. 밖에선 먹구름이 비를 흩뿌리고 있었다.

제이미가 창밖을 바라보며 입을 열었다.

"비가 오는 날에는 학교에 갈 수 없어요."

"아니, 갈 수 있어."

스미스 씨가 단호하게 말했다. 스미스 씨는 상태가 영 엉망이었다. 머리카락은 사방으로 뻗친 데다 눈 밑에는 다크서클이 진하게 내려앉았다.

"학교에 안 갈 거예요."

"나한텐 안 통해."

우리는 아침 식사를 하기 위해 식탁에 자리를 잡아 앉았다. 그때 공군 비행장에서 비행기 한 대가 폭파되었다. 사실 그 비행기는 공중에서 폭파된 게 아니라 내려오면서 땅에 부딪혀 연료 탱크가 터진 거였다. 하지만 우리는 그 사실을 나중에야 알았다.

그런데 그때는 마치 폭탄이 터진 것 같았다. 그것도 버터가 있는 풀밭에……. 깜짝 놀란 나머지, 우리가 동시에 벌떡 일어나는 바람에 식탁 위의 접시가 떨어지고 의자가 쓰러졌다. 나는 버터가 있는 문 쪽으로 황급히 뛰었다. 그 순간, 스미스 씨가 나랑 제이미를 확 잡아채더니 다짜고짜 식탁 밑으로 밀어 넣었다. 그러고 나서 한참 동안 아무 일도 일어나지 않자, 그제야 스미스 씨가 일어나 창문 너머로 밖을 내다보았다.

"오, 이런. 비행기가……."

건너편에서 시커먼 연기가 소용돌이쳤다. 그 밑에선 금속 덩어리가 불길에 휩싸인 채 찌그러져 있었다. 제이미가 울부짖으며 비행장으로 뛰어가려 했다. 이번에도 스미스 씨가 뒤에서 꽉 붙잡았다.

"민간인은 들어갈 수 없어. 지금은 더 그렇지. 자, 보여? 저 사람들이 불을 끄고 있잖아."

거리가 멀어서 작게 보이기는 했지만, 군인들이 비행기 주변을 정신없이 뛰어다니며 불을 끄고 있었다.

"조종사는 누구였을까요? 그 안에 누가 타고 있었을까요?"

제이미가 울먹거리며 물었다. 스미스 씨가 제이미의 머리를 쓰다듬으며 대답했다.

"우리는 모르는 사람들이야."

"하지만 저는 알아요."

제이미는 진짜로 그 사람들을 알았을까? 비행장 주변에는 커다란 울타리가 쳐져 있었고, 제이미도 그 안에 들어가면 안 된다는 걸 잘 알고 있었다. 물론 그렇다고 해서 그곳에 얼씬도 안 할 애는 아니었지만. 아무튼 나는 아무 말도 하지 않았다. 불의의 사고로 죽은 공군 조종사 앞에서 제이미를 거짓말쟁이라고 부르고 싶지 않아서였다.

"저건 어떤 비행기였을까?"

스미스 씨가 무심코 물었다.

"라이산더. 수송기예요. 그 안에 열 명까지 탈 수 있어요."

우리는 제이미를 빤히 바라보았다. 제이미가 말을 이었다.

"그 비행기 소리였어요, 폭파되기 전에."

나는 비행기 소리에 익숙해져서 더 이상 그걸 집중해서 듣지 않았다. 게다가 비행기 종류마다 다른 소리가 난다니, 한 번도 생각해 보지 않은 일이었다.

제이미가 스미스 씨의 팔에 머리를 기댔다. 스미스 씨는 제이미를 꼭 끌어안고서 몸을 천천히 흔들었다. 나는 가만히 서서, 내가 아닌 다른 사람에게서 위로를 받는 제이미를 물끄러미 바라보았다.

우리는 그 주 주말에 물건을 사러 시내에 나갔다가 우연히 토튼 부인과 마주쳤다. 토튼 부인은 매기가 학교에 갔으며, 크리스마스 때까지 돌아오지 않을 거라고 말했다. 나는 매기를 한 번 더 못 봐서 아쉬운 마음이 들었다. 머리가 흐리멍덩하지 않아도 나를 여전히 좋아하는지 궁금했다.

제이미는 학교에 가기 싫어했다. 벌써 두 번이나 학교를 빼먹었다.

그 뒤로 선생님이 스미스 씨한테 메모를 적어 보냈고, 스미스 씨는 오후마다 제이미를 학교에 데려다주기 시작했다.

일단 학교 건물에 들어가면 제이미는 꼼짝없이 그 안에 갇혀 있었다. 갇힌 기분이 어떤 건지 나는 아주 잘 알았다. 런던의 우리 집에서 내내 갇혀 있었으니까.

그래도 제이미가 왜 그렇게 학교를 싫어하는지는 이해할 수 없었다. 런던의 우리 동네에서 같이 온 아이들은 대부분 그 학교에 다녔다. 학교에는 제이미의 친구들이 모두 있었다. 빌리 화이트만 빼고. 아이들은 쉬는 시간마다 학교 운동장에서 신나게 뛰어놀았다.

우리가 왜 그러는지 물어보면 제이미는 이렇게 대답했다.

"그 이야기는 하고 싶지 않아요."

요즘 제이미는 매일 밤 오줌을 쌌다.

어느 날 제이미가 내게 말했다.

"집에 가고 싶어."

나는 심술궂게 말했다.

"집에 가면 스미스 씨가 그리울걸."

"그래도 엄마가 있잖아."

어쩌면 엄마가 우리한테 상냥하게 대해 줄지도 모른다는 생각이 들었다. 아니, 적어도 제이미한테만은. 지금쯤은 엄마도 우리를 그리워하고 있을까?

"집에 가더라도 학교는 가야지."

내가 말하자 제이미가 어깨를 으쓱하며 대답했다.

"엄마는 억지로 학교에 보내진 않을걸."

그건 그럴 것 같았다.

그 무렵, 스미스 씨는 살짝 짜증이 나 있었다. 스미스 씨가 편지를 여러 번 보냈지만, 엄마가 한 번도 답장을 하지 않았기 때문이다.

스미스 씨가 내게 물었다.

"너희 엄마, 글 읽으실 수 있니?"

나는 어깨를 으쓱해 보였다. 내가 그걸 어떻게 알겠는가.

"설령 글을 못 읽으신다 해도 네 엄마한테 편지를 읽어 줄 수 있는 사람이 주변에 있을 텐데. 사회 복지사나 성직자 같은 사람들 말이야. 그리고 답장을 써 줄 사람도. 그렇지 않니?"

아마도 주변에 도움을 줄 만한 사람들이 분명히 있겠지만, 엄마는 절대로 편지를 읽어 주거나 써 달라고 부탁하지 않을 거다.

"왜요? 그게 왜 중요한데요?"

우리가 어디에 있는지 알고 있는 한, 엄마는 마음만 먹으면 언제든지 데리러 올 수 있었다.

"엄마가 우리를 데려갔으면 해서요?"

내가 이렇게 묻자, 스미스 씨가 나를 이상하다는 듯이 바라보았다.

"아니, 너도 알잖아. 그게 왜 중요한지."

사실 나는 몰랐다. 이따금 나는 내가 모르고 있는 것들에 무척 화가 났다.

스미스 씨는 불빛이 밖으로 새어 나가지 않도록 검은색 암막 천을 대량 구입했다. 우리가 이 지역으로 피난 왔을 때 이미 이런 규제가 있었다. 해가 진 뒤에는 집이나 건물, 가게, 심지어 버스와 자동차에서도

빛을 밖으로 내보내선 안 되었다. 이것을 등화관제라고 하는데, 독일군이 저녁에 폭탄을 떨어뜨리러 올 때, 도시나 마을이 어디 있는지 알 수 없게 하려고 만든 규제였다. 불이 켜진 곳보다는 어두운 곳을 공격하는 게 훨씬 더 어려울 테니까.

처음 한 달 동안 스미스 씨는 창문을 가리지 않았다. 저녁엔 아예 불을 켜지 않았기 때문이다. 제이미와 나는 해가 지기 전에 잠자리에 들어서 그런 것에 전혀 신경을 쓰지 않았다. 스미스 씨 역시 어두운 방에 앉아서 곰곰이 생각하는 것에 익숙했다. 하지만 요즘 들어 해가 일찍 지기 시작하자, 이층 창문에는 암막 커튼을 달고 아래층 창문에는 두툼한 천으로 커튼을 만들어 달았다.

어느 토요일 밤, 우리는 늦게까지 잠을 자지 않은 채 커튼을 모두 친 다음 집 안에 있는 전등을 전부 켜 두었다. 제이미와 나는 밖으로 나가 집 주변을 돌면서 혹시나 불빛이 밖으로 새어 나오지 않는지 살폈다. 마침 한 군데를 발견하고서 스미스 씨에게 재빨리 소리쳐서 알려 주었다. 스미스 씨는 얼른 커튼을 움직여 그 틈을 메꿨다.

얼마 뒤, 스미스 씨가 우리한테 뜨거운 코코아를 타 주었다.

"아주 좋은데? 이렇게 어둑한 집에서 생활하는 것도 금방 익숙해질 거야."

나는 제이미와 내가 겨울 내내 이곳에 있게 된다면 어떨지 궁금했다. 우리 집에서는 겨울을 몹시 싫어했다. 너무 추웠기 때문이다. 이곳 거실에는 벽난로가 있었다. 스미스 씨는 벽난로에 석탄을 넣고 불을 지폈다.

"베키가 죽은 후로 한동안 재봉틀을 돌리지 않았어. 재봉틀로 만든 게 비록 이렇게 형편없는 커튼뿐이지만, 그래도 뭔가를 만들고 나니까 기분이 참 좋구나. 너희 둘을 위해서 몇 가지를 더 만들어 볼까 해."

스미스 씨는 토튼 부인이 가져다준 옷들을 우리한테 전부 입혀 본 다음 안 맞는 것은 다시 돌려주었다. 또 우리가 런던에서 입고 온 옷들은 죄다 버렸다. 그렇게 하고도 내게는 블라우스 세 벌과 치마 셋, 스웨터 둘, 드레스 하나, 코트 하나, 그리고 승마용 바지 한 벌이 생겼다. 내 평생 이렇게 많은 옷은 처음이었다. 다른 옷은 더 필요 없었다. 스미스 씨가 내 마음을 읽기라도 한 듯 이렇게 말했다.

"겨울에 입을 옷이 있어야지. 조랑말을 탈 때 입을 따뜻한 옷도 만들고. 아니면 그냥 예쁜 옷? 빨간색 드레스도 좋긴 하지만 너한텐 그 색이 좀 안 어울려."

나는 돌판 위의 생선이 된 듯한 기분이었다. 나를 바라보는 스미스 씨의 눈길이 꼭 그랬다.

"파란색이 좋겠다. 아니면 초록색? 네 피부에는 초록색이 잘 어울려. 벨벳 천으로 할까? 내가 어렸을 땐 벨벳 드레스를 참 좋아했는데."

"저는 벨벳이 싫어요."

그러자 스미스 씨가 킥킥 웃으며 말했다.

"너는 벨벳 천이 어떤 건지도 모르잖아. 왜 그러는지 말해 봐."

"그냥 저를 위해 뭔가를 만들지 않았으면 좋겠어요."

스미스 씨의 얼굴에서 웃음기가 싹 가셨다.

"왜, 그러면 안 돼?"

나는 어깨를 으쓱했다. 나는 지금 내게 필요한 것보다 훨씬 더 많은 걸 갖고 있었다. 게다가 내가 느껴야 하는 것 이상으로 편안하게 지냈다. 나는 여전히 기차역 화장실의 거울에서 본 그 여자애였다. 창문 뒤에 숨어서 꼼짝없이 갇혀 지내던 저능한 여자애. 한마디로 모자란 애 말이다. 매기한테 물려받은 옷을 입어도 전혀 상관이 없었다. 나는 내 분수를 너무나 잘 알았다.

"그럼 벨벳으로 제 옷을 만들어 주실래요?"

제이미가 몸을 앞으로 쓱 내밀며 물었다.

스미스 씨가 다시 웃음을 지으며 대답했다.

"아니, 너한테는 좀 더 튼튼한 천으로 만들어 줄 거야."

"책에서처럼 말이죠?"

제이미가 고개를 끄덕이며 되물었다.

책 속에서 그 지긋지긋한 로빈슨 가족은 하루 종일 뭔가를 찾고 만들었다. 그 과정에서 말도 안 되는 마술 같은 일들이 벌어졌다. 로빈슨 가족의 아빠가 빵을 만들 밀이 하나도 없어 안타까워하면, 그다음 순간 그 가족은 드넓은 밀밭을 발견했다. 그리고 베이컨이 먹고 싶다고 생각하자마자, 야생돼지 한 마리가 숲속에서 무작정 뛰어나왔다. 그 가족은 밀을 빻아 가루로 만들기 위해 방앗간을 만들고, 베이컨을 만들기 위해 훈연소를 지었다.

제이미는 그 책을 무척 좋아했다. 그래서 매일 밤마다 스미스 씨에게 읽어 달라고 졸랐다. 하지만 나는 원하는 것이 모두 갖춰진 섬에서 생활하는, 그 멍청한 바보 가족의 이야기에 신물이 났다. 그래서 모르는 단어가 나올 때만 관심을 갖고 귀를 기울였다.

"아마도 그럴 시간이 별로 없을 거예요. 우리는 여기에 오래 있지 않을 테니까."

내가 애써 무심한 척 말하자, 스미스 씨가 잠시 가만히 있다가 입을 열었다.

“전쟁이 생각보다 빠르게 진행되는 것 같진 않던데?”

“그건 그래요.”

피난 온 아이들 중에서 런던으로 되돌아가는 아이들이 계속 늘어나고 있었다. 하지만 우리는 아니었다, 아직까지는.

“우리가 돌아가면 좋아할 거잖아요. 처음부터 우리를 원하지 않았으니까.”

내 말에 스미스 씨가 한숨을 푹 내쉬었다.

“에이다, 우리 행복한 밤을 보낼 수 없을까? 그냥 코코아를 마시면서 행복한 시간을 보낼 수 없냐고. 나도 알아. 내가 피난 온 아이들을 원하지 않는다고 말했던 거. 하지만 전에 설명해 줬잖아. 너희랑은 상관없는 일이었다고. 그리고 내가 너희를 선택한 게 아니잖아.”

다른 사람들도 우리를 선택하지 않았다.

나는 머그잔을 내려놓으며 말했다.

“저는 코코아가 싫어요.”

그리고 이층에 올라가 잠자리에 들었다.

그날, 제이미의 손목에 난 상처를 발견한 건 내가 아니라 스미스 씨였다. 그때 우리는 저녁을 먹고 있었다. 제이미가 빵을 더 집으려고 식탁 위로 손을 뻗자, 스미스 씨가 잽싸게 손목을 낚아채며 물었다.

“이게 뭐야?”

스미스 씨가 제이미의 소맷부리를 위로 올렸다. 손목에 난 빨간 자국이 선명하게 보였다. 그 순간, 우리 집에서 내가 제이미의 손목을 묶었던 일이 떠올랐다. 딱 한 번, 내가 제이미를 아프게 했던 일이…….

어찌나 세게 문질렀는지 손목에 핏자국이 나 있었다. 아주 끔찍해 보였다. 제이미는 손목을 잡아빼더니 소맷부리를 아래로 내렸다.

"아무것도 아니에요."

"이건 아무것도 아닌 게 아니야. 학교에서 무슨 일이 있었던 거니?"

스미스 씨가 물었지만 제이미는 한마디도 하려 들지 않았다.

"누가 널 묶어서 다치게 한 거야. 그렇지? 학교 남자애들이 그랬니?"

이번엔 내가 다그치듯 물었다. 제이미는 자기 앞에 놓인 접시만 바라보면서 그저 어깨를 으쓱할 뿐이었다.

스미스 씨가 말했다.

"솔직하게 다 이야기해 봐! 너를 괴롭히는 사람을 그냥 두면 안 돼. 문제가 뭔지 털어놔야 우리가 도와주지."

다음 날 점심을 먹을 때, 스미스 씨가 내게 깜짝 제안을 했다.

"에이다, 제이미를 학교에 데려다줄 때 같이 갈래? 돌아오는 길에 장도 좀 보고."

나는 혹시 스미스 씨가 벨벳 천을 사려는 게 아닌지 의심이 들었지만, 제이미의 일이 걱정되어서 얼른 고개를 끄덕였다.

스미스 씨는 제이미의 등을 떠밀며 억지로 학교 건물 안으로 들여보냈다. 전에도 항상 저렇게 들어갔을 테지. 그동안 나는 밖에서 기다렸다. 한참 만에 스미스 씨가 학교 밖으로 나오며 말했다.

"우리는 차 한 잔 마시러 가자. 삼십 분 후에 돌아올 거야."

우리는 학교 근처의 찻집에 들어갔다. 탁자가 가득 들어차 있는 그곳에서는 음료와 간식을 팔았다. 선술집이랑 별반 차이가 없었다. 다만 맥주가 없고 더 깨끗할 뿐이었다.

나는 자리를 잡아 앉으며 나직이 소곤거렸다.

“식탁에 왜 천을 깔아 놓은 거예요?”

“이건 식탁보라는 거야. 식탁을 멋지게 꾸미려고.”

스미스 씨가 속삭이듯 말했다. 한껏 멋을 부린 식탁이라니. 고작 식탁을 꾸미려고 이 비싼 천을 낭비한단 말인가.

마침 종업원이 우리 쪽으로 다가오자, 스미스 씨는 홍차와 스콘을 주문했다. 나는 잊지 않고 냅킨을 펼쳐 무릎 위에 올렸다. 얼마 뒤에 종업원이 홍차를 가져와 내밀었다. 나는 짐짓 깍듯하게 고맙다고 인사를 했다. 종업원이 밝게 웃으며 말했다.

“예의가 참 바르구나! 피난 온 아이인가 봐?”

이 여자가 어떻게 알았을까? 이유야 어찌 됐든 썩 기분 좋은 느낌은 아니었다. 스미스 씨가 내 안색을 살피며 말했다.

“네 억양 때문에 그래. 이곳 사람들과 다르거든.”

다시 말해서, 내가 교양 있는 사람들처럼 말하지 않는다는 거였다. 내 말투가 그렇다는 건 나도 이미 알고 있었다.

우리는 차를 다 마시고서 학교로 돌아갔다. 스미스 씨는 아무 말 없이 곧장 학교 건물 안으로 들어갔다. 거침없이 복도를 걸어가 첫 번째 교실 문을 벌컥 열고는 그 안으로 뚜벅뚜벅 걸어 들어갔다.

그런데 스미스 씨가 갑자기 숨을 크게 들이마셨다. 나는 얼른 뒤따라 들어갔다. 곧이어 방금 스미스 씨가 본 것을 두 눈으로 똑똑히 확인했다.

제이미를 포함해 그 반 아이들 모두가 자기 자리에 앉아 손에 연필을 쥐고서 공부를 하고 있었다. 그런데 제이미만 왼손이 묶인 채로 의자에 앉아 있었다. 손목에 핏자국이 뻘겋게 나 있는데도 아랑곳없이……. 적어도 나는 예전에 제이미가 금방 손을 빼낼 수 있도록 일부러 헐겁게 묶었다.

"이게 뭐 하는 짓이죠?"

스미스 씨가 격앙된 목소리로 외치자, 몇몇 여자애들이 깜짝 놀라 몸을 움찔했다. 그제야 제이미가 우리를 보았다. 순간, 제이미의 얼굴이 빨갛게 달아올랐다. 스미스 씨는 제이미한테 다가가 손목의 끈을 풀어 주었다.

"제이미, 정말 미안해. 내가 좀 더 빨리 왔어야 했는데."

스미스 씨는 이렇게 말하면서 제이미를 꼭 안아 주었다. 제이미는 스미스 씨에게 안긴 채 흐느껴 울기 시작했다.

그동안 나는 교실 문 앞에 얼어붙은 듯이 가만히 서 있었다. 다른 아이들도 자기 자리에 쥐 죽은 듯 조용히 앉아 있었다. 들리는 소리라곤 제이미의 흐느낌과 스미스 씨의 중얼거림뿐이었다. 나는 스미스 씨가 뭐라고 하는지 도무지 알아들을 수가 없었다.

제이미의 담임 선생님이 잔뜩 성이 난 표정으로 스미스 씨한테 성큼성큼 걸어갔다.

"간섭하지 마세요! 뒤돌아볼 때마다 얘는 왼손으로 글을 쓰더군요. 순순히 말을 들었다면 이렇게 묶어 두지 않았을 거라고요."

스미스 씨도 선생님을 쏘아보며 지지 않고 대꾸했다.

"얘가 왜 왼손으로 글씨를 쓰면 안 된다는 거죠?"

순간, 선생님은 말문이 막힌 듯이 보였다. 런던에서 기차를 타고 여기로 올 때 우리 칸에 있던 선생님인가? 그런데 기억이 확실하진 않았다. 희끗희끗한 머리칼로 보아 나이가 제법 들어 보였다. 그리고 둥근 철테 안경에 꽉 끼는 치마를 입었다.

"모두 다 알잖아요, 왼손은 악마의 표시라는 걸. 그래서 지금 얘가 오른손으로 글씨를 쓰게끔 훈련시키는 중이라고요."

"그런 쓰레기 같은 말은 생전 처음 들어 보네요. 얘는 그냥 왼손잡이일 뿐이에요. 그게 다라고요."

스미스 씨가 매섭게 대꾸했다.

"그건 악마의 표시라니까요."

선생님이 계속 고집을 부리자, 스미스 씨는 한숨을 내쉬며 말했다.

"내가 옥스퍼드 대학교에 다닐 때 신학과 교수였던 헨리 레이턴 굿지 박사님도 왼손잡이였어요. 왼손은 악마의 표시가 아니에요. 굿지 박사님은 이렇게 말씀하셨죠. 왼손잡이에 대한 공포는 어처구니없는 미신과 부당한 편견에 불과하다고요. 성경엔 왼손잡이를 적대하라는 내용이 한 줄도 없어요. 선생님이 원하신다면 지금 당장 박사님께 편지를 써서 물어볼 수도 있습니다. 그러니 선생님은 제이미가 원하는 대로 글씨를 쓸 수 있게 해 주세요. 그렇지 않으면 제이미가 받은 상처에 대해 단호한 조치를 취할 겁니다."

나는 스미스 씨가 이렇게 거창한 단어들을 써 가면서 이야기하는 게 싫었다. 무슨 말인지 도통 이해할 수 없었기 때문이다.

제이미의 담임 선생님이 미심쩍은 눈초리로 물었다.

"옥스퍼드 대학교를 언제 다니셨나요?"

"1931년에 졸업했지요."

선생님은 설핏 당황한 듯 보였지만, 절대로 자신의 패배를 인정하려 들지 않았다.

"교실에 노크도 없이 함부로 들어오시면 안 되죠. 그런 무례는 절대로 받아들일 수 없습니다."

"앞으로 다시는 안 그럴 겁니다. 그럴 이유가 없다면 말이죠."

스미스 씨는 제이미를 꼭 껴안아 준 다음, 자리에서 일어나며 말을 이었다.

"제이미한테 계속 확인할 거예요. 앞으로 제이미가 왼손으로 글씨를 썼다는 이유로 놀림이나 멸시, 벌을 받는 일이 없기를 바랍니다."

선생님은 스미스 씨의 말에 콧방귀를 뀌었다. 스미스 씨는 아랑곳하지 않고 앞장서 나가더니, 나더러 따라 나오라며 고갯짓을 했다. 나는 복도에 좀 더 머물면서 선생님이 제이미의 손목을 또 묶는 건 아닌지 확인하고 싶었다.

하지만 스미스 씨는 우리가 자리를 피해 줘야 한다고 말했다.

"내가 선생님의 자존심을 건드렸잖아. 선생님이 자존심을 회복할 수 있도록 해 줘야지."

그때까지만 해도 나는 왜 그래야 하는지 이유를 잘 몰랐다.

"제이미는 묶이는 걸 싫어한다고 말해 줄 걸 그랬어요."

나는 선생님이 제이미를 왜 묶었는지 정말로 이해할 수 없었다. 하지만 스미스 씨가 한숨을 푹 내쉬며 대꾸했다.

"에이다, 너는 어느 손으로 음식을 먹니? 포크를 집는 손 말이야."

나는 오른손을 들어 보이며 말했다.

"이 손이요."

"왜 양쪽 손으로 먹지 않고?"

"이 손이 더 편하니까요."

"그래, 맞아. 제이미는 이쪽 손, 그러니까 왼손으로 음식을 먹어. 항상 그래. 제이미는 왼손이 더 편한 거지."

제이미가 그랬던 것 같긴 한데, 그 사실을 미처 알아차리지 못했다.

"그래서요?"

"요즘 제이미가 글 쓰기를 배우는데, 음식을 먹을 때 사용하지 않는 손으로 글씨를 쓰려니까 너무 힘들었던 거야. 집에 가서 내가 직접 보여 줄게."

우리는 곧 교문을 벗어나 밖으로 나왔다. 찬바람이 휘익 불자 계단 주위의 낙엽들이 빙글빙글 돌며 위로 치솟았다.

"성경을 보면 좋은 사람들은 하느님의 오른편에 있고, 나쁜 사람들은 왼편에 있다가 지옥으로 떨어지게 되지. 그래서 몇몇 사람들은 그걸……."

"바보들 아니에요?"

내가 중간이 끼어들자, 스미스 씨가 나를 보며 미소를 지었다.

"그래, 맞아. 몇몇 바보 같은 사람들은 왼손잡이가 악마와 관련 있다고 믿지. 하지만 실제로는 그렇지 않아. 그건 뇌와 관련이 있는 거야."

"스미스 씨가 말한 그분이 주장했던 것처럼 말이죠?"

"아, 굿지 박사님? 그래, 그분은 신학과 교수님이시지. 내가 다녔던 학교에서."

"그분도 왼손잡이라면서요? 제이미처럼."

스미스 씨가 콧방귀를 뀌며 대답했다.

"글쎄, 신학 수업을 안 들었거든. 사실은 그분을 만난 적도 없어."

세상에, 스미스 씨가 거짓말을 했다!

"그럼 옥스퍼드 대학교를 안 다닌 거네요."

나는 스미스 씨의 옆모습을 바라보며 빈정거리듯 말했다. 도대체 옥스퍼드 대학교가 무엇인지, 또 어디에 있는지도 모르면서.

"아니야, 그 학교는 다녔어. 그 학교에서 수학을 공부했지."

우리는 길을 따라 걸어 내려왔다.

"내반족도 비슷한 거예요?"

"왼손잡이랑 비슷한 거냐고? 어느 정도는 그렇지. 그건 네가 태어날 때부터 타고난 거니까."

"아니요, 제 말은……. 제이미 담임 선생님이 얘기한 것과 비슷한 거냐고요. 음, 악마의 표시라는 거요."

나는 이 질문의 답이 모든 걸 설명해 줄 거라고 생각했다.

"에이다, 당연히 아니지. 어쩌다 그런 생각을 했지?"

"그래서 엄마가 나를 싫어했을 수도 있겠다는 생각이 들어서요."

스미스 씨는 걸음을 멈추더니 내 얼굴을 똑바로 보며 말했다.

"아니야, 절대로 그렇지 않아. 아, 뭐라고 말해야 할지 모르겠다. 너한테 거짓말을 하고 싶진 않아. 난 진실을 모르니까……. 만약 너희 엄마가 너를 싫어한다면, 그 이유가 무엇이든 잘못된 거야."

여태까지 누군가 내게 해 줬던 말 중에서 가장 솔직한 답변인 것 같았다. 나뭇잎이 목발 끝을 스치며 공중으로 날아올랐다. 오른발이 허공에서 흔들거렸다. 나는 길을 따라 내려가기 시작했다.

잠시 후 스미스 씨가 내 뒤를 따라왔다.

"집에 가면 버터를 탈 거니?"

"아마도요. 그런데 아직도 버터를 빨리 달리게 하지는 못해요."

"토튼 부인이 말했지? 고집이 세다고."

고집이 세다는 건, 부단히 노력해야 한다는 의미였다.

그다음 날 제이미가 학교에 가기 전, 스미스 씨는 우리를 데리고 우체국에 갔다. 신분증을 만들기 위해서였다. 독일군이 침공했을 때, 영국 정부가 신분증을 보고서 독일 사람인지 영국 사람인지 확인할 수 있도록 몸에 지니고 다녀야 했다.

독일은 우리와 다른 언어를 쓰기 때문에 그것으로도 확인이 가능했다. 이건 스미스 씨가 알려 준 것이었다. 우리가 줄을 서서 기다리는 동안, 스미스 씨는 전 세계 사람이 서로 다른 언어로 말한다고 설명해 주었다.

그러면서 스미스 씨나 매기, 그리고 내가 말하는 것처럼 억양이 조금 다른 수준이 아니라, 완전히 다른 말을 사용하는 거라고 했다. 제이미가 그 다른 말을 듣고 싶다고 조르자, 스미스 씨가 우리한테 아주 조금 들려주었다. 라틴어라고 하면서. 자신이 유일하게 알고 있는 다른 언어라나?

"하지만 이건 죽은 언어야. 이 언어로 말하는 사람은 이제 없거든."

그건 사실이 아니었다. 왜냐하면 조금 전에 스미스 씨가 말했기 때문이다. 하지만 나는 그 문제를 지적하지 않았다.

그때 제이미가 물었다.

"만약 우리가 독일 사람들을 전부 죽이면 그 사람들이 쓰는 말도 죽는 거네요. 탕, 탕!"

제이미는 독일 사람들을 총으로 쏘는 흉내를 냈다.

스미스 씨가 입을 삐죽거렸지만, 우리가 맨 앞줄에 서게 되는 바람에 제이미를 꾸짖지는 못했다. 대신에 직원한테 스미스 씨의 이름과 생년월일을 말했다. 그리고 자신이 결혼을 하지 않았다는 사실과 직업이 없다는 것도 알려 주었다.

그런 다음, 스미스 씨는 우리를 앞으로 슬쩍 밀면서 말했다.

"에이다 스미스, 그리고 제이미 스미스예요. 저랑 살고 있어요."

직원이 웃음 띤 얼굴로 말을 건넸다.

"조카들인가 봐요? 가족과 함께 지내는 건 분명 멋진 일이지요. 서로 많이 닮았어요. 특히 여자애는 눈을 쏙 빼닮았네요."

"아니에요. 얘들은 피난 온 아이들이에요. 성이 같은 건 그냥 우연이고요. 그런데 이 아이들의 생일을 정확히 모르겠어요. 학교에서 내준 서류에도 나와 있지 않고, 이 아이들도 모르고 있거든요."

직원의 얼굴이 순식간에 일그러졌다.

"아니, 애들이 이렇게 큰데 자기 생일을 몰라요? 좀 모자란 애들인가요?"

나는 얼른 오른발을 왼발 뒤로 숨기면서 바닥을 내려다보았다.

"당연히 아니죠. 그냥 몰라서 그러는 것뿐이에요."

스미스 씨가 매서운 어조로 따지듯 말했지만, 직원의 기세는 조금도 누그러지지 않았다.

"그렇다면 다행이군요. 그런데 신청서에는 뭐라고 적으면 될까요?

여기에는 생년월일을 꼭 적으라고 되어 있거든요."

"그럼, 이렇게 적으세요. 에이다, 1926년 5월 5일."

스미스 씨는 이미 오래전부터 내가 열세 살일 거라고 확신했다. 내가 제이미의 어린 시절을 얼마나 많이 기억하고 있는지 확인한 후에 말이다. 스미스 씨가 우리를 내려다보며 말을 이었다.

"제이미, 1931년 2월 15일. 얘는 여덟 살일 거예요, 분명히."

직원은 한쪽 눈썹을 치켜 올렸지만, 스미스 씨가 말한 대로 받아 적었다.

"그게 다 무슨 소리예요?"

잠시 뒤 우리가 건물 밖으로 나왔을 때, 내가 고개를 갸웃거리며 물었다. 그러자 제이미가 침울하게 말했다.

"생일은 선물을 받는 날이야, 케이크도 먹고. 학교에 가면 생일 모자를 써."

우리가 처음 스미스 씨의 집에 갔을 때, 스미스 씨가 우리한테 생일이 언제냐고 물었던 기억이 났다. 하지만 생일 모자 이야기는 처음 들었다. 알고 보니 그건 학교에서 하는 행사였다. 제이미네 학교에서는 담임 선생님이 커다란 달력에 학생들의 생일을 모두 적어 놓고는, 생일이 돌아온 아이에게 생일 모자를 씌우고서 요란스럽게 축하를 해 준다고 했다.

제이미가 자기 생일을 모른다고 말하자, 반 아이들 전체가 발을 구르며 비웃었다나? 그런데도 제이미는 지금껏 이 이야기를 우리한테 하지 않았다.

"하지만 이제 우리한테도 생일이 생겼어. 아까 스미스 씨가 그 사람한테 말한 날짜 있잖아. 오늘 오후에 학교에 가면 선생님께 말하려고. 그러면 달력에 표시해 주시겠지."

제이미가 만족스럽게 말한 뒤 스미스 씨를 보며 씩 웃었다.

"그게 언제라고요?"

"1931년 2월 15일."

"그건 네 진짜 생일이 아니야."

내가 말했다. 그러자 스미스 씨가 덧붙였다.

"2월 15일은 우리 아빠 생일인데, 제이미가 써도 돼."

"아빠가 돌아가셨어요?"

"아니. 적어도 그런 얘기는 못 들었어. 만약 돌아가셨다면 오빠들이 내게 연락을 했겠지. 그리고 생일이 같아도 문제 될 건 없어. 일 년은 365일밖에 없고, 세상에는 그보다 훨씬 더 많은 사람들이 살고 있으니까. 생일이 같은 사람들은 어차피 아주 많아."

"하지만 그날은 제이미의 진짜 생일이 아니잖아요."

"맞아, 아니지."

스미스 씨가 몸을 돌려 허리를 숙였다. 내 얼굴을 똑바로 보며 말을 이었다.

"너희의 진짜 생일을 알게 되면 신분증을 바로 바꿔 줄게. 알았지?"

"알겠어요."

거짓말을 잠깐 하는 건 괜찮았다.

"그런데 저희 생일은 어떻게 알 수 있어요?"

내가 물었다. 그러자 스미스 씨가 콧구멍을 벌름대며 대답했다.

"너희 엄마가 알고 계시잖아. 내 편지에 답장을 쓸 때 생일을 알려 주시겠지."

그때까지는 시간이 꽤 오래 걸리겠군.

"그럼 제 생일에 케이크를 먹을 수 있나요? 아까 직원한테 말했던 그날에요."

"당연하지."

순간, 스미스 씨의 얼굴에 슬픈 표정이 스쳐 지나갔다. 너무 빨리 지나가서 내가 스미스 씨를 계속 보고 있지 않았다면 알아채지 못했을 거다.

"그날은 베키의 생일이야. 차라리 잘됐어. 또 축하할 수 있으니까."

"거짓말."

화가 나진 않았다. 하지만 스미스 씨의 이 말은 분명 거짓말이었다.

스미스 씨가 억지웃음을 지으며 말했다.

"그렇기도 하고 아니기도 해. 물론 내가 감당하기에는 힘든 일이겠지만, 나는 또다시 행복해지고 싶단다."

악마의 낙인

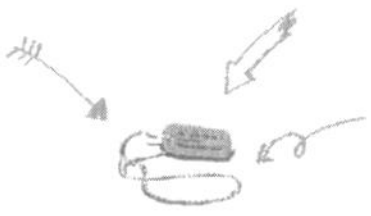

스티븐 화이트와 맥퍼슨 대령이 차를 마시러 오라며 나를 초대했다. 그들은 정중하게 쓴 초대장을 우편으로 보냈고, 스미스 씨는 봉투를 뜯지도 않은 채 내게 건넸다. 나는 초대장에 적힌 글씨를 뚫어지게 바라보았지만 도무지 알아볼 수가 없었다.

어쩔 수 없이 스미스 씨한테 도움을 요청했다.

에이다 스미스 양을 저희 집으로 초대합니다.

10월 7일 토요일에 차를 마시러 와 주시면 감사하겠습니다.

—맥퍼슨 대령과 스티븐

스미스 씨가 초대장을 읽는 동안, 나는 점점 부아가 치밀어 올랐다. 혼자서 이런 글도 읽지 못하다니. 스미스 씨가 나를 보더니 깔깔대고 웃었다.

"에이다, 표정이 왜 그래! 이건 순전히 네 잘못이야. 덕분에 나는 행복하단다. 너한테 글을 가르칠 수 있게 되어서."

그래, 스미스 씨는 쉽게 웃을 수 있겠지. 그런데 내가 노력을 했는데도 배울 능력이 안 되는 아이로 밝혀지면 어떡하지?

"내가 대신 답장을 써 줄게. 거기, 갈 거지?"

"아니요."

스미스 씨가 나 때문에 글을 쓰는 건 싫었다.

"왜 안 가? 가면 맛있는 거 많이 먹을 텐데. 그리고 스티븐은 네 친구잖아. 맥퍼슨 대령은 나이가 많기는 해도 친절하시고. 가면 그분이 겪은 재미있는 이야기도 해 주실걸."

"싫다고요! 그리고 스티븐은 제 친구가 아니에요."

스미스 씨가 자리에 앉아 내 얼굴을 가만히 들여다보며 말했다.

"네가 그랬잖아. 스티븐이 너를 기차역까지 업어 줬다고. 그런 일은 친구만이 할 수 있는 일인 것 같은데?"

어쩌면 그럴지도.

"너도 마가렛 토튼이 다쳤을 때 기꺼이 도와줬잖아. 네가 마가렛과 친구인 것처럼, 스티븐도 네 친구야."

나는 친구를 꼽을 때 매기를 꼭 넣고 싶었다. 스티븐도 나쁘지 않았다. 다만 내가 신세 진 사람을 친구로 삼는 게 싫을 뿐이었다.

"어떻게 해야 예의 바른 행동인지 너는 이미 잘 알고 있어. 지난번에 찻집에 갔을 때 그렇게 했거든. 내가 맥퍼슨 대령의 집까지 데려다줄게. 그리고 한 시간쯤 뒤에 다시 데리러 가고."

"왜 자꾸 저보고 그 집에 가라는 거예요?"

내가 얼굴을 찌푸리며 물었다. 스미스 씨가 한숨을 푹 내쉬면서 콧김을 내뿜었다.

"네가 뭘 하든 나는 상관 안 해. 그렇지만 네가 또래 친구들과 어울리면 좋겠어. 가끔씩 기분 전환으로 말이야. 너한테 초대장이 와서 나는 기분이 무척 좋단다."

나는 마른침을 꼴깍 삼켰다. 나는 전혀 기분이 좋지 않았다. 오히려 다른 감정이 들었다. 두려움이라고 해야 할까? 솔직히 잘 모르겠다.

"저는 안 갈 거예요. 그러니까 아무것도 쓸 필요가 없어요."

"그래도 써야 해. 초대를 정중히 거절한다고 말이야. 이러든 저러든 답장은 써야 한다고."

당연히, 나는 그렇게 해야 하는지도 몰랐다. 스미스 씨가 펜과 종이를 가지러 간 사이, 왼발로 의자 다리를 퍽 걷어찼다. 얼마 뒤 스미스 씨가 종이에 뭐라 끄적인 다음, 그걸 내게 내밀었다.

"'10월 7일의 초대에 응하지 못해 유감입니다. 에이다 스미스.'라고 적었어. 그런데 초대를 거절하다니, 정말 예의가 아닌 것 같아. 그리고 너, 의자 다리 좀 그만 걷어차."

나는 짐짓 더 세게 걷어찼다. 예의를 차리든 말든 나와는 전혀 상관없었다.

"맥퍼슨 대령은 제 발을 빤히 바라본다고요. 그런 사람을 굳이 왜 만나야 해요?"

"그분이 어떻게?"

스미스 씨는 대뜸 이렇게 묻더니, 내 왼발을 손으로 잡아채고서 말을 이었다.

"그만 차라고 했지? 그리고 그분은 너를 빤히 볼 수 없을걸. 왜냐하면 아무것도 볼 수 없으니까. 시력을 잃으셨거든."

10월 7일, 날씨가 몹시 추운 데다 비가 쏟아지는 아주 혹독한 날씨였다. 그래서 버터를 탈 수가 없었다. 스미스 씨는 비행기 사진이 실린 잡지와 가위를 제이미한테 주었다. 제이미는 무척 기뻐하면서 그것들을 오리더니 카펫 위에 잔뜩 늘어놓고 놀았다. 그런데 나는 아무것도 할 게 없었다.

"오늘 같은 날엔 차를 마시러 가려 해도 별수 없었겠네요."

스미스 씨가 재봉틀을 돌리다 말고 고개를 들어 나를 바라보았다. 수건이 낡아서 더 이상 쓸 수 없게 되자, 그걸로 제이미와 내가 입을 가운을 만들고 있었다. 가운이란 건 잠옷 위에 걸치는 헐렁한 옷으로, 겨울에 침대에 들어가기 전까지 입는 거였다. 꼭 코트처럼 생겼다.

아무튼 아직은 한겨울 날씨가 아니었지만, 거실에 석탄을 때야 할 만큼 쌀쌀하긴 했다.

"내가 쓰던 커다란 우산이 있어. 그걸 쓰고서 갈 수 있었다고."

"그럼 지금 가도 돼요?"

내가 묻자 스미스 씨가 고개를 저었다.

"이미 답장을 보냈기 때문에 그럴 수 없어. 예의에 어긋나."

"예의 같은 거, 전 신경 안 쓴다고요!"

"아마 아닐걸. 그리고 맥퍼슨 대령은 신경 쓰셔. 차를 마시는 모임에 가는 건 모두 예의와 연관된 일이야."

스미스 씨가 똑 부러지게 말했다.

나는 목발을 짚고 쿵쿵거리며 걸었다. 그러다 목발로 제이미가 갖고 놀던 종이비행기 하나를 짓뭉개 버렸다. 제이미가 소리를 지르며 난리를 쳤다. 그래도 나는 조금도 신경을 안 썼다.

스미스 씨가 자리에서 일어나 나를 보며 나무랐다.

"대체 왜 그러는 거야?"

"배가 아파서 그래요!"

내가 소리쳤다.

"화가 나서 그런 거구나. 그렇다고 그걸 제이미한테 풀면 안 되지. 미안하다고 사과해. 그리고 종이비행기를 원래대로 해 놓을 수 있는지 한번 살펴봐."

"하나도 안 미안해요."

스미스 씨가 눈을 질끈 감았다.

"어쨌든 그렇게 말해."

"싫어요!"

"제이미, 이리 와."

스미스 씨가 소파에 앉은 채 두 팔을 벌렸다. 제이미가 기어서 스미스 씨의 무릎까지 갔다. 학교에서 제이미를 안아 준 뒤로 녀석은 줄곧 스미스 씨 옆에 찰싹 달라붙었다. 나는 정말이지 참을 수가 없었다.

"제이미, 누나가 요즘 힘든 시간을 보내고 있단다. 일부러 비행기를 망가뜨린 건 아니야."

그래, 일부러 그런 거 아니야. 아까 한 말은 다 거짓말이었어. 나도 이렇게 말하고 싶었다. 나는 절대로 제이미를 아프게 하려고 한 게 아니었다. 그냥 가끔은 제이미가 거치적거릴 뿐이었다. 하지만 스미스 씨의 무릎에 몸을 웅크리고 있는 제이미를 보고 있으려니, 괜히 소리를 꽥 지르고 싶었다. 나를 위해서 저렇게 해 준 사람은 여태껏 아무도 없었다.

그때 스미스 씨가 자신의 옆자리를 손가락으로 톡톡 치며 말했다,

"이리 와. 여기 앉아, 얼른."

스미스 씨는 한쪽 팔로 내 어깨를 감싸고는 가까이로 끌어당겼다. 비로소 나는 스미스 씨의 무릎 가까이에 있었다.

"뭐 이리 뻣뻣하니? 나무토막을 위로해 주는 것 같잖아."

스미스 씨가 나를 손으로 어루만지자 기분이 영 이상했다. 나는 바짝 긴장했다. 하지만 머릿속으로 도망가지는 않았다. 스미스 씨의 팔을 어깨에 두른 채 소파에 가만히 앉아 있었다. 제이미가 내 어깨 근처에서 부드럽게 숨을 내쉬었다.

나는 깜박이는 석탄불을 쳐다보았다. 우리는 모두 한동안 움직이지 않고 그 자리에 그렇게 다소곳이 있었다. 어느덧 제이미는 잠이 들었다. 스미스 씨와 나는 암막 커튼을 칠 시간이 될 때까지 꼼짝도 하지 않았다.

버터는 걷는 것 말고는 아무것도 하려 하지 않았다. 나는 버터한테 잘해 주었다. 심지어 녀석이 게으름을 피워 나를 화나게 할 때에도 때리지 않으려고 무진장 노력했다. 매일 솔로 털을 손질해 주었을 뿐 아니라, 녀석의 등에 탈 때에도 이따금 고삐를 풀어 주어 풀밭을 어슬렁거리게 내버려 두었다.

내가 뒷문에 서서 버터를 부르면 녀석은 언제나 곧장 다가왔다. 털을 손질해 주거나 굴레를 씌울 때도 가만히 서 있었다. 녀석은 나를 좋아했다. 진짜로 그랬다. 하지만 무슨 일이 있어도 빨리 걷거나 뛰려 하지 않았다.

지난번에 철가면 아줌마가 집에 왔을 때, 그라임스 씨한테 언제든지 도움을 청해도 된다고 말했다. 철가면 아줌마가 빈말로 한 얘기일까 봐 걱정이 되기는 했지만, 모든 걸 운에 맡기기로 하고서 일단 한번 찾아가 보기로 마음먹었다.

"그라임스 씨한테 갔다 올게요."

어느 날, 나는 점심을 먹으면서 대뜸 이렇게 말했다. 그날은 무척 추운 날이었다. 날씨 덕분에 매기의 낡은 스웨터를 입을 수 있어서 기분이 자못 좋았다. 스미스 씨가 나를 빤히 바라보았다.

"어떻게? 그리고 왜?"

"버터를 타고 갔다 올게요. 이제는 저도 꽤 잘 타요."

"에이다, 내가 좀 게으르긴 해도 보는 눈은 있어. 네가 버터를 얼마나 잘 타는지는 진작부터 알고 있었다고."

"네, 스미스 씨."

"내가 몇 번이나 말했지? 수잔 이모라고 부르라고. 자꾸 그렇게 부르면 모욕을 받는 느낌이 든단 말이야. 그런데 그라임스 씨는 왜 찾아가는 거니?"

"그냥요. 그분은 저한테 친절하게 대해 주거든요, 수잔 이모. 그리고 버터를 다룰 때 어려운 점이 있어서요. 제가 뭘 잘못하고 있는지 모르겠어요. 아무리 해도 버터가 제 뜻대로 안 움직여요. 매기 엄마가……, 그러니까 그 무슨 부인이…….”

“토튼 부인.”

“네, 맞아요. 아무튼 그 부인이 어려운 일이 생기면 그라임스 씨한테 도움을 요청하라고 했잖아요.”

스미스 씨가 당근 한 조각을 포크로 찍어 입에 넣은 다음 천천히 씹었다.

“전혀 버터답지 않은데? 내가 버터를 탔을 때는 녀석이 무척 예민하게 굴었거든. 그렇다고 나이를 많이 먹은 것도 아니고. 알았어, 갔다 와. 참, 찾아갈 줄은 아니?”

나는 고개를 끄덕였다. 길을 찾은 건 어렵지 않았다. 길을 따라 쭉 가다가 방향을 두 번만 바꾸면 되었다. 그러다 보면 길이 끝나는 곳에 근사한 울타리와 함께 커다란 철제문이 나왔다.

“길에서 버터를 탈 거면 안장을 얹는 게 나을 거야. 오른쪽 등자는 빼고 타. 그래야 버터 옆구리를 쿵쿵 치지 않지.”

스미스 씨는 내가 오른쪽 등자를 사용할 수 없다는 걸 알고 있었다.

“작은 게 버터 건가요?”

창고에는 안장이 세 개 있었는데, 모두 천에 싸인 채 받침대에 걸려 있었다.

“응, 내가 보여 줄게.”

“괜찮아요. 그러실 필요 없어요.”

스미스 씨가 나를 한동안 물끄러미 바라보다가 입을 열었다.

“나는 정말 모르겠어. 너희 둘을 위해서 뭘 해야 하는지 말이야. 제이미의 학교는 내가 좀 더 일찍 가 봐야 했어. 그리고 너는 좀 더 주의

깊게 살펴야 했는지도 모르고. 하지만 너는 그게 싫을 거야. 그렇지?"

나는 스미스 씨의 이 질문에 꼭 대답을 해야 한다고 생각하지 않았다. 그래서 자리에서 일어나 접시에 남은 음식 찌꺼기를 쓰레기통에 버린 다음, 설거지를 하려고 싱크대에 비눗물을 채웠다.

스미스 씨가 말했다.

"무슨 문제가 생기면 적어도 말은 해 줄래? 도움이 필요하다면 더더욱……. 알겠니?"

나는 스미스 씨를 돌아보지 않고서 대답했다.

"도움이 필요할 일은 없을 거예요."

스미스 씨가 내 뒤에서 한숨을 푹 내쉬었다. 그러더니 마침내 한마디 툭 던졌다.

"그래, 좋을 대로 해."

안장은 다소 성가셨다. 버터 등에 올린 다음, 그 위로 올라가려고 하자 자꾸만 한쪽으로 기울어졌다. 안장을 바르게 하고서 뱃대끈을 단단히 졸라매었다. 그제야 안장이 흔들리지 않고 그대로 있었다. 나는 버터를 타고 길을 따라 느릿느릿 걸어갔다.

공군 비행장에서는 더 이상 비행기가 불에 타거나 폭발하지 않았다. 제이미 말로는 지금까지 세 명의 공군 조종사가 죽었다고 했다. 하지만 제이미도 그들이 누구인지는 모른다고 했다.

지난주에는 비행장에 임시 막사 몇 개와 거대한 건물 한 채가 더 들어섰다. 그 거대한 건물을 왜 지었는지는 아무도 몰랐다. 활주로 저편으로 비행기들이 줄 맞춰 서 있었다. 그때 비행기 한 대가 하늘에서 활주로 쪽으로 착륙을 하더니 잠시 후 또다시 하늘로 올라갔다. 버터는 귀를 조금도 쫑긋대지 않았다. 비행기가 뜨고 내리는 건 주변의 나무들처럼 아주 흔한 일상이니까.

중간쯤 갔을 때였다. 버터가 갑자기 뒷걸음질을 하며 집으로 돌아가려 했다. 나는 계속 앞으로 가도록 하려 애를 썼지만, 버터는 재갈을 입으로 씹고 귀를 휘두르며 고집을 부렸다. 마치 조랑말의 언어로 나한테 욕을 퍼붓는 것 같았다. 나는 조나단의 말이 몹시 그리웠다. 한 달 전만 해도 버터를 타면서 가슴이 설레었지만 지금은 그 이상을 원하고 있었다. 하긴, 두 달 전의 나는 나무를 본 적도 없었다.

한참 만에야 우리는 매기의 집에 도착해 마구간이 있는 풀밭으로 걸어 들어갔다. 그라임스 씨는 그곳에서 양동이에 물을 담아 커다란 회색 말을 씻기고 있었다. 그라임스 씨가 우리를 보더니 반갑게 인사를 건넸다.

"헤이."

"헤이."

나도 똑같이 따라 했다. 그런데 갑자기 부끄러움이 밀려왔다. 정작 그라임스 씨는 나한테 찾아오라고 한 적이 없었다. 매기 엄마만 그렇게 말했을 뿐이다. 어쩌면 그라임스 씨는 내가 찾아오는 걸 좋아하지 않을 수도 있다는 생각이 들었다.

나는 버터한테서 내린 다음, 버릇처럼 오른발을 왼발 뒤로 숨겼다.

그라임스 씨가 나를 위에서 아래로 쭉 훑어보았다.

"거기 잠깐 있어 봐라."

그라임스 씨는 물로 씻긴 말을 우리에 넣은 다음, 내 쪽으로 걸어오며 말을 이었다.

"자, 이 불쌍한 동물을 타고 여기까지 온 이유를 말해 볼래?"

"도움이 필요해요. 얘를 앞으로 빨리 가게 할 수가 없어요."

그라임스 씨가 허리를 숙여 버터의 앞발을 들여다보며 말했다.

"그럴 수밖에 없지. 발굽을 몇 년이나 다듬지 않았네. 분명 베키 씨가 죽은 후로는 손을 전혀 안 댔을 거야."

그라임스 씨가 어디론가 가더니, 철제 공구를 손에 한가득 들고 돌아왔다.

"너는 이 녀석을 붙잡고 있거라."

그라임스 씨가 버터의 발을 손으로 들어 올렸다. 그런 다음 펜치처럼 생긴 공구로 버터의 발굽을 툭 잘랐다. 내가 소리를 꽥 지르자, 버터가 깜짝 놀라 펄쩍 뛰었다. 그라임스 씨는 버터의 발을 원래대로 내려놓았다. 그래도 버터의 발에는 발굽이 남아 있었다.

"내가 아프게 한 것처럼 보이지?"

두 눈으로 보고서도 믿기지 않았다. 버터는 아주 얌전히 서 있었다.

"조랑말의 발굽은 우리 손톱이랑 비슷하단다."

그라임스 씨가 다른 연장을 집어 들고서 버터의 짧아진 발굽을 부드럽게 갈았다.

"발굽은 계속 자라기 때문에 자주 손질해 줘야 해."

제이미랑 내 손톱은 스미스 씨가 자르고 다듬어 주었다. 우리가 처음 만난 그다음 날, 스미스 씨는 우리의 손톱뿐만 아니라 발톱도 잘라 주었다. 그 이후로는 일주일에 한 번씩 꼬박꼬박 다듬어 주었다. 그것도 손톱깎이로 말이다. 그 전에 나는 부러진 손톱을 이빨로 조금씩 물어뜯었다. 손톱깎이로 자르는 건 낯선 경험이지만, 그라임스 씨의 말대로 하나도 아프지 않았다.

"발굽이 너무 길게 자라서 몹시 아팠을 거야."

그라임스 씨가 버터의 다른 쪽 발굽도 똑같이 다듬어 주었다.

"걸어 다니는 내내 몹시 아팠을걸. 그래서 빨리 달릴 수 없었던 거지. 녀석은 일부러 그런 게 아니라 아파서 그랬던 거야. 그건 아주 큰 차이란다."

나는 마음이 무거웠다. 지금껏 버터를 아프게 해 놓고서 그런 사실을 모르고 있었다니.

"조랑말을 키우면 안 되는 사람들이 분명 있단다."

그라임스 씨가 마치 내 생각을 읽은 것처럼 말했다. 그런 다음 나를 내려다보며 말을 이었다.

"너한테 한 말이 아니야. 너는 런던에서 왔고, 또 네 또래 아이들이 이런 걸 어떻게 알겠니? 하지만 스미스 씨는 사냥용 말들을 팔아 버린 뒤로, 이 조랑말을 풀밭에 풀어 놓기만 하고 전혀 돌보지 않았어. 내가 판단하기로는 그래."

"조랑말은 풀만 잘 먹으면 괜찮다고 그랬는데요."

"조랑말한테 풀만 필요한 게 아니란다. 만약 누군가가 너한테 먹을 것만 충분히 주고, 씻기지도 않고 운동도 안 시키고 사랑도 주지 않는다면……. 너는 어떨 것 같니?"

"배가 안 고프다고 느끼겠죠."

"그래, 그렇구나."

그라임스 씨가 껄껄 웃었다. 잠시 후, 버터의 발굽을 모두 살핀 다음 이렇게 말했다.

“한 달 정도 있다가 이 녀석을 다시 데리고 오렴. 그러면 내가 또 발굽을 봐 줄게. 보통은 육 주에 한 번 정도 다듬지만, 이 녀석이 원래 발굽으로 돌아갈 때까지는 한 달에 한 번씩 보도록 하자. 대개는 이런 일을 편자공이 하는데 지난주에 입대했지 뭐냐?”

나는 고개를 끄덕였다. 그러면서 머릿속으로 적당한 말을 찾고 있었다. 그라임스 씨가 먼저 찾았다.

“‘그라임스 씨, 고맙습니다.’라고 하는 거야.”

순간 그라임스 씨의 눈가에 잔주름이 졌지만 웃음을 지은 건 아니었다. 그라임스 씨가 모자를 벗자 듬성듬성 난 머리카락이 드러났다. 그라임스 씨가 머리를 긁적이며 말했다.

“아니다. 그라임스 씨라고 하니까, 내가 뭐 집사쯤 되는 것 같잖아. 그냥 프레드 할아버지라고 불러.”

“네, 프레드 할아버지.”

나는 손을 내밀며 대답했다. 예전에 맥퍼슨 대령이 그랬던 것처럼. 프레드 할아버지가 내 손을 맞잡고 흔들었다.

“너는?”

“에이다요, 에이다 스미스. 그냥 에이다라고 부르시면 돼요.”

프레드 할아버지가 나를 버터한테 데려갔다. 그리고 갈기가 너무 길어서 엉켜 있는 곳을 가위로 잘라 주었다.

“보통은 갈기를 자르지 않고 살살 풀어 준단다. 하지만 지금은 너무 엉켜서 다른 방법이 없구나.”

프레드 할아버지는 엉킨 꼬리를 어떻게 푸는지도 시범을 보여 주었다. 안장과 굴레를 깨끗이 닦고 기름칠을 하는 법도 알려 주었다.

"계속 그렇게 하면 돼. 스미스 씨네 집에 있는 다른 안장이나 굴레도 똑같이 기름칠해 주면 된단다. 가죽으로 된 건 완전히 말려 줘야 하고. 오랫동안 방치하면 망가질 거야."

그런 다음 프레드 할아버지는 일이 잔뜩 밀려 있다고 말했다.

"요즘에는 할 일이 너무 많아. 사냥용 말들을 다시 풀밭에 풀어놔야 하거든. 혼자서 이 말들을 다 돌보자니 너무 벅차네. 뭐, 어쨌든 전쟁이 나서 사냥은 더 없지만, 한꺼번에 열세 마리나 돌봐야 하니까."

"제가 도와 드릴게요."

"그래 줄래? 그러면 고맙지."

내가 안장과 굴레를 공들여 닦는 동안, 버터는 마구간의 빈 우리에 들어가 있었다. 나는 프레드 할아버지를 도와 말들한테 곡식과 건초, 물을 갖다 주었다. 내가 다리를 절뚝거리며 돌아다녔지만, 프레드 할아버지는 그것에 대해 한마디도 안 했다. 뿐만 아니라 내가 할 수 없을 것 같은 일은 아예 시키지도 않았다.

일이 모두 끝나자, 나는 버터의 등에 안장을 올리고 머리에 굴레를 씌웠다. 프레드 할아버지가 안장 밑에서 내 다리를 받쳐 주었다.

"매기가 그랬어요. 내반족으로 태어나는 말들이 있다고요. 그리고 할아버지가 고칠 수 있다고도 했어요."

나는 헛된 희망을 품지 않으려 애썼다.

"그래, 만약 네가 말이라면 특별한 신발을 신겨서 고칠 수 있겠지. 그렇지만 사람의 경우에는 다르단다. 내가 치료할 수 없어. 그런데 내반족이니?"

나는 고개를 끄덕였다.

“내가 고칠 순 없지만 다른 방법으로 도와줄게. 네가 오고 싶을 때면 언제든지 찾아오너라.”

나는 거리로 내려와 왼쪽으로 꺾었다. 내가 기억하기론 그게 맞는 길이었다. 하지만 그 뒤에 어떤 일이 있었는지 잘 모르겠다. 분명 스미스 씨의 집을 쉽게 찾아야 했다. 그런데 나는 길을 잃고 말았다. 한동안 낯선 곳을 이리저리 헤맸다. 길을 잃었다는 걸 처음 알았을 땐 내가 어디에 있는지도 몰랐다. 다시 매기의 집으로 가려고 거꾸로 거슬러 갔지만, 결국은 엉뚱한 데로 가고 말았다.

나는 버터가 알아서 길을 찾게 하려고 했다. 하지만 내가 고삐를 풀어 줄 때마다 녀석은 고개를 숙이고 풀을 뜯어 먹으려 했다. 나는 익숙한 곳을 찾아서 계속 돌아다녔다. 한참 만에야 완만하게 경사진 언덕을 발견하고서 그곳으로 급히 올라갔다. 언덕 위에서 내려다보면 스미스 씨의 집을 찾을 수 있을지도 모른다고, 아니 최소한 마을이라도 찾을 수 있을지 모른다고 생각하면서.

그런데 마을 대신 끝없이 펼쳐진 청회색의 카펫과 그 위에 떠 있는 구름을 보았다. 카펫 표면에는 아주 작은 점들이 반짝이고 있었다. 하지만 전체적으로 평평하면서 넓게 깔려 있는 게 꼭 풀밭처럼 보였다. 대체 저건 뭐지?

결국 나는 시선을 밑으로 내렸다. 교회의 첨탑이 눈에 들어오면서 마을이 보였다. 그것도 청회색 카펫과 아주 가까운 곳에. 아니, 어떻게 이걸 지금껏 모르고 있었지? 나는 높이 자란 억센 풀들을 헤집으며 언덕 아래로 내려갔다.

이윽고 우리는 길을 찾았다. 그 길을 따라 쭉 가자 시내 중심지가 나왔다. 가게들은 모두 문을 닫았고 마을은 매우 조용했다. 벌써 하늘이 어두워지고 있었다. 당연히 어느 곳에서도 불빛 한 점 보이지 않았다. 머리 위로 비행기 한 대가 굉음을 내며 지나갔다.

스미스 씨와 제이미는 버터와 내가 진입로로 들어서자마자 현관문을 열고 뛰쳐나왔다.

"일부러 늦게 온 거 아니에요. 길을 잃었어요."

"조랑말을 타다가 도랑에 떨어져서 죽은 줄 알았잖아!"

스미스 씨가 이렇게 말하자, 제이미의 얼굴이 하얗게 질렸다.

"그렇게 쉽게 안 죽어요."

나는 집 뒤로 돌아가 버터를 챙겼다. 제이미가 옆에서 도왔다.

"학교는 어땠어?"

내가 묻자 제이미는 어깨를 으쓱해 보였다.

"왼손을 써도 이제 선생님이 뭐라 안 해?"

"수잔 이모가 그렇게 못 하도록 했잖아. 하지만 선생님은 아직도 나한테 악마의 낙인이 찍혀 있다고 생각해."

우리는 집으로 향했다. 제이미가 내 손을 꼭 잡았다.

"아까까지만 해도 수잔 이모는 누나가 도랑에서 빠져 죽었다고 말하지 않았어. 그냥 재미있게 놀고 있는 것 같다고만 말했지. 그래서 난 아무 걱정 안 했어."

제이미는 잠시 말을 멈추었다가 이었다.

"그래도 이모는 걱정을 많이 했어. 난 알아."

나는 일부러 콧방귀를 뀌었다.

"스미스 씨가 나를 걱정할 필요는 없어. 너도 마찬가지고."

집 안에 들어갔을 때는 식탁에 저녁이 미리 차려져 있었다. 나는 허겁지겁 먹기 바빴다. 배가 너무 고파서 다른 생각은 아무것도 나지 않았다. 그러다 한참 후에야 입을 열었다.

"언덕바지에서 이상한 걸 봤어요. 풀밭처럼 끝없이 펼쳐져 있었지만 색깔은 청회색이었어요. 햇빛이 비치니까 반짝반짝 빛났고요."

"그건 바다라는 거야. 그 근처를 지날 때 내가 얘기해 줬는데."

나는 스미스 씨를 가만히 바라보았다. 사실은 이렇게 말하고 싶었다. 스미스 씨는 내게 아무것도 말해 주지 않았다고, 버터를 돌보지 않아서 절름발이로 만들었다고, 우리를 바다에 데려가 직접 보여 줘야 했다고.

나는 스미스 씨한테 우리 둘을 걱정할 필요가 없다고도 말하고 싶었다. 스미스 씨는 진짜로 그럴 필요가 없었다. 나는 제이미뿐만 아니라 나 자신도 돌볼 수 있었다. 지금껏 그래 왔다. 하고 싶은 말이 많았지만, 늘 그렇듯이 머릿속에 있는 생각들을 입 밖으로 다 꺼내지는 않았다. 나는 고개를 숙이고 다시 저녁을 먹기 시작했다.

"그라임스 씨가 도와주셨니?"

"네."

입 안에 음식이 가득 들어 있었지만 상관하지 않고 그냥 대답했다. 아주 무례하게.

"버터가 왜 빨리 달리려고 하지 않았던 거야?"

스미스 씨가 물었다.

나는 음식을 꿀꺽 삼켰다. 숨을 크게 들이마시고서 대답했다.

"왜냐하면 스미스 씨가 버터를 절름발이로 만들었기 때문이에요."

스미스 씨가 나를 날카롭게 쏘아보았다.

"자세히 말해 봐."

나는 아무 말도 하고 싶지 않았다. 하지만 얼마 뒤, 스미스 씨는 내게서 기어이 이야기를 전부 듣고야 말았다.

"그랬구나. 미안하네. 몰라서 그랬어. 일부러 학대한 건 아니야. 하지만 그건 변명거리가 안 돼. 그렇지?"

스미스 씨가 내 손을 토닥거렸지만 나는 일부러 홱 뿌리쳤다.

"이해해. 나한테 왜 그렇게 화가 났는지. 나 역시 그러니까."

저녁을 먹은 뒤, 스미스 씨는 싫다는 나를 데리고 억지로 풀밭으로 나갔다. 버터의 발이 지금 어떤지 보여 달라고 하면서. 프레드 할아버지가 내게 가르쳐 준 것들도 모두 알려 달라고 했다. 그런 다음 창고에 가서 안장이랑 굴레를 일일이 살폈다.

"자신의 단점을 마주하는 건 정말 끔찍한 일이란다. 그래, 그라임스 씨가 발을 고쳐 주고 나니까 버터의 기분이 좀 좋아졌니?"

"완전히 고쳐진 거 아니에요. 몇 주 동안은 고생을 해야 한대요. 그리고 버터의 기분이 어떤지는 몰라요. 길을 잃고 한참 헤맸으니까."

스미스 씨가 고개를 끄덕였다.

"분명 놀랐을 거야. 겁도 나고 화도 나고."

"아니요."

나는 겁도 나고 화도 났지만 짐짓 이렇게 대답했다. 적어도 바다를 볼 때까지는 그랬다.

"하나도 겁 안 났어요."

"화가 많이 났구나."

수잔 이모가 내게 팔을 두르며 말했다.

"아니라니까요."

나는 이를 악물며 말했다. 하지만 나는 그랬다. 이런 제길, 나는 그랬다.

'로열 오크'가 침몰했다. 로열 오크란 영국 해군의 전함이었다. 그 전함이 스코틀랜드 해안에 정박하고 있을 때, 독일군 잠수함이 어뢰로 공격해 폭파시켰다. 전함에 타고 있던 1200명의 군인 중 833명이 사망했다. 우리는 이 소식을 라디오를 통해 알게 되었다.

그다음 토요일, 수잔 이모는 우리를 데리고 나가서 영화를 보기로 했다. 제이미와 나는 영화가 처음이었다. 우리는 집에 있는 보라색 소파처럼 아주 안락한 의자에 앉았다. 잠시 후 우리 앞에 있는 벽에서 거대한 사진이 움직이기 시작했다. 장엄한 음악이 흐르면서, 전쟁에 대해 이야기하는 남자 목소리가 흘러나왔다.

나는 전쟁과 관련 없는 영화를 볼 거라고 생각했다. 그 말도 안 되는 전쟁 포스터들과 교차로 근처에 쌓여 있는 모래 자루들을 빼면, 전쟁이 일어났다는 걸 실감하기가 어려웠다. 지금껏 폭격 한 번 본 적이 없었다.

그런데 지금 여기 눈앞의 화면에선, 어마어마하게 큰 배가 옆으로 기울어져 있었다. 그 배의 구멍으로 검은 연기가 쏟아져 나왔다. 그 화면은 너무 크고 너무 무서웠다. 로열 오크에 대해 이야기하던 근엄한 목소리가 100명 이상의 어린 군인들이 사망했다고 말할 때는 더 이상 참을 수가 없었다.

"집에 가고 싶어요."

내가 속삭이자 이모가 말했다.

"쉿, 뉴스는 일 분도 안 돼서 끝나. 그러고 나면 영화가 나올 거야."

"집에 가고 싶다고요."

나는 좀 더 크게 말했다.

"안 돼. 나갈 수 없어."

이모가 말했다.

"안 돼. 나갈 수 없어."

제이미가 따라 했다.

나는 결국 나가지 못했다. 하지만 귀를 막고 눈을 꼭 감았다. 이모가 팔꿈치로 쿡쿡 찌르며 영화가 시작되었다는 걸 알려 줄 때까지 그렇게 있었다. 하지만 그러고 나서도 불타오르는 배와 죽은 군인들에 대한 생각을 떨쳐 버릴 수가 없었다.

제이미네 선생님은 여전히 제이미의 몸에 악마가 깃들여 있다고 생각했다. 제이미가 이 이야기를 이모한테 했다. 그 때문에 우리는 일요일마다 교회에 나가야 했다.

"물론 네 몸에는 악마가 없어. 하지만 교회에 나가면 너에 대한 소문이나 험담이 줄어들겠지. 내가 너희의 종교 교육을 소홀히 하는 것 같아 께름칙하기도 했거든."

이모는 우리를 교회에 보냈지만 정작 본인은 그 안에 들어가지 않았다. 처음에 딱 한 번만 가서 우리한테 신도석에 어떻게 앉아 있어야 하는지 알려 주었다. 다 같이 노래를 부르거나 기도를 할 때를 빼고는 조용히 있어야 한다고도 했다.

하지만 우리는 계속 조용히 앉아 있었다. 노래나 기도를 어떻게 해야 하는지 몰랐기 때문이다. 단상에 올라가 있던 남자가 어떤 책을 읽고 오랫동안 뭐라고 말을 했다. 그 남자가 말하는 걸 '설교'라고 하는데, 제이미는 '설교'가 '설사'랑 비슷하다고 생각한 모양이었다. 교회에서 설교가 시작될 때마다 한 손으로 코를 막은 채 다른 손으로 뭔가를 치우는 시늉을 하며 킥킥댔다.

그 첫 번째 일요일 이후, 이모는 우리를 교회에 데려다주고서 마을을 한 바퀴 돈 다음 다시 데리러 왔다. 교회의 생각과 자신의 생각이 같지 않아서 예배를 볼 수는 없다고 말했다.

"이모네 아빠가 교회에서 일한다면서요?"

두 번째 일요일에 집으로 가면서 내가 찌푸린 얼굴로 말을 꺼냈다. 제이미와 내 옆에 앉아 있던 어떤 여자가 예배 시간 내내 우리를 힐끔거렸다. 나는 그게 정말 마음에 안 들었다.

이모의 표정이 굳은 듯이 보였다.

"그래, 우리 아빠는 내가 구원받지 못할 거라고 확신하시지."

그러자 제이미가 물었다.

"구원받는다는 게 무슨 뜻이에요?"

"내 경우에 구원받는다는 건, 부도덕한 생활 방식을 바꾸고 내 천국의 왕관을 되찾는 걸 의미하지. 그러니까 구원받을 수 없다는 건 우리 부모님이 나를 좋아하지 않는다는 뜻이야. 그리고 우리 아빠는 살아

계셔. 엄마는 돌아가셨고."

제이미가 돌을 하나 집어서 저만치로 던졌다. 잠시 후, 조금 떨어진 담장에 돌이 탁 부딪혔다. 제이미가 말했다.

"우리 엄마도 우리를 좋아하지 않아요. 특히 누나요. 엄마는 누나를 미워해요. 누나는 구원받지 못할 거예요."

순간, 나는 움찔했다. 잠시 후 모기만 한 소리로 제이미에게 말했다.

"지금은 아닐 수도 있어. 걸을 수 있으니까."

"목발 없인 못 걷잖아. 누나 발은 아직도 흉측하다고."

"제이미, 누나한테 사과해!"

이모가 차갑게 한마디 하자 제이미가 지지 않고 대꾸했다.

"하지만 사실이잖아요!"

"에이다의 발은 흉측하지 않아. 어쩌면 그렇게 모욕적인 말을 대놓고 할 수가 있니! 그리고 에이다, 네가 잘못한 건 없어. 그 발은 네 잘못이 아니야. 그러니까 구원받을 필요도 없다고."

우리가 길을 따라 걸어가는 동안, 나는 목발 끝을 계속 내려다보았다. 목발 한 번, 왼발 한 번, 목발 한 번, 왼발 한 번. 흉측한 오른발은 허공에 매달려 땅바닥을 스치듯 지나갔다. 항상 그 자리에, 누가 뭐라고 하건 상관없이 그렇게.

버터가 전속력으로 달렸다. 처음엔 쿵쿵거리며 빨리 걸었다. 그래서 나는 떨어지지 않으려고 버터의 갈기를 꽉 붙잡았다. 나는 버터의 옆구리를 발로 계속 걷어찼다. 버터가 점점 속도를 높이며 달렸다. 내 눈에선 눈물이 고이고, 귀에선 바람 소리가 들렸다. 버터는 질주하고 있었다. 정말 최고였다.

나는 돌담을 뛰어넘기로 작정했다. 버터를 있는 힘껏 달리게 하면서 돌담 쪽으로 몰았다. 돌담과 점점 가까워졌다. 그런데 버터가 한순간 땅바닥에 발을 세게 내리밟으며 우뚝 멈춰 섰다. 나는 버터의 머리 위로 휙 날아가다가 돌담 바로 밑에 툭 떨어졌다.

"멍청한 녀석, 당장 그만두지 못해?"

이모가 풀밭으로 뛰어오며 소리쳤다. 나를 보고 있는 줄은 몰랐다. 나는 이모를 쳐다보았다. 버터가 콧바람을 불며 머리를 들어 올렸다. 내가 정신을 온전히 잃기 전에 한 번이라도 더 돌담을 뛰어넘고 싶다는 생각이 들었다.

"그렇게 무작정 뛰어넘으면 어떡하니? 우선 그라임스 씨한테 가서 좀 가르쳐 달라고 해. 사고로 죽기 전에 말이야. 이 불쌍한 조랑말한테 일 미터 가까이 되는 돌담을 뛰어넘으라니. 평생 한 번도 해 본 적 없는 일일 텐데!"

"한 번도요?"

나는 말이라면 당연히 돌담을 뛰어넘는 방법쯤은 너끈히 알고 있을 줄 알았다. 실제로 조나단의 말은 아무 문제가 없었다.

"응, 한 번도."

이모가 버터의 코끝을 쓰다듬으며 말을 이었다.

"조심해서 타지 않으면 버터가 다칠 수 있어. 버터를 겁먹게 할 수도 있고. 그러면 다시는 돌담을 뛰어넘지 않으려고 할지도 몰라. 너를 얼마나 다치게 할지도 알 수 없고."

그런데 이모가 그런 말을 할 자격이 있을까? 이모는 버터가 절름거리며 걸을 때까지 전혀 신경도 안 썼다. 버터는 발굽을 다듬은 뒤로 제법 잘 걸어 다녔다. 신기하게도 바로 그다음 날부터.

"그래, 네가 무슨 생각을 하는지 다 알아. 하지만 나도 이제 버터한테 필요한 게 뭔지 안다고. 다시는 녀석을 아프게 하지 않을 거야. 너 역시 지금 너한테 필요한 게 뭔지 알잖아. 내가 말해 줬으니까. 어서 그라임스 씨한테 가 봐."

결국 나는 매기의 집 뒤편에 있는 마구간으로 프레드 할아버지를 만나러 갔다. 프레드 할아버지는 일주일에 두 번씩 점심을 먹은 뒤에 내가 조랑말 타는 걸 잠깐 봐주기로 했다. 대신에 나는 남은 오후 시간 동안 프레드 할아버지의 일을 도와주었다.

이모는 직접 그린 지도를 나한테 주었다. 내가 또다시 길을 잃어버리지 않도록 하기 위해서였다. 나는 할아버지의 마구간 일을 도와주기 위해서 안장 뒤에 목발을 꽉 묶었다.

프레드 할아버지는 버터를 덜 걷어차면서도 잘 탈 수 있는 방법을 알려 주었다. 덕분에 나는 버터가 쿵쿵거리며 걷는 통에 몸이 이리저리 튕겨 나가지 않아도 되었다. 내가 원하는 방향으로 버터를 모는 방법도 일러 주었다.

그러고는 마구간 뒤편 풀밭에 작은 막대기를 나란히 세워 둔 다음, 그것들을 차례로 뛰어넘는 연습을 하라고 했다. 돌담을 뛰어넘는 단계까지 가려면 아직 멀어 보였다. 프레드 할아버지는 내가 버터를 타고 성급하게 돌담을 뛰어넘으려 해서는 안 된다고 했다. 자신이 그래도 된다고 말할 때까지는.

전쟁이 진행되면서 정부는 이모네 집으로 홍보 인쇄물을 끊임없이 보냈다. 그중에는 방독면을 쓰는 법이나 방독면을 지니고 다녀야 하는 이유 등이 적힌 것도 있었다. 저녁에 등화관제를 실시할 때 차에 치이지 않는 방법도 있는데, 그건 손전등의 유리 부분을 휴지로 감싼 다음에 들고 나가는 거였다.

또한 쓰지 않는 냄비와 프라이팬을 정부에 기부해야 하는 이유를 설명한 인쇄물도 있었다. 정부는 그걸 모아서 전투기를 만들려고 했다. 이모는 그 제안을 따르지 않았다. 프라이팬이 집에 필요한 만큼만 있기 때문이라고 했다. 그 일로 제이미는 무척 속상해했고, 이모는 곧 마음이 약해졌다. 그래서 제이미한테 낡아서 금이 간 프라이팬을 하나 쥐여 주며 갖다 내라고 했다.

폭탄은 하나도 떨어지지 않았다. 대신 독일 잠수함들이 영국 주변을 빙글빙글 돌며 영국을 오가는 배들을 타격했다. 이모는 이게 정말 큰 문제라고 말했다. 영국에서는 식량이 충분히 나지 않기 때문이었다. 영국인들이 먹는 음식은 대부분 다른 나라에서 배로 들여왔다.

가게에 진열된 음식물의 양과 종류가 이전보다 줄었고, 가격은 그전보다 많이 올랐다. 이모는 여름이 끝나서 그런 것도 있다고 했다. 우리는 봄이 돌아올 때까지 신선한 과일과 채소를 더 이상 볼 수 없을 것이다.

매주 폭탄이 떨어지지 않고 지나가자, 런던으로 돌아가는 아이들이 점점 늘었다. 심지어 토튼 부인과 지내던 아이들도 떠났다. 토튼 부인은 한바탕 잔소리를 늘어놓았지만, 자기 자녀를 도로 데려가는 부모를 막을 수는 없었다.

"런던은 곧 폭격을 당할 거라고요."

토튼 부인은 끈질기게 주장했다. 그렇거나 말거나 엄마는 답장을 한 장도 보내지 않았다. 그래서 우리는 이모가 계속 맡았다.

11월 초, 피난 온 아이들 대부분이 런던으로 돌아갔다. 제이미의 담임 선생님도 함께 떠났다. 제이미네 반은 다른 반과 합쳐졌다. 다행히 새로운 담임 선생님은 제이미에게 악마가 깃들여 있다고 여기지 않았다. 그래서 제이미가 왼손으로 글씨를 써도 전혀 상관하지 않았다.

제이미는 침대에 계속 오줌을 쌌다. 이제는 거의 습관이 된 것 같았다. 이모는 침대 매트리스가 젖지 않도록 방수포를 깔아 주었다. 그래도 방수포 위의 얇은 시트를 깨끗이 빨고 말리느라 지쳐 갔다. 나 역시 축축한 이불에서 오줌 냄새를 맡으며 일어나는 데 넌더리가 났다. 우리 둘은 참다 못해 제이미한테 한마디씩 했다. 분명 제이미는 창피했을 것이다.

어느 날, 토튼 부인이 찾아와 이모더러 여성 자원 봉사 협회에 가입해 달라고 했다. 이모의 도움이 꼭 필요하다나?

"내 도움이 필요한 사람은 없을걸요. 게다가 저는 이 아이들을 돌보느라 바쁘고요."

토튼 부인이 나를 힐끔 쳐다보았다.

"이 애는 손이 많이 갈 것 같지 않은데요."

그러자 이모가 대답했다.

"아니에요. 얼마나 손이 많이 간다고요."

무슨 소리! 나는 이모의 도움이 전혀 필요 없었다. 뿐만 아니라, 이모는 아직도 초점 없는 눈동자로 멍하니 누워 있는 시간이 많았다.

내가 말했다.

"그렇다고 이모가 직장에 다니는 것도 아니잖아요."

순간, 이모가 나를 쏘아보았다. 토튼 부인이 큰 소리로 웃었다. 그러다 거실 한구석에 놓여 있는 재봉틀을 가리키며 말했다.

"군인들이 잠잘 때 입을 옷을 만들어 주면 좋겠네요. 사실, 재봉틀로 만들 수 있는 거라면 뭐든지 상관없지만."

이모가 고개를 저으며 말했다.

"이 마을 여자들은 나를 좋아하지 않아요."

토튼 부인은 입술을 꽉 물었다가 말했다.

"그렇지 않아요."

이모는 화가 난 듯 보였다.

"가르치려 들지 말아요. 베키는 당신과 가까운 사람들 몇몇하고 친하게 지냈죠. 순전히 말 때문에요. 하지만 그게 다였다고요."

"당신은 다른 사람들한테 기회를 주지 않았어요. 마을 사람들 대부분이 베키 씨의 장례식에도 갔잖아요."

"하, 장례식! 참견쟁이들이 우르르 몰려온 그 장례식!"

"당신도 노력을 기울여야 해요. 우리 군인들을 돕기 위해 적극적으로 나서면 얼마나 보기 좋아요? 지금은 고립주의자가 되겠다고 고집 피울 때가 아니에요."

나는 가만히 듣고 있다가 슬며시 끼어들었다.

"그게 무슨 뜻이에요?"

그러자 토튼 부인이 대답했다.

“고립주의자란, 우리가 전쟁에서 이기도록 도움을 주지 않는 사람을 말해. 그 사람들은 우리와 거리를 두려고 하면서 그 어떤 것도 돌보지 않지.”

“맞아요, 이모는 아무것도 돌보지 않아요.”

이모는 나한테 한 대 맞은 것처럼 멍한 표정을 지었다.

“어떻게 그런 식으로 말할 수 있니? 너희에게 꼬박꼬박 하루 세끼를 챙겨 주는데도 돌보지 않는 거라고? 제이미의 담임 선생님과도 맞서 싸웠는데, 그것도 돌보지 않은 거야?”

이모가 이렇게 신경을 곤두세우고 흥분할지 누가 알았을까? 나는 시선을 돌리려고 애썼지만, 이모가 손으로 내 턱을 잡고서 다그치듯 또 물었다.

“응, 이게 돌보지 않은 거냐고?”

나는 대답하고 싶지 않았다. 하지만 이모는 내가 대답할 때까지 놔주지 않을 듯했다. 나는 마지못해 중얼거렸다.

“아마도요.”

그제야 이모는 나를 놔주었다. 그러고는 이 광경을 흥미롭게 지켜보던 토튼 부인 쪽으로 몸을 홱 돌리며 선언하듯 말했다.

“당장 그 단체에 가입할게요.”

토튼 부인이 집에서 나가자마자 이모는 내게 따져 물었다.

“내가 직장을 다니지 않는다고 불평하던데, 대체 그건 무슨 뜻이었어? 내가 어떤 일을 하길 바라는 거지?”

나는 어깨를 으쓱했다. 그 어떤 일도 안 하는 이모가 음식을 마음껏 살 수 있다는 사실이 생각할수록 참 신기했다. 물론 우리를 데려와서 돌보는 대가로 정부에서 돈을 받기는 하겠지만.

"우리 엄마는 선술집에서 일해요."

"나도 직장을 얻으려고 노력했어. 베키랑 여기에 처음 왔을 땐 말이지. 하지만 나를 아무도 뽑아 주지 않았어. 옥스퍼드 대학교를 졸업했는데도 말이야. 내 전공을 살려서 지원할 수 있는 자리는 죄다 남자들 차지였다고. 그들이 남자만 뽑겠다는데 난들 어떡하겠니? 안 그래?"

우리가 왜 이런 대화를 나누고 있어야 하는지 이해할 수가 없었다.

"이런, 내가 여성 자원 봉사 협회에 가입하다니! 순진무구한 이상주의자들이 바글거리는 그곳에! 참 나, 어이가 없어서."

"군인들한테 잠잘 때 입는 옷이 왜 필요해요?"

솔직히 나는 그런 옷이 뭔지도 확실히 몰랐다.

"그걸 누가 알겠니? 어쩌면 부상당한 군인들한테 필요한 건지도 모르지. 병원에 가야 하는 군인들 말이야."

나는 지금껏 부상당한 군인들의 이야기는 들어 보지 못했다.

"바다 한가운데서 배가 폭파되면 군인들은 물에 빠져 죽는 거네요?"

"그렇겠지."

이모가 몸서리를 치며 말을 이었다.

"하지만 전투에도 여러 종류가 있단다. 다친 군인들 중에 살아남는 사람도 있고."

실수해도 괜찮아

며칠 후, 이모는 여성 자원 봉사 협회의 유니폼을 받았다. 유니폼을 입고서 모임에 처음으로 나갔다. 유니폼을 입은 이모의 모습은 꽤 멋졌다. 이모는 스타킹을 신고 굽이 높은 구두를 신었다.

"그만 좀 쳐다봐."

이모가 손에 장갑을 끼며 말했다.

"나랑 같이 가도 돼. 청소년 회원으로 말이야. 아니면 피난 온 아이들의 대표로."

나는 고개를 저었다.

이모는 매우 침울한 표정으로 집을 나섰다. 이모가 나가 있는 동안, 시험 삼아 재봉틀을 돌려 볼 셈이었다. 또 요리를 해 보고 싶기도 했다. 날씨가 별로여서 조랑말을 타고 싶지는 않았다.

그런데 혼자서 재봉틀을 만지다가 그만 망가뜨리고 말았다. 절대로 일부러 그런 건 아니었다. 사실 이모가 사용하는 걸 옆에서 지켜볼 때는 그리 어렵게 느껴지지 않았다.

우선 나는 천 조각 두 장을 겹쳐서 재봉틀로 박으려 했다. 그런데 천 조각이 재봉틀 밑으로 쏙 빨려 들어가더니 바늘만 위아래로 연방 움직였다. 그러다 실이 한데 엉켜 밖으로 나오지 않았다. 천 조각을 빼내려고 힘껏 잡아당기자, 재봉틀에서 요란한 소리가 나면서 바늘이 툭 부러져 버렸다.

나는 얼른 재봉틀 페달에서 발을 뗐다. 엉켜 버린 실과 천 조각, 그리고 허리가 잘려 나간 바늘을 물끄러미 바라보았다. 이모는 우리의 가운을 만들기 시작하면서 매일같이 재봉틀을 사용했다. 그리고 이 재봉틀을 무척 아꼈다.

나는 어찌해야 좋을지 몰랐다. 속이 울렁거렸다. 이층으로 올라가 베키의 물건들로 가득한 방에 들어갔다. 침대 밑 안쪽 구석으로 깊이 들어갔다. 정신이 아득해지면서 몸이 부들부들 떨리기 시작했다.

그날 아주 늦게서야 이모가 현관문으로 들어오는 소리가 들렸다. 이모가 내 이름을 부르더니, 곧 제이미가 위층으로 쿵쿵 올라오는 소리가 났다. 제이미가 우리 방문을 벌컥 열며 소리쳤다.

"여기 없어요!"

"거기 있어야 하는데. 목발이 계단 옆에 있거든."

둘은 계속해서 내 이름을 불렀다. 제이미가 밖으로 뛰어나갔다가 다시 들어왔다. 밖은 점점 어두워졌다. 마침내 이모의 얼굴이 침대 밑으로 쑥 들어왔다. 나는 몸을 움츠리며 안쪽으로 더 들어갔다. 이모가 내 팔을 잡고서 밖으로 끄집어냈다.

"대체 왜 그래? 누가 겁이라도 줬니?"

나는 얼른 머리 위로 두 손을 올렸다. 이모가 화가 나서 소리쳤다.

"안 때릴 거라니까! 이제 그만해."

"집에 독일인이 나타났던 거야?"

제이미가 방으로 뛰어 들어오면서 물었다.

"당연히 아니지. 에이다, 대체 무슨 일인데 그래?"

이모가 내 양쪽 손목을 꽉 잡고서 다그쳤다.

"저를 집으로 돌려보낼 거잖아요, 다시 집으로."

침대 밑에 있는 동안, 나는 점점 더 공포에 사로잡혔다. 나는 이제 모든 걸 잃을 것이다. 버터도, 자유도, 그리고 제이미도.

"무슨 일이 있어도 돌려보내지 않을 거야. 하지만 무엇 때문에 이러는 건지는 말해 줘."

이모가 내 턱에 살며시 손을 갖다 대며 말을 이었다.

"나를 똑바로 보고. 자, 말해 봐."

나는 이모를 쳐다보았다, 아주 잠깐. 그리고 몸부림을 쳐서 이모의 손에서 빠져나갔다. 마침내 가쁜 숨을 몰아쉬며 기어 들어가는 목소리로 말했다.

"재봉틀을 망가뜨렸어요."

이모가 한숨을 푹 내쉬었다.

"내 재봉틀을 만졌다는 거야? 그래서 고장낸 거고?"

나는 고개를 끄덕였다. 도무지 이모의 얼굴을 쳐다볼 수가 없었다.

"괜찮아. 그런 건 다 괜찮아."

이모의 말을 믿을 수가 없었다. 분명히 괜찮지 않을 것이다.

"물론 네가 잘못한 부분도 있어. 나한테 먼저 물어봤어야지. 하지만 그렇게 벌벌 떨고 있을 필요까진 없어. 때리지 않을 거야. 그냥 실수한 것뿐이니까. 얼마나 심각하게 망가졌는지 일단 보러 가자."

우리는 아래층으로 같이 내려가 거실로 향했다. 벽난로에 불을 붙이자 거실이 금방 따뜻해졌다. 다행히 재봉틀을 통째로 망가뜨린 게 아니라 바늘만 부러뜨린 거였다. 이모는 어차피 종종 닳아서 못 쓰게 된다면서, 부러진 바늘을 빼내고 새 걸로 갈아 끼웠다.

"이제 진짜로 괜찮아졌어. 네가 뭘 잘못 작동했는지 살펴볼래?"

나는 고개를 저었다. 이모는 나를 끌어당겨 재봉틀 돌리는 방법을 알려 주었다. 재봉틀을 작동시키기 전에 실채기 고리를 위쪽으로 올려 실을 거는 방법도 가르쳐 주었다.

"내일 한번 연습해 봐."

"아니요, 괜찮아요."

이모가 나를 한 팔로 안으며 말했다.

"아까 왜 숨었어? 침대 밑엔 왜 들어간 거야?"

그러자 우리 주변을 맴돌던 제이미가 한마디 툭 던졌다.

"엄마는 누나가 나쁜 짓을 할 때마다 싱크대 밑에 집어넣었어요."

"그런데 지금은 왜 스스로 들어간 거야? 그럴 필요가 없었는데. 난 너를 어디에도 가두지 않을 거야. 어떤 일이 있어도. 알았지?"

"네."

내 목소리가 무척 작게 들렸다. 나는 간신히 마음을 추슬렀다.

"저도 알고 있어요, 떠나야 한다는 걸. 그때 제이미도 같이 떠나게 해 주면 안 될까요, 네?"

"에이다! 너를 멀리 보내지 않을 거야. 내가 왜 그러겠니? 넌 그냥 실수한 것뿐이야, 그것도 아주 작은 실수."

이모가 나를 두 팔로 감싸 안았다. 나는 몸부림을 치며 빠져나가려 했지만 이모가 더 꽉 끌어안았다.

"정말로 그렇게 생각한 거야? 내가 너를 멀리 보낼 거라고?"

나는 고개를 끄덕였다.

"나는 아까 모임을 마치고 집으로 오면서 '에이다가 차를 끓여 놓고 기다리고 있겠구나.' 하고 생각했어. 그리고 네가 집 안에 불을 켠 다음 암막 커튼을 치는 모습도 상상했지. 누군가가 집에서 나를 기다리고 있는 게 얼마나 행복한 일인지 떠올리면서. 나는 빈집에 들어가는 걸 몹시 싫어하거든."

"죄송해요. 차를 미처 끓여 두지 못했어요."

"내가 말하려는 건 그게 아니야. 네가 여기 있어서 무척 기쁘다는 말을 하고 있는 거라고."

나는 혼란스러운 마음을 다잡을 수가 없었다. 늦은 밤이 되어서야 비로소 숨통이 트이면서 숨을 제대로 쉬었다. 이모가 차를 끓여 왔지만, 나는 한 모금도 마시지 못했다.

"너한테 브랜디를 한 모금 마시게 해야 하는 건 아닌지 고민되네. 지금 이 상태로는 절대로 잠을 잘 수 없을 거야."

이모는 나한테 뜨거운 물에 몸을 담그고 오라고 했다. 그리고 이불을 머리끝까지 덮어 주었다. 이모 말이 맞았다. 나는 거의 뜬눈으로 밤을 지샜다. 그러다 어느 순간 까무룩 잠이 들었다.

그날 오후, 학교에 갔던 제이미가 고양이 한 마리를 품에 안고 집으로 왔다. 그 고양이는 이모와 내가 본 고양이들 가운데서 가장 못생겼다. 뻣뻣한 털은 너무 더러워서 원래 색깔이 무엇인지조차 알아볼 수 없었다. 한쪽 눈은 퉁퉁 부은 채 감겨 있었다.

"제가 키울 거예요."

제이미가 부엌 한가운데에 고양이를 내려놓으며 선언하듯 말했다. 고양이는 꼬리를 휙휙 휘두르며 우리를 보고 쉬익 소리를 냈다.

"얘 이름은 보브릴이에요. 지금 배가 몹시 고플 거예요."

보브릴은 이모가 매일 밤 우리한테 만들어 주는 뜨거운 음료 이름이었다. 아주 형편없는 맛이지만 어느새 우리는 그것에 익숙해져 버렸다. 어쨌든 보브릴은 고양이와 아무 상관이 없었다.

"안 돼, 집 안에서 키울 수 없어. 얼른 밖에 두고 와. 고양이 몸에 벼룩이 득시글거리잖아."

"키울 거예요."

제이미가 고양이를 안아서 들어 올렸다. 고양이는 제이미 품 안에서 축 늘어졌다.

"얘는 제 야생당나귀예요. 제 거라고요. 이름은 보브릴이고."

제이미가 이층으로 쿵쾅거리며 올라갔다.

야생당나귀는 《로빈슨 가족》에 나오는 동물이었다. 이모는 야생당나귀를 탈 수 있다고 했다. 어쨌든 야생당나귀도 고양이와는 아무 상관이 없었다.

"그 더러운 녀석을 잠자는 방으로 데려가면 안 되지!"

이모가 제이미 등에 대고 소리쳤다.

"방에 안 가요. 목욕부터 시킬 거예요."

그러자 이모가 나를 보며 말했다.

"아이고, 맙소사. 아무래도 구급차를 불러야겠구나. 고양이가 제이미를 마구 할퀼걸."

하지만 그런 일은 일어나지 않았다. 제이미는 그 지저분한 고양이를 목욕시키면서 벼룩을 모두 물에 빠뜨려 죽였다. 그러고는 이모가 가장 아끼는 수건으로 고양이를 감싼 채 아래층으로 내려왔다. 저녁 식사 때는 자기 몫의 고기를 잘라 고양이한테 먹였다.

"앞으로는 고양이가 스스로 사냥해서 먹어야 할 거야. 고양이 먹이까지 챙겨 주지는 않을 거니까."

"얘는 훌륭한 사냥꾼이에요. 그렇지, 보브릴?"

제이미가 고양이의 머리를 쓰다듬으며 말했다.

그날 이후로 제이미는 보브릴을 매일 밤 옆에 끼고서 잤다. 그리고 다시는 침대에 오줌을 싸지 않았다. 이 주일이 지난 무렵부터, 이모는 접시에 우유와 물을 섞어 보브릴한테 주기 시작했다.

이모가 내게 말했다.

"충분히 먹을 자격이 있어. 침대 시트를 덜 빨게 해 주니까."

언제인가부터 이모는 교묘한 속임수를 써서 내게 글을 쓰도록 했다. 제이미는 식탁에서 종종 글 쓰기 연습을 했다. 그럴 때마다 나는 그 옆에 앉아 제이미를 물끄러미 바라보았다.

"네가 왜 왼손잡이인지 누나한테 보여 줘 봐."

이모가 뜬금없이 말했다.

제이미가 씩 웃으며 왼손에 쥐고 있던 연필을 오른손으로 옮겼다. 그러고는 종이 위에 글씨를 쓰기 시작했다. 작고 가지런하던 글씨가 삐뚤빼뚤해지면서 엉망이 되었다.

"장난하지 마."

나는 제이미의 미소를 보고 깔깔 웃으며 말했다.

"장난 아니야. 오른손으로는 아무리 해도 글씨를 잘 쓸 수가 없어."

제이미가 대답하자, 이모가 내게 제안했다.

"너도 해 봐, 먼저 왼손으로."

이모가 새 종이를 한 장 가져오더니 그 위에 글자를 몇 개 썼다.

"똑같이 써 봐."

나는 무척 애를 썼지만 뜻대로 잘 안 되었다. 왼손으로는 연필을 바르게 잡는 것도 힘들었다. 이모가 말했다.

"너는 분명 오른손잡이일 거야. 손을 바꿔서 써 봐."

오른손으로 글씨를 쓰자 훨씬 더 수월했다. 나는 이모가 쓴 글씨를 그대로 따라 썼다. 이모 글씨만큼이나 잘 쓴 것 같았다.

"잘 썼네. 방금 네 이름을 쓴 거야."

"이게 제 이름이라고요?"

그러자 제이미가 내 어깨너머로 고개를 빼더니 "에, 이, 다."라고 읽으며 고개를 끄덕였다. 이모가 연필을 도로 가져가 글씨를 새로 쓰면서 말했다.

"이건 제, 이, 미. 그리고 이건 수, 잔."

이모는 연필을 제이미한테 건넸다.

"공부 계속해. 그리고 에이다, 밖에 나가서 석탄 좀 가져올래?"

나는 석탄을 가져왔다. 하지만 그 전에 이모가 안 보는 틈을 타 그 종이를 주머니에 슬쩍 집어넣었다. 다음에 이모가 집을 비울 때 다시 써 볼 작정이었다.

11월 말의 어느 날 오후, 나는 여느 때처럼 프레드 할아버지를 도우러 갔다. 프레드 할아버지는 풀밭에서 함박웃음을 지으며 나를 맞이했다.

"이리 와서 내가 찾은 것 좀 봐라."

나는 버터를 한쪽에 묶어 둔 다음, 안장의 뱃줄을 풀고 목발을 내렸다. 그리고 할아버지를 따라 마구실로 들어갔다. 프레드 할아버지가 작은 탁자에 놓인 안장을 보여 주었다. 안장의 좌석과 한쪽 등자는 평범했지만, 머리 부분에 특이하게 구부러진 손잡이 두 개가 툭 튀어나와 있었다.

"이건 곁안장이란다. 이십 년이나 삼십 년 정도 되었을 거야. 그보다 더 오래되었을 수도 있고."

"그래서요?"

"자, 내가 보여 줄게."

프레드 할아버지가 그 곁안장을 버터의 등에 걸친 다음, 나를 안아 올려 그 위에 앉혔다. 왼발을 등자에 끼우자 왼쪽 다리가 안장의 구부러진 손잡이에 딱 맞았다. 특이하게도 오른쪽에는 등자가 없었다.

"이제 오른발을 여기 왼쪽으로 휙 넘겨 봐, 바로 여기로."

프레드 할아버지가 내 오른쪽 허벅지를 나머지 구부러진 손잡이에 끼워 넣는 방법을 알려 주었다. 그렇게 하자 조랑말의 왼쪽 어깨 위에 내 오른쪽 다리를 얹은 것처럼 되었다.

"오른쪽 엉덩이를 살짝 뒤로 빼서 안장에 잘 맞춰 봐."

기분이 아주 이상했지만, 편안하고 안정적인 느낌이 들었다. 그러지 않아도 버터가 잘 뛰기 시작하면서 내 오른발은 줄곧 골칫거리가 되고 있었다. 나는 오른발을 적절하게 쓸 수가 없었다. 버터의 옆구리를 발로 쿵쿵 찰 수는 있지만, 발을 다양하게 움직여서 지속적으로 소통하지는 못했다.

프레드 할아버지가 가죽으로 싼 막대기를 손에 쥐여 주며 말했다.

"이건 네 오른발이다."

"제 오른발이요?"

"그래, 오른쪽에 다리를 두어야 하는데 지금은 비어 있잖아. 그렇지? 그러니까 손으로 이 막대기 끝을 잡은 다음, 조랑말한테 신호를 보내는 거야. 마치 발로 신호를 보내는 것처럼."

프레드 할아버지는 내가 줄곧 조랑말을 타던 풀밭으로 데려갔다.

"말을 타면서 안장에 적응해 봐. 어때, 괜찮겠니?"

"네, 아주 좋아요."

버터가 움직일 때마다 안장의 좌석이 살짝 들뜨긴 했지만 양쪽 다리는 단단히 고정된 느낌이었다.

"신체 장애인을 위한 안장이 있는 줄은 몰랐네요."

나는 프레드 할아버지가 이걸 어디서 찾았는지, 또 누가 쓰던 것인지 궁금한 마음이 들었다.

"신체 장애인을 위한 게 아니야. 이건 고상한 여자들이 말을 탈 때 사용했던 거지. 옛날에, 그러니까 다리를 벌리고 말을 타는 게 숙녀답지 못하다고 여겼을 때 말이다. 하지만 전쟁이 끝나고 난 뒤로 생각이 바뀌었지. 상류층 여자들이 먼저 다리를 벌리고 말에 앉기 시작하더니 곧 다들 그렇게 타고 있더구나."

"어떤 전쟁이요?"

나는 고개를 갸웃거리며 물었다. 지금 치르고 있는 전쟁은 아직 안 끝났기 때문이다. 그러자 프레드 할아버지의 얼굴이 어두워졌다.

"지난번 전쟁 말이다. 이십여 년 전에 일어났던 전쟁……. 영국에서만 300만 명의 남자들이 죽었지."

"그래서 여자들의 수가 훨씬 많아졌군요. 남자들이 쓰던 안장이 남아돌아서 여자들이 쓰게 된 거고요."

"그런 셈이지."

나는 풀밭에서 한참 동안 버터와 함께 달렸다. 처음엔 걷다가 나중에는 빠른 걸음으로 쿵쿵 뛰었다. 몸은 여전히 튀어 올랐지만 심하게 흔들리지는 않았다.

"오늘은 여기까지 하자. 집에 가서 계속 연습하도록 해. 그래도 아직 돌담을 뛰어넘는 건 안 된다."

지금까진, 어떤 식으로든 돌담을 뛰어넘으면 안 되었다.

매기가 학교에서 나한테 편지를 보냈다. 어느 날 오후, 이모가 식탁 위에 편지 봉투를 올려놓았다. 나는 앞장에 적힌 단어 중 내가 읽을 수 있는 단어 하나를 손가락으로 따라 썼다. 에이다. 나는 이모가 내 이름을 적어 준 종이를 아직도 갖고 있었다. 그리고 그걸 여러 번 되풀이해서 썼다.

"내가 읽어 줄까?"

이모가 물었다.

"아니요."

나는 편지를 펼친 뒤 그 안에 씌어진 글자들을 뚫어지게 바라보았다. 아무리 들여다보아도 무슨 뜻인지 도무지 알 수가 없었다.

그날 저녁, 나는 제이미한테 편지를 읽어 보라고 재촉했다.

"이 누나 글씨는 너무 꼬부라져서 읽을 수가 없어."

그래도 나는 이모의 도움을 받고 싶지 않았다. 결국 프레드 할아버지한테 편지를 들고 갔다. 할아버지는 담배 파이프를 입에 물고서, 매기가 크리스마스 휴가 때 집에 오면 나랑 같이 말을 타고 싶어 한다고 말했다.

"크리스마스 때엔 제가 여기에 없을 텐데……. 그때까진 전쟁이 끝나잖아요."

"그렇지 않을 거야. 크리스마스는 겨우 한 달밖에 안 남았어. 내가 볼 때 전쟁은 아직 본격적으로 시작하지도 않았는걸."

"엄마가 우리를 부를 거예요. 다른 아이들은 다 떠나고 있잖아요."

그러자 프레드 할아버지가 귀 뒤를 긁적이며 말했다.

"글쎄, 그러지 않았으면 좋겠는데……. 너 없이 내가 뭘 할 수 있을지 모르겠다."

프레드 할아버지가 나를 보며 활짝 웃었다. 나도 할아버지를 향해 활짝 웃었다.

내가 여기서 계속 살 수 없다는 건 누구보다 잘 알고 있었다. 나는 이 집의 좋은 점을 하나씩 따져 보았다. 우선은 방에 갇혀 지내지 않았다. 버터와 목발이 있는 데다, 추운 날씨에도 따뜻하게 지냈다. 깨끗한 옷이 있고 밤마다 목욕을 하며 하루에 세끼를 꼬박 챙겨 먹었다. 잠들기 전에는 보브릴을 한 잔 마셨다. 언덕 위에서 바다를 내려다볼 수도 있었다.

하지만 이런 것들은 모두 잠시 동안만 누리는 거였다. 엄마가 우리를 데리러 올 때까지만. 나는 이런 것들에 익숙해지지 않으려고 했다.

그다음에는 런던에 있는 우리 집의 좋은 점을 생각하려 애썼다. 엄마는 금요일 밤마다 뜨겁고 바삭바삭한 '피시 앤드 칩스'를 신문지에 싸서 가져왔다. 가끔은 노래도 부르고 웃기도 했다. 언제가 한번은 식탁 주위를 돌며 제이미랑 춤을 추기도 했다. 제이미가 어렸을 때 나랑 어떻게 놀았는지도 떠올렸다.

엄마는 내가 아무리 미워도 나를 사랑해야 한다. 내 엄마니까. 이모는 전쟁 때문에 나와 제이미를 보살피게 된 사람이다. 우리와는 아무 상관이 없었다.

이모는 아직도 이따금 이렇게 말했다. 가령 보브릴이 거실의 카펫에 쥐를 토해 놓았을 때, "나는 피난 온 아이들을 받겠다고 하지 않았어."라며 구시렁거렸다. 제이미가 찢어진 스웨터를 입은 채로 머리부터 발끝까지 먼지를 뒤집어쓰고 학교에서 돌아왔을 때는 머리를 세차게 흔들며 "내가 왜 이렇게 살아야 하지?" 하고 짜증을 냈다.

꿩을 보고 놀란 버터가 나를 바닥에 내던지고 안장에다 목발만 매단 채 집으로 돌아왔을 때도 "나는 아이들을 원하지 않았어."라고 소리쳤다. 그러고는 한 손에 목발을 챙겨 들고서 나를 찾으러 나왔다. 얼마 뒤 나를 보더니 얼굴을 잔뜩 찌푸리며 죽지 않은 게 천만다행이라고 중얼거렸다.

"저도 이모를 원하지 않았어요."

내 말에 이모가 콧방귀를 뀌며 쏘아붙였다.

"아니, 왜? 내가 얼마나 사랑스럽고 착한데?"

찬바람이 불기 시작하면서 밖은 어둠으로 가득했다. 몸이 저절로 부들부들 떨렸다. 내가 집에 도착하자 이모가 달려 나와 어깨에 담요를 둘러 주었다.

"차 좀 끓여 줄래? 이 불쌍한 조랑말은 내가 우리에 넣어 둘게."

이모가 몸을 움츠리며 컴컴한 어둠 속으로 걸어갔다. 나는 이모의 뒷모습을 멍하니 바라보았다. 그리고 엄마를 원했다, 수잔 이모 같은 엄마를.

다음 날, 이모는 우리를 데리고 그레이엄 의사 선생님한테 갔다.

"이야, 세상에! 너희가 그때 그 애들 맞니?"

의사 선생님이 우리를 보고 깜짝 놀라며 짓궂게 말했다.

제이미는 키가 5센티미터, 나는 7센티미터가 더 자랐다. 몸무게도 늘었다. 나는 조랑말을 타고 프레드 할아버지를 도우면서 힘도 세졌다. 목발을 짚고 한참 동안 걸어 다닐 수 있었다. 농가진이나 이, 다리에 있던 딱지도 전부 없어졌다. 의사 선생님은 우리가 무척 건강해 보인다고 말했다. 그러고는 내 오른발을 들어 이리저리 움직여 보았다.

"아직 연락 없나요?"

의사 선생님이 묻자, 이모가 고개를 저었다.

"크리스마스 때 우리 집에 오시라고 초대를 했어요. 그때 오시면 설득해 보려고요."

"누구를요?"

제이미가 물었다.

"넌 신경 안 써도 돼."

이모가 대답했다.

나는 낯선 사람이 어떤 이유로든 내 몸을 만지는 것이 싫었다. 그때마다 내 마음은 항상 한쪽 구석 어딘가를 헤매었다.

이모가 내 어깨를 톡 치며 물었다.

"아프니?"

나는 고개를 흔들었다. 어차피 내 발은 항상 아팠다. 의사 선생님이 이리저리 발을 움직인다고 해서 특별히 더 아픈 건 아니었다. 그냥 그게 싫을 뿐이었다.

"괜찮으면 매일 이렇게 해 봐."

의사 선생님이 주름진 천을 쫙쫙 펴듯이 내 발을 반대쪽으로 꼬았다. 마치 내 발을 평범하게 보이도록 할 수 있다는 듯이.

"발목이 조금이라도 유연해지면 나중에 도움이 많이 될 겁니다."

"프레드 할아버지 말씀으로는 내반족 말들을 위한 특수 신발이 있다고 하던데요."

내가 조심스레 물었다. 의사 선생님이 내 발을 손에서 내려놓았다.

"이 상태에서는 효과가 별로 없을 거야. 지금 너한테는 무엇보다 외과 수술이 필요하거든."

"아……, 네."

나는 의사 선생님이 하는 말을 하나도 이해하지 못한 채 무작정 대답을 했다. 그러자 의사 선생님이 말했다.

"그래도 마사지는 도움이 될 거야."

알고 보니 의사 선생님이 말한 건, 매일 밤 이모가 내 발을 문지르고 세게 잡아당길 거라는 뜻이었다.

우리는 얼마 전부터 저녁을 먹은 다음 암막 커튼을 치고, 거실의 벽난로 옆에서 《로빈슨 가족》을 읽었다. 이층의 잠자는 방은 거실만큼 따뜻하지 않았기 때문이다. 이모는 램프 옆에 자리를 잡았다. 나는 소파에 앉아 이모의 무릎 위로 발을 쭉 뻗었다. 제이미와 고양이는 벽난로 앞 카펫에 누워 있었다.

마사지를 처음 시작한 날, 이모가 내 발을 손에 쥐고서 말했다.

"발이 너무 차가워. 너도 느껴지니?"

나는 고개를 끄덕였다. 내 오른발에는 붕대가 감겨 있는데도 항상 차갑게 굳어 있었다.

"상관없어요. 발에 감각이 없어서 아무것도 느끼지 못하니까."

그러자 이모가 이해가 안 된다는 듯 나를 빤히 쳐다보았다.

"그러다 동상 걸려. 뭔가 방법을 찾아보자."

이모는 자신의 방식으로 뭔가를 만들기 시작했다. 우선은 이모가 신던 두꺼운 양모 스타킹을 하나 가져왔다. 그건 내 스타킹보다 커서 딱딱하게 굳은 내 발목 위로도 쑥쑥 잘 들어갔다. 그런 다음 낡은 슬리퍼 한 켤레를 바늘과 실로 만지작거렸다. 얼마 안 있어 나는 바닥에 가죽을 붙이고 위에는 뜨개질한 천을 덧댄 실내화를 갖게 되었다. 이모가 실내화를 요리조리 살펴보며 말했다.

"흐음, 다른 것도 만들어 보자."

이모는 요즘 들어 하루에 서너 시간씩 재봉틀을 돌렸다. 여성 자원 봉사 협회에서 준 옷감으로 군인들이 잠잘 때 입을 옷을 만들었다. 그리고 베키가 입던 낡은 모직 코트로 제이미한테 새 코트를 만들어 주었다. 이모는 낡은 옷 더미를 꼼꼼히 살핀 뒤, 그중 하나를 집어 들고 솔기를 뜯어 낱낱이 분리했다. 조각 난 옷감들을 세탁하고 다림질한 다음, 가위로 자르고 바느질해서 완전히 새로운 옷으로 내놓았다.

"이런 걸 '재활용'이라고 불러. 하지만 나는 이걸 '수잔이 양육된 방식'이라고 부를 거야. 우리 엄마는 살림을 아주 알뜰하게 하셨거든."

"그분도 이모를 싫어했어요?"

내가 묻자 이모의 얼굴이 어두워졌다.

"그러지 않았기를 바라."

"하지만 이모가 그랬잖아요. 아빠는 이모를 싫어한다고."

"아빠는 나를 대학에 보내지 말았어야 했다고 생각하셔."

"이모 엄마도 그렇게 생각하셨어요?"

"잘 모르겠어. 엄마는 항상 아빠가 원하는 대로 하셨거든."

핀으로 천 조각을 고정하던 이모가 손놀림을 멈추고 말을 이었다.

"그건 별로 좋은 게 아니었어. 엄마가 행복하지 않으셨거든."

"어차피 이모도 아빠가 원하는 대로 하지 않았잖아요."

"그게 좀 복잡해. 내가 처음 옥스퍼드 대학교에 합격했을 때 아빠는 무척 기뻐하셨어. 나중에서야 내가 변하는 게 싫다고 하셨지. 아빠는 여자라면 모두 결혼을 해야 한다고 생각하셨거든. 그런데 나는 그러지 않았어. 내가 한 선택을 후회하지 않아. 그때로 다시 돌아간다 해도 같은 선택을 할 거야."

이모는 베키가 입던 두꺼운 겨울 치마로 제이미가 교회에 갈 때 입을 멋진 반바지를 만들었다. 그리고 그 치마와 한 벌이었던 재킷을 잘라서 내가 버터를 탈 때 입을 수 있도록 반코트로 만들었다.

재봉틀을 고장낸 이후로 나는 그 근처에 얼씬도 하지 않았다. 그러자 이모는 나한테 손바느질을 가르치기 시작했다. 단추 다는 법부터 알려 주었다. 나는 이모가 만든 군인용 옷은 물론, 내 재킷과 제이미 반바지에도 단추를 달았다.

어느 날 이모는 자기 방을 여기저기 뒤지더니 털실을 한 아름 들고 나왔다. 대바늘로 털실을 엮어서 나와 제이미에게 따뜻한 모자와 목도리, 벙어리장갑을 떠 주었다. 벙어리장갑은 엄지손가락이 들어갈 구멍만 두 개가 나 있었다. 이모는 벙어리장갑의 손바닥 부분에 얇은 가죽 조각을 덧대어 꿰매 주었다.

"이건 승마용 벙어리장갑이야. 알겠니?"

이모가 내 얼굴을 들여다보며 다짐하듯 말했다.

나는 단박에 알아들었다. 프레드 할아버지는 버터를 탈 때 고삐를 올바르게 쥐라고 했다. 세 번째와 네 번째 손가락으로 고삐를 감아쥔 뒤 엄지손가락을 위로 치켜 올려야 한다나? 이 벙어리장갑을 끼면 고삐를 올바르게 쥘 수 있을 듯했다.

"어때, 맘에 들어?"

나는 이모가 어떤 대답을 듣고 싶어 하는지 알고 있었다. 하지만 순순히 그렇게 해 주고 싶지 않았다.

"뭐, 그럭저럭."

나는 이렇게 말한 다음, 마음이 약해져서 한마디 덧붙였다.

"고맙습니다."

"요 심술꾸러기, 착하게 굴면 어디가 덧나니?"

어쩌면 그럴 수도. 그걸 누가 알겠는가.

토요일엔 교회 목사가 남자애들을 한 무리 이끌고 와서 뒷마당에 방공호를 만들어 주었다. 방공호란 양철로 만든 허름한 집으로, 독일군이 폭격할 때 안전하게 대피할 수 있는 공간이었다.

우리 방공호는 그다지 안전해 보이지 않았다. 좁고 어두운 데다 허술했다. 방공호의 절반이 땅속에 묻혀 있기 때문에, 문을 열려면 세 걸음 정도 밑으로 내려가야 했다. 안으로 들어가면 매우 좁은 공간에 긴 의자 두 개가 마주 놓여 있었다.

이모는 목사한테 마실 걸 내주면서 절대로 우리 힘만으론 이 구멍을 팔 수 없었을 거라고 말했다. 셔츠 소맷자락이 땀으로 흠뻑 젖은 목사는 자신에게도 보람된 일이라고 대답했다. 목사와 남자애들은 마을을 돌며 집집마다 방공호를 만들어 주었다.

그중 몇몇은 피난 온 애들이었다. 스티븐 화이트도 거기에 있었다. 내가 다가가자 스티븐이 삽으로 흙을 뜨다 말고 활짝 웃으며 말했다.

"아이고, 너 바쁘지 않아?"

"바빠. 조랑말도 타고, 프레드 할아버지도 도와 드리고, 집안일도 해야 해."

"내 말이 그 말이야. 그래서 차 마시러도 못 온 거 아냐?"

스티븐은 흙이 묻은 더러운 손으로 얼굴에 붙은 머리카락을 떼어 냈다. 그 바람에 빰에 진흙이 묻었다. 그래도 런던에 있을 때보다 훨씬 더 좋아 보였다. 나처럼 말이다. 키도 더 큰 데다 단정하고 깨끗한 옷을 입고 있었다.

"차를 마시면서 뭘 해야 할지 모르겠어서."

내 말에 스티븐이 어깨를 으쓱해 보였다.

"아니, 알걸. 너도 밤마다 차를 마실 거 아냐?"

"하지만 그 대령님은……."

"물론 그분이 좀 별나긴 해. 하지만 그분을 알고 나면 너도 좋아하게 될 거야."

"왜 다른 가족하고 같이 런던으로 돌아가지 않았어?"

꽤 오랫동안 묻고 싶었던 질문이었다. 스티븐은 마음이 다소 불편해 보였다.

"대령님은 장님이나 마찬가지야. 참, 너도 봤지? 그분은 가족이 없어. 내가 처음 그 집에 갔을 때 몸이 얼마나 허약하셨는지 몰라. 음식이 상했는데도 미각을 잃어서 알아차리지 못하셨어. 집도 엉망이었고. 여기저기에 벌레들이 기어 다니는 데다 쥐까지 나왔거든."

스티븐이 잠시 쉬었다가 말을 이었다.

"나는 청소부터 했지. 목사님 부인께서 내게 요리를 가르쳐 주셨거든. 우리한테 종종 먹을 걸 갖다 주기도 하셔. 그리고 내가 대령님께 책을 읽어 드리는데 얼마나 좋아하시는지 몰라. 대령님 집엔 책이 산더미처럼 쌓여 있어."

스티븐이 다시 삽을 집어 들고 흙을 파서 방공호의 지붕에 끼얹기 시작했다.

"엄마는 내가 런던으로 돌아오길 바라시지. 나도 가고 싶어. 나도 집이 그립다고. 하지만 내가 떠나면 대령님은 오래 사시지 못할 거야. 주변에 아무도 없거든."

스티븐이 고개를 들어 이모네 집 뒷마당과 마구간, 그리고 버터의 풀밭을 둘러보았다.

"여기, 참 좋은 곳이네."

"그래."

"너희 엄마는 안 오셨니?"

"응, 엄마는 우리를 원하지 않거든."

스티븐이 고개를 끄덕였다.

"오히려 잘됐네. 너희 엄마는 너를 그렇게 방 안에 가두어 두면 안 되는 거였어."

바람이 매섭게 휘몰아치자 나는 몸을 바르르 떨었다.

"내 발 때문에 그래."

그러자 스티븐이 고개를 저으며 말했다.

"발은 이전과 똑같잖아. 그런데 너는 지금 갇혀 있지 않아. 언제 한 번 차 마시러 와. 대령님은 집에 누가 찾아오는 걸 무척 좋아하셔."

아무짝에도 쓸모없는 계집애

날씨가 제법 쌀쌀해지자 어둠이 일찍 찾아왔다. 풀밭이 점점 어두운 흙빛으로 변해 가자 버터는 살이 쭉쭉 빠지기 시작했다. 나는 이모한테 버터를 보여 주었다. 이모가 한숨을 내쉬며 말했다.

"매일같이 너랑 운동을 해서 그래. 전엔 풀밭의 풀만 먹고도 겨울을 날 수 있을 만큼 통통했는데."

이모가 건초와 곡물을 한 포대씩 사 왔다. 나는 곡물에 건초를 서너 줌 섞어서 매일 버터한테 한 양동이씩 주었다. 버터는 계속 밖에 있었다. 프레드 할아버지가 그렇게 하는 것이 일을 줄일 수 있을 뿐 아니라 버터의 건강에도 더 좋다고 했다.

어느 날, 나는 나뭇잎의 색깔이 바뀌는 걸 보고서 깜짝 놀랐다. 이모는 해마다 일어나는 일이니까 조금도 걱정할 것 없다고 말했다. 색깔이 바뀐 나뭇잎은 얼마 안 가 땅으로 떨어졌다. 나무는 겨울 내내 죽은 것처럼 보이겠지만 실제로 죽은 건 아니라고, 봄이 되면 나뭇가지에서 초록색 잎이 다시 돋을 거라고 했다.

이모는 우리가 너무 기본적인 것들도 모르고 있어서 뜻밖이라는 눈치였다. 나한테 요리나 바느질하는 법을 알려 줄 때는 아주 기초적인 것에서부터 시작했다. "이건 바늘이야. 자, 봐. 끝에 구멍이 있지? 여기에 실을 통과시킨 다음, 바늘 끝을 천에 찔러 넣는 거야."라거나 "달걀의 투명한 부분은 흰자, 노란 부분은 노른자라고 불러. 달걀을 식탁 모서리에 톡톡 쳐서 깨뜨린 뒤, 그릇에 대고 두 손으로 갈라진 틈을 쫙 벌리면 돼. 이렇게 말이야."라고 말했다.

이모는 겨울이 되면 대체로 슬프거나 우울한 기분이 든다고 했다. 우리가 처음 이 집에 왔을 때 그랬던 것처럼. 하지만 이번 겨울은 너무 바빠서 슬퍼할 겨를이 없다나. 이모는 장을 보고 요리를 하고 청소를 하고 빨래를 하느라 무진장 바빴다. 틈틈이 바느질도 하고 모임에도 나갔다.

겨울이 깊어지면서 낮이 짧아지자 이모 얼굴에 슬픔이 어릿거렸다. 우리를 위해 애를 썼지만 그건 어디까지나 애를 쓴 것에 불과했다. 이모는 항상 지쳐 있었다.

춥고 비가 내리던 어느 수요일 오후, 이모가 갑자기 의자에 털썩 주저앉았다. 나는 점심 설거지를 막 끝낸 상태였고, 제이미는 학교에 가 있었다. 벽난로의 불이 약해서 석탄을 더 집어넣은 다음 막대기로 살살 쑤셨다.

"고마워."

이모가 낮게 중얼거렸다. 이모는 금방이라도 부서질 듯 나약해 보였다. 점심을 먹다가 블라우스에 감자를 흘렸는데, 그 자국을 문질러 닦지도 않았다. 그건 이모답지 않은 행동이었다. 나는 이모가 또 하루 종일 침대에 누워 있을까 봐 겁이 났다.

나는 짐짓 소파에 앉아 이모의 낯빛을 살피며 말했다.

"책 읽는 법을 알려 주세요."

이모가 나를 무심히 바라보며 물었다.

"지금?"

나는 어깨를 으쓱했다. 이모가 한숨을 내쉬었다.

"그래, 그러자."

우리는 식탁으로 가서 앉았다. 이모가 연필과 종이를 가져왔다.

"영어는 모두 스물여섯 개의 알파벳으로 이루어져 있어. 알파벳마다 각각 대문자와 소문자가 있고."

이모는 종이에 알파벳을 차례로 적은 다음 소리 내어 읽었다. 그리고 알파벳을 다른 종이에 똑같이 따라 써 보라고 했다. 나는 알파벳이 적힌 종이를 뚫어지게 바라보았다.

"이건 책 읽는 게 아니잖아요. 그림 그리기라고요."

"아니, 글 쓰기야."

이모가 내 말을 바로잡았다.

"이건 단추를 달고 밑단을 처리하는 것과 비슷해. 네가 그런 것들을 배워야 재봉틀을 돌릴 수 있는 것처럼, 알파벳을 배워야 책을 읽을 수 있는 거라고."

나도 그렇게 생각하긴 했지만 글씨를 쓰는 건 무척 지루했다. 내가 계속 투덜거리자, 이모가 자리에서 일어나 종이에다 뭐라고 적었다.

"뭐라고 쓴 거예요?"

이모가 대답했다.

"에이다는 심술쟁이다."

나는 알파벳을 따라 적은 다음에 이 글을 그대로 베껴 썼다. 아주 맘에 들었다.

그 일이 있은 뒤, 나는 제이미의 도움을 받아 이모한테 매일 간단한 메모를 남겼다.

—이모는 커다란 개구리다.

제이미는 이 메모를 보고 키득키득 웃었다.

—버터는 최고의 조랑말이다.

—제이미는 다람쥐처럼 웃는다.

그리고 종이 몇 장을 챙겨 두고서 아주 유용하게 사용했다. 이모한테 메모를 남겨야 할 때마다 쪽지에 적어서 식탁에 올려놓았다. 이모는 이 방법을 매우 좋아했다. 우리가 어디 있는지 항상 알 수 있었기 때문이다.

—에이다는 프레드 할아버지한테 갔어요.

—에이다는 버터를 타고 있어요.

—제이미는 비행장에 갔어요.

이모가 우리한테 런던 집에서는 크리스마스를 어떻게 보냈는지 물어보았다. 우리는 그 말뜻을 선뜻 이해하지 못했다. 크리스마스는 선술집에서 가장 큰 행사이기 때문에, 엄마는 항상 그날 일하느라고 바빴다. 엄마는 팁을 많이 받았고, 우리는 피시 앤드 칩스나 고기 파이처럼 맛있는 걸 먹었다.

"양말을 걸어 두었니?"

이모가 묻자 제이미가 얼굴을 찡그렸다.

"뭐 때문에요?"

우리도 산타클로스는 알고 있었다. 다른 아이들이 하는 이야기를 들었으니까. 하지만 우리 집에는 산타클로스가 한 번도 찾아오지 않았다.

"이모는 어떻게 했어요?"

내가 물었다. 이모는 천천히 기억을 더듬었다.

"크리스마스이브 날, 베키와 나는 친구들을 초대해서 근사한 저녁을 먹었어. 거위나 칠면조를 구워 먹었지. 크리스마스 아침이 되면 서로 선물을 교환했고. 거실에 크리스마스트리를 갖다 놓고, 창문은 호랑가시나무로 장식했단다. 그리고 뜨끈뜨끈한 빵과 베이컨을 먹으면서 커피를 마셨지. 그런 다음엔 뒹굴거리며 시간을 보냈어. 그다음 날 베키는 사냥을 하러 나갔고."

이모가 잠시 숨을 돌리고 말을 이었다.

"내가 어렸을 때, 우리 가족은 크리스마스이브에 저녁 예배를 드리러 갔어. 우리 아빠가 설교를 했지. 추운 날 땅거미가 질 때 교회의 모습은 퍽 멋있었단다. 그리고 집에 와서 잠자리에 들었어. 잠에서 깨어나 침대 발치에 둔 양말을 들여다보면 작은 선물이 가득 들어 있었지. 좀 더 큰 선물은 아래층 크리스마스트리 밑에 있었고. 엄마는 음식을 한상 차리고, 이모와 삼촌들이 찾아왔지…….”

이모가 말꼬리를 흐렸다.

“우리도 멋지게 지내자. 너희가 여기에서 맞이하는 첫 번째 크리스마스니까.”

“저희 엄마도 와요?”

제이미가 물었다. 이모가 제이미의 머리에 손을 올리며 대답했다.

“그랬으면 좋겠다. 너희 엄마를 초대하긴 했는데, 아직 답장을 못 받았어.”

“제가 편지를 써 볼게요.”

제이미가 말했다.

“그럴 필요 없어.”

내가 제이미한테 말했다. 그건 아무래도 위험한 일 같았다. 엄마한테 우리가 여기 있다는 걸 생각나게 하는 거니까.

“너희 엄마한테 네 발 상태를 알려야 해.”

“으음, 그래도 저는 안 쓸 거예요.”

내가 말했다. 그즈음 나는 알파벳을 외우고 그걸 어떻게 발음해야 하는지 이해하기 시작했다. 그래서 이제는 글을 읽고 쓸 수 있었다, 조금은. 하지만 엄마한테는 아니었다.

가게는 오렌지와 견과류, 사탕, 그리고 장난감처럼 놀라운 물건들로 가득했다. 전쟁이 일어나도 사람들은 크리스마스를 행복하게 보내고 싶어 한다고 이모가 말했다. 이모는 거위를 한 마리 주문했다. 제이미와 내가 한 번도 못 먹어 봤다고 했기 때문이다. 그러고는 거위 요리를 같이 먹자며 공군 비행장의 조종사 몇 명을 집으로 초대했다. 우리 셋이서만 먹기엔 거위가 너무 컸다. 나는 매기를 초대했다.

매기는 크리스마스 바로 전 주에 학교에서 돌아왔다. 우리는 조랑말을 타고 언덕에 올라가 바다를 내려다보았다. 바람이 매섭게 불었다. 그런데 매기는 뭔가 전과 달라진 것 같았다. 훨씬 더 뻣뻣하고 서먹하게 굴었다. 가죽 장갑에 벨벳 모자를 쓰고서 조랑말을 탄 모습이 매우 우아하게 보였다.

나는 손을 들어 눈 위에 갖다 대었다.

"여기에 올라오면 항상 스파이가 있는지 확인해. 왜 그래야 하는지는 너도 잘 알지?"

정부 관료들이 날마다 라디오에 나와서 스파이를 경계해야 한다고 강조했다. 나치 스파이들은 간호사와 수녀 등 다양한 직업으로 변신해서 우리 주변을 돌아다닐 수도 있다는 것이다.

"응, 알아. 난 멍청이가 아니라고."

매기가 삐딱하게 말했다. 그러더니 한마디 덧붙였다.

"그런데 왜 나한테 답장을 안 썼어? 내가 답장해 달라고 했는데."

매기가 나한테 답장을 써 달라고 했는지는 몰랐다. 프레드 할아버지가 그 부분은 읽어 주지 않았다. 그동안 나는 매기의 편지를 읽어 보려고 두 번 정도 시도했지만, 글씨가 워낙 심하게 휘어져 있어서 도저히 알아보지를 못했다. 그렇다고 사실대로 말하기는 부끄러웠다.

"많이 바빴어."

매기는 내 말에 버럭 화를 내며 무척 속상해했다. 그제야 나는 매기가 내 답장을 얼마나 기다렸는지 알아차렸다. 매기가 나를 그렇게 깊이 생각할 줄은 몰랐다. 나는 숨을 한번 들이마시고 나서 말했다.

"요즘 글 읽는 법을 배우고 있어, 그리고 쓰는 법도. 그래서 답장을 쓸 수 없었어. 미안해. 다음에는 꼭 쓰도록 할게."

매기는 그런 나를 끔찍하게 여기는 대신, 마음을 누그러뜨려 주었다. '누그러뜨리다'라는 단어는 이모가 알려 준 것이다. 나는 이 단어가 참 마음에 들었다.

"그런 줄 몰랐어. 그냥 나한테 관심이 없는 줄 알았지. 그런데 스미스 씨가 도와줄 수 있지 않아? 그분이라면 네가 말하는 걸 받아 적어 줄 수 있었을 텐데."

매기가 말했다.

이모는 분명 그렇게 해 줬을 거다, 만약 내가 부탁을 했다면.

"부탁하고 싶지 않았어. 수잔 이모의 도움을 받고 싶지 않거든."

"아니, 왜?"

"이모한테 익숙해지고 싶지 않아서 그래. 이모는 우리와 잠시 같이 지내는 남일 뿐이잖아. 그러니까 진심이 아닌 거지."

매기가 나를 한번 훑어보았다.

"내가 볼 땐 진심 같던데? 나는 네가 그날 기차에서 내리는 걸 봤잖아. 그때 네 모습은 이미 전쟁을 한바탕 치르고 온 아이처럼 보였어. 말에서 떨어진 나를 도와줬을 때는 처음보다 훨씬 좋아 보였고, 지금은……. 우아! 곁안장을 얹은 조랑말에 멋진 옷까지 입고 있잖아. 너무 말라서 뼈가 튀어나와 보이지도 않고. 사실 눈빛도 많이 달라졌어. 예전엔 얼마나 무서워 보였는데."

나는 이런 이야기를 계속하고 싶지 않았다. 보아하니, 스파이도 배도 보이지 않았다. 버터는 바람을 맞으며 서 있느라 지친 기색이었다.

내가 매기한테 먼저 말했다.

"우리, 마을까지 경주할까?"

경주에선 매기가 이겼다. 하지만 큰 차이는 아니었다. 우리는 쓰러진 통나무 두 개를 뛰어넘으며 매기의 조랑말을 뒤쫓아갔다. 조금이라도 뛰어오른 건 이번이 처음이었다.

시내 변두리에 들어섰을 때, 우리는 조랑말을 멈춰 세웠다. 조랑말은 둘 다 가쁜 숨을 몰아쉬었다. 곱게 땋은 매기의 머리카락이 풀어지고 뺨이 발갛게 물들었다. 매기는 한껏 신이 나서 웃음을 터뜨렸다. 전에 내가 무서워 보였다는 걸 잊기라도 한 듯이.

매기는 크리스마스 때 저녁을 먹으러 올 수 없다고 했다. 비행 훈련을 받고 있는 오빠와 어디에선가 전쟁과 관련된 비밀 작업을 하고 있는 아빠가 집에 오기 때문에 가족이 다 함께 집에서 크리스마스를 보낼 예정이라고 했다. 그래서 당연히 매기도 집에 있어야 한다고.

"불행한 하루가 될 거야. 엄마는 조나단 오빠를 보고 흐느껴 울지 않으려 애쓰면서 다른 사람들을 퉁명스럽게 대하겠지. 아빠는 히틀러 얘기만 나오면 완전 흥분해. 이번에도 집에 오면 전쟁 이야기만 할걸. 여우 사냥을 못 하게 되면서 더 심해졌어. 엄마는 전쟁 이야기를 엄청 싫어하고. 요리사는 공장에 취직하기 위해 우리 집을 떠났고, 가정부는 요리를 너무 못해. 한 명 남아 있던 하녀마저 떠나 버렸어. 그래서 크리스마스이브에는 내가 집 안 청소를 해야 해. 우리 가족은 한쪽 구석에 거미줄이 쳐진, 크고 화려한 식당에 앉아서 끔찍한 음식을 먹으며 애써 유쾌한 척하겠지."

매기가 잠시 말을 쉬었다가 이었다.

"사람들은 지금 전쟁이 실제로 일어난 게 아니라고들 말하지. 폭격을 당한 사람도, 싸우는 사람도 거의 없으니까. 하지만 나는 전쟁이 일어난 것 같은 기분이야. 우리 가족의 전쟁."

"네가 불행하다고 하니까 나도 기분이 좋지는 않네."

내 말에 매기가 고개를 저으며 대꾸했다.

"에이, 항상 그런 건 아니야. 자, 가자."

우리는 또다시 조랑말을 타고 달렸다. 하지만 이번에는 매기가 선택한 길로 갔다. 우리는 숲을 지나 바닷가로 내려갔다. 철조망이 쳐져 있어서 가까이 가지는 못하지만, 바닷가 옆으로 난 길을 따라 걸으며 해안에 부딪혀 부서지는 파도를 바라보았다.

하루는 이모가 도끼를 들고 나오더니 우리보고 다짜고짜 밖에 나가자고 했다. 들판에서 작은 나무 한 그루를 베었다. 이모가 상록수라고 가르쳐 준 그 나무는 나뭇가지에 나뭇잎 대신 초록색 바늘 같은 것을 매달고 있었다. 눈이 날리면서 공기가 축축하고 차가웠다.

"이 나무는 왜요?"

이모와 제이미가 나무를 집으로 옮기는 동안, 내가 목발을 짚고 뒤따라가며 물었다.

"크리스마스트리야. 겨울에도 죽지 않는 상록수를 보면서, 변치 않는 하느님의 존재를 상기하는 거지."

"전에 다른 나무들도 죽지 않는다고 그랬잖아요."

제이미가 따져 물었다.

"으음, 그래. 맞는 말이야. 근데 다른 나무들은 죽은 것처럼 보이잖아. 그리고 크리스마스트리는 멋진 전통이야. 한겨울의 초록색, 그리고 깜깜한 어둠 속의 불빛……. 이건 전부 하느님을 비유하는 거야."

나는 '비유'라는 단어를 그냥 넘기고 다른 질문을 했다.

"크리스마스랑 하느님이랑 무슨 관계가 있는데요?"

아이고, 내가 또 너무 당연한 걸 물어보았나? 이모가 어이없다는 듯 입을 쩍 벌렸다.

"교회에서 배우지 않았니?"

나는 어깨를 으쓱해 보였다. 교회에서 하는 말은 따라가기가 너무 힘들었다. 이따금 이해하기 쉬운 내용도 있지만 대부분은 그렇지가 않았다. 목사는 친절해 보였다. 하지만 설교는 거의 흘려들었다. 내가 글을 빨리 읽을 줄 알아서 노래를 따라 부를 수 있다면, 그 노래들은 좋아했을지도 모르겠다.

나는 곧 크리스마스가 예수 그리스도의 생일이라는 걸 알게 되었다. 예수는 교회 앞의 십자가에 매달려 있는 사람이었다. 이건 나도 알고 있었다. 그래서 빨리 알아들었다.

제이미가 물었다.

"그걸 어떻게 알았어요? 예수가 언제 태어났는지?"

"몰랐을 거야, 아주 정확한 날짜까지는."

제이미가 고개를 끄덕이며 말했다.

"누나랑 저처럼 말이죠."

"맞아. 우리는 너희 신분증에 생일을 임시로 적었고, 다음에 그날이 되면 다 같이 축하할 거잖아. 크리스마스도 그런 거야."

이모가 말하자 제이미가 물었다.

"크리스마스는 예수의 신분증에 적힌 생일이었나요?"

"이런 멍청이! 예수는 전쟁에 참가하지 않았어."

내가 말했다.

"제이미한테 멍청이라고 부르지 마."

이모가 말하자 나도 지지 않고 대꾸했다.

"멍청하게 말했잖아요."

"멍청하게 말한다고 해서 멍청한 건 아니야."

우리는 나무를 집 안으로 들고 와서 거실 한쪽 구석에 세워 두었다. 이모는 작은 전등이 주렁주렁 매달린 전선을 나뭇가지에 둘렀다. 그리고 이층의 베키 방에서 커다란 상자를 들고 나왔다. 상자 안을 들여다본 이모는 눈을 깜박이며 눈물을 참더니 뚜껑을 도로 닫았다.

"우리가 장식품을 새로 만들자. 어때, 괜찮아?"

내가 그걸 어떻게 알겠는가. 다만 이모는 내가 새로 만들기를 바랐고, 나는 이모가 우는 걸 바라지 않았다. 이모가 울면 왠지 자꾸 신경이 쓰였다.

"괜찮겠죠?"

내가 대답하자 이모가 나를 꼭 껴안으며 말했다.

"아……, 에이다."

나는 숨을 깊이 들이마셨다.

"여기 있는 장식품들은 베키와 내가 만들어서 나무를 꾸몄던 거야. 이것들을 다시 꺼내 쓸 수는 없을 것 같아."

"괜찮아요."

내가 말하자 이모가 물었다.

"괜찮아? 진짜?"

나는 뭐라고 말해야 할지 몰랐다. 어쩐지 크리스마스는 나를 불안하게 했다. 함께 모인다, 행복하다, 축하한다는 이야기들에 나는 위협을 느꼈다. 내가 그런 것들에 익숙해지면 안 될 것 같았다. 게다가 이모는 내가 행복하길 바랐다. 나는 그게 더 무서웠다.

이모가 색종이와 가위, 풀을 갖고 왔다. 그리고 눈송이와 별 만드는 법을 알려 주었다. 나는 이모만큼 잘 만들려고 정성을 다했다. 대충 자른 제이미의 종이는 삐뚤빼뚤 엉망이었다. 우리는 공들여 만든 내 것과 삐뚤빼뚤한 제이미 것 모두를 나무에 매달았다. 거실 한쪽 구석에 서 있는 크리스마스트리는 꽤 멋져 보였다.

또 눈이 내렸다. 내가 버터를 타고 매기의 집에 갔을 때, 버터의 발밑에 눈이 단단히 뭉쳐 있었다. 꼬리에도 눈이 엉겨 붙어 있었다. 온 세상이 하얗게 반짝였다. 런던에선 눈이 내려도 금방 녹았다. 매기는 집에 온 이후로 매일같이 프레드 할아버지의 일을 도왔다. 프레드 할아버지는 요즘 나한테 버터를 타고 돌담을 뛰어넘는 법을 알려 주기 시작했다. 그런데 오늘은 눈이 너무 많이 쌓여서 연습을 할 수 없었다.

"너도 스미스 씨한테 크리스마스 선물을 줘야 해. 알고 있지?"

우리가 사료실에서 귀리를 저울질하고 있을 때, 매기가 대뜸 이렇게 말했다.

"왜?"

나는 의아스런 표정으로 물었다. 물론 나도 선물이 뭔지는 알고 있었다. 하지만 아직 선물을 받지 않았기 때문에 줄 필요가 없었다. 나는 매기한테 그렇게 말했다. 매기가 눈을 휘둥그레 뜨며 대꾸했다.

"당연히 너는 선물을 받을 거야. 스미스 씨는 좋은 분이니까."

나는 고개를 끄덕였다. 런던으로 되돌아간 아이들 중 일부는 여기서 호의적인 대우를 받지 못했다. 피난 온 아이들한테 어떤 문제가 있는 게 아니었다. 그 아이들은 예수 그리스도가 찾아왔더라도 친절하게 맞이하지 않았을, 심술궂은 늙은 마녀들한테 맡겨져서 그런 거였다. 이건 제이미가 해 준 이야기였다.

"그러니까 너도 스미스 씨 선물을 준비해야 돼. 그래야 되는 거야."

"나는 돈이 한 푼도 없어, 정말 하나도."

"용돈 안 받아?"

"응, 너는?"

"이런."

매기는 아랫입술을 잘근잘근 씹으며 생각에 잠겼다.

"으음, 네가 일을 해서 돈을 버는 방법이 있지. 아니면 뭔가를 만들어서 줄 수도 있고. 스미스 씨가 좋아할 만한 걸로 말이야. 우리 엄마는 내가 만들어서 선물하는 걸 항상 좋아하셨어."

괜찮은 생각이었다. 집으로 가는 내내 이 생각을 했다. 이모는 내게 뜨개질하는 법을 알려 주었고, 나는 군인들한테 뜨개질한 물건을 보냈다. 비록 목도리 하나뿐이었지만. 솜씨가 썩 좋지도 않았다. 뜨개질 코가 점점 길게 늘어나는 바람에 끝으로 갈수록 자꾸 더 넓어졌다.

이모는 별문제 없다고 말했다. 모양이야 어떻든 군인들은 목도리를 받으면 좋아할 거라고 했다. 그러면서 뜨개질은 글 쓰기나 말타기처럼, 하면 할수록 더 잘하게 되는 일이라고 했다.

내가 서두르기만 하면 뜨개질을 할 수 있을 듯했다. 나는 버터를 되돌려서 매기의 집으로 갔다. 프레드 할아버지가 나를 보고 깜짝 놀라며 이렇게 물었다.

"무슨 문제가 생겼니?"

"털실이 필요해요."

"그래, 알았다."

프레드 할아버지는 선뜻 고개를 끄덕였다. 마치 여자아이들이 숱하게 말을 탄 채 눈보라를 뚫고 와서 털실을 달라고 한 것처럼. 할아버지는 곧장 마구간으로 들어갔다. 할아버지가 지내는 다락방의 계단으로 올라가는 소리가 딸까닥딸까닥 들렸다. 할아버지는 곧 꽃 그림이 화려하게 그려진 천 가방을 들고 내려왔다. 그리고 내게 가방을 통째로 건네며 말했다.

"내 아내가 쓰던 뜨개질 가방이란다. 털실이 종류별로 가득해."

프레드 할아버지한테 아내가 있었는지는 전혀 몰랐다.

"그래."

할아버지는 내가 속으로 생각한 질문에 소리 내어 대답하며 말을 이었다.

"아내는 오 년 전에 저세상으로 갔단다. 마가렛 아가씨와 조나단 도련님의 간호사였지. 그 전에는 토튼 부인과 형제분들의 간호사였고."

나는 그 통통한 가방을 눈에 젖지 않게 하려고 내 재킷 안에 넣었다. 버터는 쉬지 않고 고개를 뒤척였다. 프레드 할아버지가 버터의 굴레를 손으로 잡았다.

"얘야, 잠깐만. 누군가가 네게 선물을 주면 말이다……."

프레드 할아버지가 점잖은 미소를 띠며 말을 이었다.

"'고맙습니다.'라고 말하는 거란다."

이모가 가르쳐 준 거였다. 그런데 털실 가방에 정신이 팔려서 그만 잊고 말았다.

"고맙습니다. 정말 고맙습니다. 할머니한테도 고맙다는 말을 전할 수 있으면 좋겠어요."

프레드 할아버지가 고개를 흔들며 대답했다.

"아니다, 내 아내는 자신이 쓰던 물건을 좋은 집으로 보내서 오히려 기뻐할 거야. 얘야, 너는 언제나 대환영이란다."

벌써 목요일이었다. 크리스마스는 그다음 주 월요일이기 때문에 시간이 별로 없었다. 나는 집에 도착하자마자 침대에 가방을 내려놓았다. 대바늘이 가느다란 것부터 굵은 것까지 모두 다섯 개 있었다. 다양한 종류의 털실이 공처럼 돌돌 말려 있었는데, 그중에 하얀색 털실은 여섯 뭉치나 되었다. 그 하얀색 털실이 가장 적당할 것 같았다. 나는 대바늘에 털실을 걸치고서 곧장 뜨개질을 하기 시작했다.

문득 오후 내내 추운 내 방에 있으면 이모가 이상하게 여길 거라는 생각이 들었다. 실제로 이모는 그랬다.

"위에서 뭐 했니?"

이모가 저녁을 먹으며 물었다. 나는 머리를 굴려 보았다. 잠을 자지도 않았고 목욕을 하지도 않았다. 라디오는 들을 수도 없었다. 그럴듯한 핑계거리를 찾느라 대답이 늦어졌다.

"아무것도요."

그러자 뜻밖에도 이모가 빙긋 웃었다.

"진짜? 그럼 있잖니, 너랑 협상을 맺었으면 하는데 말이야. 이번 주 내내, 네가 원하는 때면 언제든지 이층에서 몇 시간씩 있어도 돼. 대신에 그 시간에는 나도 아래층에 있게 해 줘. 그리고 아래층으로 내려오기 전에 나한테 큰 소리로 알려 주렴. 그런 다음, 내가 내려오라고 할 때까지 기다리면 돼. 알았지?"

나는 고개를 끄덕일 수밖에 없었다. 내가 이층에서 뜨개질을 하는 동안, 아래층에서는 때때로 드르륵드르륵 재봉틀 돌아가는 소리가 들렸다.

크리스마스이브는 일요일이었다. 제이미와 나는 아침 일찍 일어나서 이모가 일요일에만 입어야 한다고 고집 피우며 아껴 둔 옷을 꺼내 차려입었다. 제이미는 하얀색 셔츠와 도톰한 반바지를 입은 다음 짙은 색 양말을 신었다. 나는 매기한테서 물려받은 빨간색 드레스를 입었다.

우리가 아침을 먹으러 내려가자 이모가 고개를 저으며 말했다.

"미안, 내가 깜빡하고 말을 안 했네. 다시 올라가서 평상복으로 갈아

입고 와. 교회에는 저녁에 갈 거야. 이번에는 나도 갈 거란다. 오늘은 크리스마스이브잖니?"

우리는 크리스마스이브라서 아침에 베이컨을 먹었다. 낮 동안에는 이모를 도와 과자를 구웠다. 제이미는 거위의 속을 채울 밤을 불에 구웠다. 이모는 라디오를 켜고서 크리스마스 노래를 따라 불렀다.

이른 저녁이 되자 이모는 우리를 목욕시켰다. 그리고 아래층 불 옆에서 내 머리카락의 물기를 말린 다음 두 갈래로 촘촘히 땋았다. 저녁을 먹고 난 뒤, 이모가 제이미한테 이층에 올라가서 교회 갈 때 입는 옷으로 갈아입으라고 했다. 그리고 나한테는 그 자리에 앉아 있으라고 했다.

"깜짝 선물이 있어."

이모가 종이로 포장한 커다란 상자를 내 무릎에 올려놓았다. 안에는 초록색 천으로 만든 드레스가 들어 있었다. 소매는 주름이 들어가 봉긋하게 부풀어 있었고, 옷깃은 동그랗게 갈무리되어 있었다. 허리에 잔주름을 잔뜩 잡아서 치마가 풍성하게 펼쳐졌다. 하도 예뻐서 그 옷을 차마 만질 수조차 없었다.

"자, 이리 와. 잘 맞는지 입어 보자."

이모가 내 스웨터와 블라우스를 벗기는 동안, 나는 꼼짝 않고 가만히 서 있었다.

"치마 좀 벗어 봐."

나는 이모가 시키는 대로 했다. 이모는 내게 초록색 드레스를 입힌 다음, 단추를 하나하나 채우더니 한 걸음 뒤로 물러났다. 그러고는 따뜻하고 부드러운 눈으로 미소를 한껏 지으며 말했다.

"딱 맞네. 에이다, 정말 예쁘다."

이모는 거짓말을 하고 있었다. 이건 분명 거짓말이었다. 나는 그 말을 참을 수가 없었다. 머릿속에서 엄마의 날카로운 목소리가 들렸다.

"아무짝에도 쓸모없는 계집애야! 더럽고 불결해. 그런 흉측한 발로 기어 다니는 널 누가 좋아하겠니?"

손이 부들부들 떨리기 시작했다. 쓸모없는 계집애, 더러운 년, 쓰레기 같은 녀석. 나는 매기가 버린 옷이나 상점에 걸린 수수한 옷을 입을 수는 있지만…… 이건 아니었다. 이렇게 예쁜 옷은 입을 수가 없었다. 예전에 이모가 자기는 아이들을 원한 적이 없다며 하루 종일 투덜거리는 걸 분명히 들었다. 그래서 이모가 나한테 예쁘다고 하는 말을 받아들일 수가 없었다.

"왜 그래?"

이모가 당혹스런 표정으로 물었다.

"크리스마스 선물이야. 너를 위해 만들었어. 내가 전에 말했던 대로 초록색 벨벳 드레스라고."

"전 이걸 입을 수 없어요."

나는 드레스의 몸통 부분을 잡아당기며 단추를 찾아 더듬거렸다.

"입을 수 없어요. 입을 수 없다고요."

이모가 내 손을 홱 잡더니 소파로 끌고 가 주저앉혔다.

"에이다, 만약에 내가 제이미한테 좋은 것을 줬는데, 그 애가 받을 수 없다고 하면 너는 뭐라고 말할 거야? 생각해 봐. 뭐라고 할 거야?"

눈물이 뺨을 타고 주르르 흘렀다. 나는 자제심을 잃기 시작했다. 이모의 손아귀에서 벗어나려고 버둥거렸다.

"저는 제이미가 아니라고요! 발이 흉측하잖아요, 저는……."

'쓸모없는 계집애'라는 말이 목구멍에서 막혀 입 밖으로 새어 나오지 않았다.

"에이다. 에이다."

이모 목소리가 잘 들리지 않았다. 내 몸 어딘가에서 울려 나오는 비명 소리가 점점 커졌다. 비명을 지르고 또 질렀다. 제이미가 옷을 반쯤 걸친 채 계단을 뛰어 내려왔다. 이모가 나를 꽉 끌어안았다. 정신이 몽롱해졌다. 나는 이리저리 파도에 휩쓸려 다니다 물에 천천히 가라앉는 듯한 느낌이 들었다. 그러다 그만 정신을 잃고 말았다.

우리는 결국 교회에 가지 못했다. 제이미가 아래층으로 끌고 내려온 담요를 덮고 거실 벽난로 앞에서 다 같이 잠이 들었다. 내가 얼마나 오랫동안 소리를 지르며 팔다리를 휘둘렀는지는 모르겠다. 이모가 얼마나 오랫동안 나를 말렸는지도 모르겠다.

나는 이모를 발로 차고 손톱으로 할퀴었다. 이로 깨물기도 했던 것 같다. 그래도 이모는 나를 놓지 않았다. 나를 담요로 감싼 다음 꽉 여며 주었다. 그제야 점차 진정이 되기 시작했다.

"쉬잇, 쉬잇! 끝났어. 이제 괜찮아."

이모가 한껏 잠긴 목소리로 말했다. 하지만 나는 괜찮지 않았다. 너무 지쳐서 더 이상 소리를 지르지 못할 뿐이었다.

내가 잠에서 깨어 눈을 뜨자, 이른 아침의 겨울 햇살이 창문으로 들어와 작은 크리스마스트리를 비추었다. 꺼져 가는 석탄의 불씨가 잿더미 밑에서 희미하게 빛났다. 담요를 덮고 잠든 제이미의 턱밑으로 보브릴의 얼굴이 삐죽 나와 있었다.

이모는 낮게 코를 골았다. 한 손은 팔베개를 하고서, 다른 손은 내 가슴 위에 올려놓고 있었다. 머리칼이 사방으로 뻗쳐 있었다. 한쪽 뺨에는 내가 할퀴어서 생긴 손톱 자국이 빨갛게 그어져 있었다. 이모가 가장 아끼던 블라우스는 어깨가 찢어져 있었고, 단추 하나가 실에 가까스로 매달려 대롱거렸다. 이모는 마치 전쟁을 치른 것처럼 보였다.

회색 담요에 돌돌 말려 있는 탓에, 나는 간신히 고개만 돌릴 수 있었다. 이모가 잠에서 깨면 화를 낼 것이다, 그것도 아주 몹시. 왜냐하면 내가 드레스를 보고 고마워하지도 않은 데다, 이모의 크리스마스 계획을 몽땅 망쳐 버렸으니까. 나 때문에 교회에도 가지 못했다.

어쩌면 나를 때릴……. 아니, 그건 아니었다. 나를 때리지는 않을 것이다. 적어도 지금까지는 그랬다. 내가 어제저녁에 이모를 아프게 할 때도 때리지는 않았다. 그저 나를 두 팔로 감싸며 꼭 안았다.

나는 뭘 어찌해야 할지 몰랐다. 이모는 잠시 스쳐 가는 사람이었다. 하지만 내 뒤틀린 발은 평생 변하지 않을 장애였다. 나는 가만히 누워서 창 너머로 희미하게 비치는 햇살을 쬐었다. 소리를 지르는 대신, 조용히 울고 싶었다. 하지만 울지 않았다. 내가 지금 왜 이러는 걸까?

제이미가 몸을 뒤척였다. 그리고 살며시 눈을 떴다. 정말로 눈부신 미소를 머금고서. 나는 이 달콤한 미소를 영원히 기억할 것이다.

"누나, 안녕? 메리 크리스마스."

제이미가 잠들기 전에 이모가 뭐라고 말했는지 모르겠지만, 마치 평소에도 거실 바닥에서 잠을 잤던 것처럼 아무렇지도 않게 일어났다. 그러고는 보브릴을 밖으로 내보낸 뒤, 벽난로에 석탄을 더 집어넣었다.

석탄통에서 달그락거리는 소리가 나자 이모가 잠에서 깼다. 나는 이모를 유심히 지켜보았다. 눈을 뜬 이모는 자기가 어디 있는지부터 확인했다. 그리고 나를 보더니 빙그레 미소를 지었다.

"잘 잤니, 에이다? 메리 크리스마스."

나는 담요를 머리끝까지 뒤집어쓰고서 흐느껴 울거나 소리를 지르고 싶었다. 하지만 그러지 않았다. 대신에 이렇게 말했다.

"일어날 수가 없어요. 몸이 말을 듣지 않아요."

이모가 일어나 앉더니 내 몸에서 담요를 풀어 주었다.

"꽁꽁 묶으려고 한 건 아니었어. 하지만 이렇게 감싸니까 네가 진정되는 것 같았거든."

"저도 알아요. 이거, 제가 그런 거죠?"

나는 블라우스의 찢어진 부분을 가리키며 물었다.

"솔기가 터진 것뿐이야. 수선할 수 있어."

이모가 얼굴로 쏟아지는 내 머리칼을 뒤로 넘기며 말을 이었다.

"아침 먹을래?"

제이미와 나는 자리에서 일어나 위층으로 올라갔다. 그리고 이모의 제안에 따라 얼굴을 씻고 잠옷으로 갈아입었다. 계단으로 내려가면서 보니, 크리스마스트리 밑에 알록달록한 종이로 포장된 상자가 놓여 있었다. 선물이었다!

"어머, 산타클로스가 다녀갔나 봐."

이모가 들떠서 말했다. 이상했다. 밤새도록 오지 않았던 산타클로스가 잠시 옷을 갈아입는 동안 다녀가다니! 나는 뭐라 말하려고 입을 달싹이다가, 제이미의 환한 얼굴을 보고는 꾹 다물었다. 제이미의 눈빛이 기쁨으로 밝게 빛났다.

"정말 오셨네! 우리한테! 진짜로! 누나가 나쁜 짓을 했는데도……."

제이미가 내게 미안한 눈빛을 보내며 얼른 말을 이었다.

"그러니까 내 말은……."

"괜찮아. 나쁜 짓 한 거 맞아."

나는 제이미의 어깨에 두른 팔을 내렸다. 궁금했다. 저게 다 제이미의 선물일까? 혹시 내 선물은 없을까?

이모가 계단 밑에서 나를 잡아 주며 말했다.

"나쁜 게 아니야, 에이다. 나쁜 게 아니라 슬프고 화나고 두려웠던 거야. 나쁜 게 아니라고."

슬프고 화나고 두려운 건…… 나쁜 거였다. 그 가운데 어떤 것도 괜찮은 건 없었다. 하지만 나는 그렇게 말할 수 없었다. 이렇게 평온한 아침에 말이다.

가운 주머니에는 내가 만든 선물이 들어 있었다. 종이가 없어서 포장은 하지 못했다.

"아침 먹자."

이모가 찻물을 화덕에 올린 다음, 프라이팬에 소시지를 가득 넣고 지글지글 굽기 시작했다. 달걀도 하나씩 부쳐 주었다. 접시가 놓인 식탁 위에 양말 두 짝이 가로놓여 있었다. 양말 안에 뭔가 가득 차서 울퉁불퉁했다. 나는 내 앞의 양말을 손끝으로 콕콕 찔렀다.

"원래는 어제저녁에 걸어 놔야 했어. 그런데 신기하게도 산타클로스가 기어이 너희 양말을 찾아내더라고. 내가 요리를 마저 하는 동안, 이 안에 뭐가 들어 있는지 살펴봐."

오렌지 한 개, 호두 한 줌, 사탕 몇 알, 파란색과 초록색 리본 하나씩. 제이미도 나랑 똑같았다. 다만, 리본 대신에 호루라기와 고무공이 들어 있었다.

처음 이곳에 왔을 때, 머리에 리본을 매달고서 피난 온 아이들에게 차를 나눠 주던, 눈부시게 예쁘던 여자아이들이 떠올랐다. 나는 또다시 울고 싶었다. 마구 소리지르고 싶었다. 내가 왜 이러는 걸까?

나는 제이미의 크리스마스를 망칠 수 없었다. 리본을 손으로 만지작거리면서 내 머릿속으로 들어갔다.

"에이다, 정신 차려."

이모가 내 어깨를 가볍게 툭 치며 말했다.

접시에 구운 소시지가 놓여 있었다. 달걀 프라이의 노른자는 마치 해가 떠 있는 것처럼 밝게 빛났다. 노릇노릇한 토스트와 따뜻한 차도 있었다. 제이미가 호루라기를 빼액빼액 불어 댔다.

"아껴 두었다가 밖에 나가서 불어."

이모가 제이미의 머리칼을 매만지며 말했다.

아침을 먹은 뒤, 우리는 선물을 풀어 보았다. 제이미는 장난감 자동차와 블록 세트를 받았다. 나는 버터에게 달아 줄 고삐와 종이 한 묶음, 색연필 한 세트를 받았다. 우리는 각자 책도 한 권씩 받았다. 내 건 《이상한 나라의 앨리스》였고, 제이미 건 《피터 팬》이었다.

이모는 산타클로스한테서 받은 게 하나도 없었다. 이모가 어른들은 선물을 받지 않는다고 제이미한테 말했다. 하지만 나는 주머니에서 선물을 꺼냈다. 제이미한테는 여러 조각의 털실로 만든 줄무늬 목도리를 주었다. 제이미는 그걸 들여다보더니 대번에 얼굴을 찌푸렸다.

"수잔 이모가 만들어 준 목도리가 더 좋은데."

이모가 제이미를 쿡 찌르자 별수 없이 이렇게 덧붙였다.

"고마워."

그 말 덕분에 제이미는 나한테 맞지 않았다. 나는 이모한테도 하얀색 털실로 짠 목도리를 건넸다. 이모의 목도리를 가장 마지막에 짜서 그런지 선물 중에서 제일 나은 것 같았다. 뜨개질은 진짜로 하면 할수록 실력이 늘었다.

이모가 무릎 위에서 목도리를 펼쳤다.

"에이다, 정말 예쁘다. 그동안 이걸 짠 거였구나?"

"털실은 프레드 할아버지한테서 얻은 거예요."

나는 얼른 말했다. 내가 털실을 훔쳤다고 이모가 생각하기 전에.

이모가 나를 꼭 안아 주었다.

"맘에 쏙 들어. 매일 하고 다닐게."

나는 어깨를 움츠리며 이모를 떼어 냈다. 너무 많은 감정이 흘러나왔다. 나는 여기서 빠져나가고 싶었다. 그새 이모가 내 마음을 읽은 듯했다.

"이제 옷 갈아입고 밖에 나가서 버터랑 놀아. 청소는 제이미가 도와줄 거야. 그런 다음에 다 같이 저녁 식사를 준비하자."

제이미가 초대한 조종사 세 명이 이른 저녁에 찾아왔다. 아주 멋진 공군 제복을 차려입은 그들은 하나같이 예의 바른 미소를 지었다. 그들은 이모한테 와인 한 병과 초콜릿 한 상자, 그리고 식물이 자라는 화분 하나를 주었다.

집 안에 거위 요리 냄새가 진동했다. 벽난로에서 석탄이 탁탁 소리를 내며 타올랐다. 등화관제 때문에 커튼을 모두 내린 거실에 온기가 감돌았다. 조종사들은 줄을 맞춰서 소파에 어색하게 앉아 있었다. 제이미는 장난감 자동차를 조종사들의 무릎 위로 굴리며 슬금슬금 장난을 쳤다.

얼마 안 있어, 조종사 한 명이 거실 바닥에 내려와 제이미와 블록으로 건물을 만들고선 자동차로 부수며 놀았다. 이모가 다른 조종사 두 명에게 와인을 한 잔씩 따라 주었다. 아까보다 훨씬 더 편안해진 것 같았다.

하지만 나는 조금도 편안하지 않았다. 초록색 드레스를 입고 있어서. 버터를 살피고 돌아온 후에 이 옷으로 갈아입었다. 그렇게 해야 이모가 기뻐하리라는 걸 알기 때문이었다. 실제로 그랬다. 이모는 내 머리를 곱게 빗은 다음 어깨 위로 길게 늘어뜨렸다. 그리고 초록색 리본을 머리에 묶어 주었다.

"이건 앨리스가 한 리본 모양이란다. 네가 받은 책에 나오는 앨리스 말이야. 책에서 이런 머리를 해."

나는 사기꾼이 된 듯한 기분이 들었다. 내가 매기처럼 말하려고 애쓸 때보다 더 별로였다. 정작 나는 지금 매기처럼 보였다. 머리에 리본을 매달고 가족의 사랑을 듬뿍 받는……. 제이미가 내 팔을 꼭 잡더니, 내 표정을 살피며 조심스럽게 속삭였다.

"좋아 보여."

나는 숨을 깊이 들이마셨다. 그랬다. 내겐 나를 사랑하는 가족, 제이미가 있었다.

그때 이모가 우리를 부르며 저녁을 먹자고 했다. 이모는 모든 사람의 접시 옆에 '크리스마스 크래커'를 올려놓았다. 이런 건 처음 보았다. 크리스마스 크래커란, 종이로 둥근 관을 만든 뒤 양쪽 끝을 사탕 모양으로 묶은 거였다. 그래서 양쪽 끝을 잡아당기면 종이가 찢어지면서 곱게 접힌 종이 왕관이 나왔다.

우리는 모두 종이 왕관을 머리에 쓰고 저녁을 먹었다. 조종사들과 이모, 제이미는 깔깔거리며 즐겁게 이야기를 나누었다. 나는 거위 요리를 먹으며 마음을 편안히 하려고 노력했다.

"참 예쁜 드레스구나."

조종사 한 명이 내게 말했다. 나는 온몸이 따끔거렸다. 하지만 자제력을 잃지 않으려 애썼다.

"고맙습니다. 선물 받은 거예요."

내 오른발을 지적하지 않고 드레스를 칭찬하다니! 착한 사람이네.

1월이 되자 배급제가 실시되었다. 이건 음식을 나누는 한 방법으로, 이모처럼 부유한 사람들이 음식을 독점하지 못하도록 만든 제도였다. 가난한 사람들이 굶어 죽지 않도록 말이다. 배급제를 한다는 건 가게에 버터나 고기 같은 음식이 더 이상 없을 거라는 걸 의미했다. 만약 있다면, 그 음식이 다 팔리기 전에 얼른 줄을 서야 했다.

얼마 뒤, 우리한테 할당된 음식이 적힌 배급 통장을 받았다. 이 때문에 제이미는 신경이 예민해졌다. 나도 마찬가지였다. 이모는 항상 우리한테 음식을 넉넉히 주었지만, 우리도 이미 다 알고 있었다. 이모가 뭐라 했건 상관없이, 이건 다 이모가 부자여서 그렇다는 걸. 그런데 나는 벌써 규칙적으로 식사하는 데 익숙해져 버렸다.

우리는 평소보다 적게 먹으려 애썼다. 어느 날 제이미가 저녁을 먹다 말고 먼저 일어나도 되겠느냐고 이모한테 물었다. 이모가 제이미의 이마를 손으로 짚었다.

“어디 아프니?”

제이미가 고개를 저었다.

“그럼 더 먹어. 배 안 부른 거 다 알아.”

“아껴 두었다가 내일 먹을게요.”

제이미가 말했다. 나도 내 접시를 밀어내며 말했다.

“저도요.”

이모는 우리한테 저녁을 남기면 안 된다고 단호하게 말했다. 그러면서 배급제란, 우리가 평소보다 채소를 더 먹고 고기와 버터, 단 음식을 적게 먹는 거라고 했다. 그저 예전과 다르게 먹어야 한다는 걸 의미할 뿐이라나. 앞으로도 음식은 부족하지 않고 넉넉할 거라고 하면서, 우리가 충분히 먹었는지 항상 확인할 거라고 덧붙였다.

“이모가 일자리를 구해야 하는 상황이 온다 해도요?”

내가 묻자 이모가 자신 있게 대답했다.

“그럼, 내가 파출부로 뛰는 한이 있더라도.”

파출부란 청소부와 비슷했다. 런던의 우리 집 골목길에선 내 또래 여자애들 몇몇이 파출부로 일하기도 했다. 내가 물었다.

“왜요?”

이모가 나를 멍하니 바라보았다.

“왜냐고요. 이모는 우리를 원하지 않았잖아요. 우리를 좋아하지도 않고요.”

이모는 아무 말 없이 차를 홀짝거리며 마셨다. 시간을 끌 때면 항상 그랬다. 그러다 한참 만에 입을 열었다.

"나는 너희를 좋아해. 그동안 그렇게 행동하지 않았니?"

나는 어깨를 으쓱해 보였다. 이모가 말을 이었다.

"나는 아이들을 원한 적 없었어. 왜냐하면 결혼을 해야 아이를 가질 수 있기 때문이지. 그리고 나는 결혼하고 싶지 않았어. 베키랑 둘이 이 집에서 살 때가 제일 행복했거든. 나는 그 시간을 세상 어떤 것과도 바꾸지 않았을 거야. 그게 아이들이라 할지라도. 너희가 처음 여기에 왔을 때 나는 슬픔에 잠겨 있었어. 그건 너희 때문이 아니야. 그리고 너희를 잘 돌볼 자신이 없었지. 너희가 아니라 그 어떤 아이들이라도 잘 돌볼 수 없을 것 같았다고."

"그때 이모는, 특히 우리를 원하지 않았죠."

내가 말했다.

"에이다, 대체 왜 그러는 거야? 너는 날이 갈수록 더 삐딱해지는 것 같아."

나는 또 한 번 어깨를 으쓱했다. 무서웠다. 이모는 그저 스쳐 지나가는 사람이었다. 엄마는 우리를 돌보지 않았다. 프레드 할아버지는 내가 떠 준 목도리를 매일같이 하고 다녔다. 목도리를 뜰 때 코를 많이 빠뜨려서 구멍이 숭숭 나 있는데도.

매기는 내가 《이상한 나라의 앨리스》를 좋아한다고 하자, 그다음 편인 《거울 나라의 앨리스》를 선뜻 빌려 주었다. 매기는 책이란 게 마치 하루 지난 신문처럼 쉽게 줄 수 있는 물건인 듯이 굴었다. 게다가 학교로 돌아간 매기한테 보낸 내 편지를, 그러니까 몇 시간에 걸쳐 썼지만 잘못된 철자와 지운 자국으로 지저분한 내 편지를 매우 소중하게 간직했다.

전쟁은 우리를 엄마한테서 떼어 놓았다. 엄마가 우리를 사랑한다고 깨닫기도 전에.

"에이다."

이모가 천천히 또박또박 말했다.

"너는 지금 여기에 있어. 나는 너희를 다른 곳에 보내지 않을 거야. 내가 돌볼 거야. 배불리 먹으면서 책을 읽고 글을 쓰는 법을 배우게 할 거라고. 에이다, 내년엔 학교에 보내 줄게. 너희 엄마한테서 허락을 받는 대로 수술을 해서 발도 치료할 거야. 다 잘될 거니까 걱정하지 마."

대체 이게 무슨 뜻이지? 내 발을 치료한다고?

나흘 후, 이모는 나를 병원으로 데려갔다. 이번에는 의사 선생님이 내 발을 검사하지 않았다.

"수술을 하려면 너희 엄마의 허락이 필요하단다. 네가 하려는 수술은 응급이 아니라, 선택에 의한 것이기 때문이지. 그래서 너희 엄마의 동의서를 기다리고 있는 거야."

의사 선생님이 이모를 힐끗 보며 물었다.

"아직 안 왔죠?"

이모가 고개를 끄덕였다. 의사 선생님이 말을 이었다.

"으흠, 그 절차는 내가 계속 확인하고 있단다. 그리고 수술은 내가 하지 않고 전문의한테 맡길 거야. 최고의 실력을 갖춘 전문의한테 편지를 써 두었거든. 그 전문의는 네 발이 다른 사람들과 똑같이 되지는 않을 거라고 했어. 어렸을 때 치료를 했더라면 똑같이 될 수도 있었겠지만, 지금은 그렇게까지는 안 된다고 해. 하지만 얼추 비슷하게 보일 수는 있을 거야. 발바닥이 땅을 밟으면서 걸을 수 있을 테니까."

나는 의사 선생님의 말을 곱씹어 생각했다. 그리고 이렇게 물었다.

"수술을 하면 아픈가요?"

"수술하는 동안, 너는 잠을 자게 될 거야. 아무것도 느끼지 못하겠지. 하지만 꽤 오랫동안 병원에 있어야 할걸. 몇 달이 걸릴 수도 있어. 발에는 깁스를 할 거고. 아마도 몹시 힘들 거야."

"신발을 신을 수 있을까요?"

내 물음에 의사 선생님이 눈웃음을 지어 보였다.

"그럼, 치료가 잘되면 신을 수 있고말고."

그 순간, 나는 어떤 생각이 퍼뜩 떠올라 의사 선생님한테 물었다.

"돈은 누가 내요?"

병원에 입원하려면 돈이 엄청나게 많이 필요할 터였다. 이모와 의사 선생님이 눈길을 교환했다. 의사 선생님이 입을 열었다.

"그 문제는 수술을 하게 되었을 때 해결해 보자. 우리를 후원해 줄 자선 단체가 어딘가에 분명 있을 거야."

이모와 나는 세차게 몰아치는 차가운 바람을 맞으며 조용히 집으로 걸어갔다. 이모가 물었다.

"무슨 생각을 하니?"

"의사 선생님이 그랬잖아요, 내가 어렸을 때 치료를 받았더라면 다른 사람들처럼 걸을 수 있었다고."

"그래, 내반족으로 태어난 아이들은 대부분 어릴 때 치료를 받지."

"완전히 치료가 되나요?"

이모가 내 어깨에 손을 올리며 대답했다.

"응, 완전히."

내가 좁은 방을 벗어나 밖에서 살아갈 수 있었다는 얘기였다. 제이미처럼 빠르게 뛰어다닐 수도 있었고.

"이모가 우리 엄마한테 편지를 계속 보냈잖아요. 저는 그게 우리를 쫓아내고 싶어서 그러는 줄 알았어요."

"화가 많이 났겠구나."

마음이 무너져 내리는 기분이었다. 크리스마스이브에 내가 폭발하면서 느꼈던 감정이 아니라, 그다음 날 아침에 맞닥뜨린 기분이었다. 그때 나를 지켜 준 건 제이미와 이모의 밝은 미소였다.

나는 집에 돌아와서 식탁에 앉았다. 이모는 주전자에 물을 담아 화덕에 올렸다.

"밖에 나가서 버터를 타고 싶니?"

나는 고개를 저었다. 이모가 앞에 놔준 차를 마셨다. 땋은 머리를 가슴 쪽으로 내린 뒤, 그 끝에 매달려 있는 파란색 리본을 가만히 들여다보았다. 이모가 만들어 준 슬리퍼랑 스타킹을 벗은 다음 오른발을 자세히 살폈다. 어색하게 꺾여 있는 발목이 보였다. 발가락들은 아래가 아니라 위로 동그랗게 말려 있었다. 굳은살이 군데군데 박혀 있는 피부는 자주 찢어졌고, 그럴 때마다 번번이 치료를 해야 했다.

"네 잘못이 아니야."

이모가 말했다.

"저는 늘 제 잘못이라고 생각했어요. 제가 뭘 잘못해서 이렇게 된 거라고."

"그래, 알아."

"흉하게 생겼어요."

"난 그렇게 생각한 적 없어, 한 번도. 화가 나면 밖에 나가서 뭐라도 던지고 와."

나는 화가 나지 않았다. 슬펐다. 슬프게도, 나는 슬펐다. 하지만 차를 다 마신 다음, 종이와 연필을 꺼내 편지를 정성껏 썼다.

엄마, 이분들이 제 발을 치료할 수 있게 도와주세요.

나는 답장을 기다렸다. 우편배달부가 하루에 두 번씩 현관문에 나 있는 구멍으로 편지를 떨어뜨리고 갔다. 나는 하루에 두 번씩 꼬박꼬박 엄마한테서 편지가 왔는지 확인했다. 이모는 편지가 런던으로 가는 데 적어도 이틀, 그리고 돌아오는 데 또다시 이틀이 걸린다고 했다. 하지만 열흘이 지나도 엄마한테선 아무런 연락이 없었다.

"아무래도 런던까지 편지가 안 가나 봐, 전쟁 때문에."

제이미가 말했다. 하지만 이모의 표정은 그런 게 아닌 듯했다.

12일째 되는 날, 낯익은 편지봉투가 발밑에 툭 떨어졌다. 내가 보낸 편지였다. 봉투에는 '반송. 이사 감'이란 글이 휘갈겨져 있었다. 이모가 뜯지도 않은 그 봉투를 집어 들며 말했다.

"엄마가 이사 가셨구나. 지금은 다른 집에 살고 계신가 봐."

이모는 엄마가 직장을 새로 얻어서 다른 집으로 이사 갔을지도 모른다고 했다. 아니면 정부가 런던의 우리 집을 징발했을지도 모르고. 그러면서 이사해야 할 이유는 아주 많을 테니, 엄마가 우리를 버린 거라고 단정짓지는 말라고 했다.

"우리, 이제 어떻게 해요?"

제이미가 눈을 동그랗게 뜨며 물었다.

"나랑 있으면 돼. 지금처럼 말이지. 너희 엄마는 너희가 어디 있는지 알고 계셔. 너희가 안전하게 있다는 것도."

"전쟁이 끝나면요?"

그러자 이모가 숨을 크게 들이마신 뒤 대답했다.

"엄마가 오셔서 너희를 데려갈 거야."

"안 오시면요?"

제이미가 끈질기게 묻자 이모가 말했다.

"걱정하지 마. 누군가는 널 꼭 돌봐 줄 거니까."

"제이미는 제가 돌볼 거예요."

나는 갑자기 화가 치밀어서 퉁명스럽게 말했다.

"전에도 제가 돌봤어요, 엄마가 아니라."

나는……, 미웠다. 정말로……, 미웠다. 에잇, 이런. 머릿속에서조차 엄마가 밉다는 말을 할 수가 없었다. 지금 이런 상황에서도 말이다. 만약 내 오른발을 치료한다면 엄마가 달라질지도 모른다. 나를 사랑해 줄지도 모른다, 어쩌면.

"그동안 너는 제이미를 잘 돌봤어. 하지만 그건 아주 큰일이잖아. 네가 감당할 일이 아니야. 이제 너는 쉬어도 돼. 내가 너를 돌볼 거야. 전처럼 그렇듯 힘들게 싸우지 않아도 돼."

이모는 나를 돌볼 수 없었다. 이모는 내 발을 치료할 거라고 말하지만 지금으로선 아무것도 하지 못했다. 그런 말은 진심이 아니라 전부 거짓말이다.

나는 아주 절실하게 내 발을 치료하고 싶었다. 발이 아파서 진절머리가 났다. 어떻게든 보통 사람처럼 되기를 바랐다. 목발 없이 걷고, 학교에 가고, 양쪽 발에 신발을 신는……. 또다시 갇히고 싶지 않았다, 절대로.

가장 위대한 순간

매기가 부활절 기간에 잠시 집에 들렀다. 프레디 할아버지의 일을 돕고 있을 때 내게 찾아와 말을 걸었다.

"엄마가 그러시더라. 우리 마을로 피난 온 아이들 대부분이 런던으로 돌아갔다고. 그래서 엄마는 맡은 일을 제대로 해내지 못했다고 생각하셔. 너는 어때? 너도 떠날 거야?"

나는 고개를 저었다.

"아니, 우리 엄마는 우리가 여기 있는 게 더 안전하다고 생각하셔."

나는 겨울 동안 매기한테 편지를 여러 번 썼다. 하지만 엄마가 어디론가 사라졌다고는 말하지 못했다. 매기가 나를 언제든 쓰고서 버릴 수 있는 쓰레기로 여길까 봐 겁이 났다.

나는 얼른 화제를 바꿨다.

"금요일에 내 생일 파티가 있어. 집에 와서 차 마시고 갈래? 이번에 열네 살이 되었다고 할 건데."

매기는 내 진짜 생일과 가짜 생일에 대해 이미 알고 있었다. 그런데도 깜짝 놀라는 것 같았다.

"지금이 열네 살인 줄 알았어. 키는 작아도 열세 살보다는 많아 보였거든."

나는 이 말을 듣고 왠지 기분이 좋았다. 매기가 말을 이었다.

"네 생일 파티에 가게 돼서 나도 기뻐. 요즘 집안 분위기가 엄청 무겁거든. 넌 상상도 못 할걸. 나는 학교 가는 걸 좋아한 적 없지만, 지금은 집이 더 끔찍해. 엄마는 맨날 축 처져 있어."

토튼 부인은 만날 때마다 끊임없이 움직였다. 여러 가지 지원 목록을 만들고, 자원봉사자들을 독려하고, 여성 자원 봉사 협회를 지휘했다. 내가 이렇게 말하자 매기는 단박에 얼굴을 찌푸렸다.

"그게 바로 우리 엄마의 공적인 얼굴이야. 집에 있을 땐 슬럼프에 빠져서 얼마나 느릿느릿 움직이는지 몰라."

매기는 조나단 오빠가 얼마 전에 비행기 조종사 훈련을 끝마쳤다고 말했다. 그래서 런던 북쪽에 있는 스트랫퍼드 왕립 공군 기지에 배치되었다는 것이다.

"엄마는 이걸 못 견뎌 해. 우리 외삼촌들이 제1차 세계 대전에서 돌아가셨거든. 세 분 모두…… 조종사였는데."

나는 몸서리를 쳤다.

"그럼 오빠가 보병대로 지원하는 게 나았을 텐데."

"우리 아빠도 그렇게 말씀하셨어. 그런데 오빠는 외삼촌들처럼 전투기를 몹시 타고 싶어 했지. 전쟁 전부터 그랬어. 엄마가 안 된다면서 강력하게 말렸는데, 오빠가 막무가내로 서명을 해 버렸어. 오빠는 스물한 살이기 때문에 엄마가 맘대로 할 수 없거든."

매기가 잠시 쉬었다가 말을 이었다.

"오빠가 죽으면 엄마도 따라 죽으려 할 거야. 엄마는 조나단 오빠를 낳고 나서 오빠를 두 명 더 낳았어, 나를 낳기 전에. 엄마는 오빠 셋의 이름을 외삼촌들의 이름을 따서 하나씩 지었지. 그런데 오빠 둘이 아기 때 장티푸스에 걸려 죽었어. 그리고 내가 태어난 거야, 쓸모없는 계집애가. 엄마는 조나단 오빠가 태어난 뒤로 전쟁을 제일 두려워하고 있어."

"내가 신경 써서 살필게. 그래서 너희 엄마가 더 안 좋아지시면 너한테 편지를 쓸게. 확실히 안 좋아지셨다고 말할 수 있으면."

매기가 고마워하며 고개를 끄덕였다.

"너는 모를 거야. 집에서 멀리 떨어져 있는 게 어떤 기분인지, 두렵다는 게 어떤 기분인지."

그러고는 나를 한참 들여다보더니 이렇게 덧붙였다.

"어쩌면 너도 알고 있을지도."

금요일 아침, 나는 식탁에 앉아 차를 마시며 이모에게 말했다.

"오늘은 제 진짜 생일이 아니잖아요?"

"물론, 그렇지."

이모가 내 말에 순순히 동의했다.

"저는 아직 열네 살이 아닐 수도 있어요."

생각이 여기에 미치자, 갑자기 화가 훅 치밀어 올랐다.

"어쩌면 열다섯 살일 수도 있잖아요."

"그렇지는 않을걸. 만약 그렇다면 네 가슴이 좀 더 나왔을 테니까."

제이미가 이 말을 듣고 우유를 코로 내뿜었다. 나도 깔깔대며 같이 웃었다.

식탁 위에는 이모가 갖다 놓은 옷이 한 벌 놓여 있었다. 식탁 한가운데에는 제이미가 꺾어 온 야생화가 꽃병에 꽂혀 있었다. 이모는 할당받은 설탕을 모아서 케이크를 만들었다. 우리는 잘게 다진 고기 반죽을 익혀서 빵에 얇게 바른 샌드위치와 싱싱한 순무를 먹었다. 그리고 케이크를 조각 낸 다음, 그 위에 커스터드 크림을 살짝 끼얹어 먹었다.

이모는 베키의 옷을 수선해서 내게 드레스를 만들어 주었다. 봄날의 하늘처럼 밝은 파란색이었다. 그리고 《버드나무에 부는 바람》이란 책도 주었다. 그 책은 오래되어서 표지가 낡고 색이 바랬다. 표지를 넘기자 바로 뒷면에 가늘고 긴 이모의 글씨가 보였다.

에이다에게 사랑을 담아.

1940년 5월 5일

―수잔 스미스

사랑을 담아…….

"내가 예전에 봤던 책이야."

이모가 큼큼 목을 가다듬으며 말했다.

"미안해. 서점에 새로 나온 책이 없었어."

나는 고개를 들었다.

"저는 이게 더 좋은걸요."

매기는 나무를 조각해서 만든 조랑말을 주었다.

"좀 볼품없지? 내가 어릴 때 놀았던 놀이방에서 가져온 거야. 이걸 보는 순간, 버터를 닮았다는 생각이 들어서."

정말로 버터처럼 보였다. 그것도 여름날 풀밭을 내달리는 날렵한 버터.

그날 밤, 나는 이모가 우리를 위해 깨끗이 치워 준 책장에 선물 받은 책을 꽂았다. 조랑말 조각품은 침대에서 잘 보이도록 창턱에 올려 두었다. 파란색 드레스는 옷장을 열어 다른 옷들 옆에 잘 걸었다.

나는 너무 많은 걸 가졌다. 그래서 몹시 슬펐다.

그다음 주 초, 히틀러가 노르웨이와 덴마크를 침공했다. 지금껏 노르웨이와 덴마크란 나라를 그리 자주 들어 보진 못했지만, 어쨌든 이 소식은 영국이 전투에서 지고 있다는 걸 뜻했다. 독일은 봄이 다 지나가기도 전에 네덜란드와 벨기에를 침공했다.

윈스턴 처칠이 영국의 새로운 총리로 취임했다. 그동안 전쟁은 런던의 우리 집에 대한 기억처럼 아련하고 비현실적으로 느껴졌는데, 어느 순간 아주 선명하게 다가왔다.

이모는 저녁마다 라디오로 뉴스를 들었다. 그리고 요즘은 제이미와 나도 뉴스에 귀를 기울였다. 폭탄은 아직 런던뿐 아니라 그 어디에도 떨어지지 않았지만, 독일군은 영국에 바짝 다가와 있었다. 사람들은 모두 우리가 다음 차례라고 말했다. 영국 공군은 비행장을 방어하기 위해 주변에다 사격 진지를 군데군데 만들었다.

그 무렵, 정부는 우리한테 행동 지침 일곱 가지를 제시했다.

1) 음식물을 낭비하지 않는다.

2) 낯선 사람과 이야기를 나누지 않는다.

3) 정보를 외부로 누설하지 않는다.

4) 정부의 지시에 항상 귀 기울이고 그대로 따른다.

5) 의심스러운 일이 생기면 곧장 경찰에 신고한다.

6) 유언비어를 퍼뜨리지 않는다.

7) 우리가 침공당할 경우, 적에게 도움될 만한 것은 무엇이든 자물쇠로 잠근다.

"적에게 도움이 될 만한 게 뭐가 있어요? 총?"

제이미가 묻자, 이모가 대답했다.

"그렇지, 총. 예를 들어 토튼 부인의 남편은 새 사냥을 하기 위해 갖춰 둔 총들로만 방 하나를 가득 채우고 있어. 토튼 부인은 그 총들을 잘 숨겨 둬야 하지. 다행히 우리 집엔 독일군이 좋아할 만한 물건이 없네. 위험하거나 귀중한 물건이 없으니까. 너희도 걱정할 필요 없어. 독일군이 침공한다 해도 아이들은 해치지 않을 거야."

이모가 이렇게 말했는데도 우리는 기분이 전혀 나아지지 않았다.

독일이 네덜란드를 쉽게 침공하기 위해서 이미 그 전부터 영국에 스파이를 많이 보냈다는 유언비어가 마을에 떠돌았다. 그리고 기차역 담벼락에 포스터가 새로 붙었다. 영국에도 스파이가 많이 들어왔다는 걸 사람들한테 상기시켜 주는 내용이었다. 거기에는 이렇게 적혀 있었다.

입을 가볍게 놀리면 배가 침몰한다.

3월에는 26척의 배가, 4월에는 10척의 배가 가라앉았다. 예전보다 침몰한 배의 수가 줄어든 이유는 독일군의 봉쇄를 뚫고 영국으로 힘들게 들어오려는 배가 줄었기 때문이다.

제이미는 또다시 이불에 오줌을 싸기 시작했다. 이모는 제이미를 데리고 비행장으로 가서 공군 몇 명과 이야기를 나누었다. 그들이 제이미를 안심시킬 수 있다고 생각했기 때문이다. 하지만 군인들은 제이미한테 영국에도 당연히 스파이가 있다고 말했다. 그리고 이따금은 아이들이 어른들보다 스파이를 더 잘 찾아낸다고 하면서, 제이미가 군인처럼 용감하게 스파이를 찾아내야 한다고 했다.

수잔 이모는 영국 공군이 제이미한테 스파이를 찾아내야 한다고 독려할 줄 알았을까? 분명 아니었을 것이다. 하지만 어쨌든 제이미는 이불에 더 이상 오줌을 싸지는 않았다.

한편, 정부는 입대하지 않은 남자들에게 전부 '지역 방위 자원병'에 들어가라고 요구했다. 맥퍼슨 대령은 여기에 들어갈 수 없어서 무척 속상해했다.

"남자라면 이런 때 이렇게 아무짝에도 쓸모없는 사람이 되어선 안 되는 거야."

대령이 화를 내며 말했다.

"앞을 못 보는 게 대령님 잘못은 아니잖아요."

내가 말했다.

우리는 대령과 스티븐을 도서관에서 우연히 만났다. 이모는 내가 볼 책을, 그리고 스티븐은 대령에게 읽어 줄 책을 찾던 중이었다.

"그게 무슨 차이가 있지? 나는 아직도 내가 무능하다고 느껴질 때가 싫어. 그리고 정부는 자원병에 들어가려 했던 저 녀석도 받아 주지 않았다고."

대령의 말에 나는 깜짝 놀라 스티븐을 쳐다보았다.

"지금 몇 살인데?"

"열다섯 살."

그러더니 스티븐이 갑자기 목소리를 낮추어 나직이 속삭였다.

"실제로는 들어가려고 하지 않았어. 그냥 그랬다고 한 거지. 대령님이 나한테 실망하실까 봐. 대령님을 돌보려면 거의 종일 옆에서 붙어 있어야 하잖아. 내가 군대에 들어가서 훈련을 받으면 누가 대령님을 위해 식료품 배급 줄을 서겠어?"

지역 방위 자원병들은 총이 없어서 긴 빗자루로 훈련을 받았다. 스티븐은 맥퍼슨 대령이 보어 전쟁 때 썼던 총을 몇 자루 기증했다고 말했다. 그 총은 거의 오십 년 전에 만들어져서 녹이 잔뜩 슬어 있었다.

"그 총을 사용할 수는 없을 거야. 하지만 그렇게 해서 대령님의 기분이 그나마 조금 풀렸지."

스티븐이 말했다.

요즘 우리는 식료품을 사기 위해 줄을 길게 서야 했다. 고기는 일정량을 할당받았고, 다른 물건들은 거의 찾아보기 힘들었다. 양파는 너무 희귀해서 순금과 맞먹을 정도였다.

5월 중순, 히틀러가 프랑스를 침공했다. 영국 육군은 프랑스에 37만 명이 넘는 군인들을 파견했다. 영국군도 싸우고 프랑스군도 싸웠다.

하지만 독일군이 계속 밀고 올라왔다. 6월에는 프랑스 북부 지역인 덩케르크까지 밀고 올라왔다. 나중에 사람들은 이 전투를 두고 기적이라고 불렀지만, 우리 마을에는 재앙이나 다름없었다.

우리는 급하게 문을 두드리는 소리를 듣고 잠에서 화들짝 깼다. 제이미가 내 손을 꽉 잡으며 속삭였다.

"독일군이 쳐들어온 거야?"

내 심장 뛰는 소리가 들렸다. 숨어야 하나? 제이미를 침대 밑으로 밀어 넣으려는 순간, 아래층에서 토튼 부인의 목소리가 들렸다.

"수잔, 얼른 일어나요! 나 좀 도와줘요! 도움이 필요하다고요!"

이모가 여성 자원 봉사 협회의 유니폼을 서둘러 입는 동안, 나는 계단을 기어서 내려갔다. 토튼 부인이 현관문 앞에 서서 숨을 가쁘게 몰아쉬었다. 토튼 부인의 자동차가 분명 차로에 서 있는데도 마치 여기까지 뛰어온 것처럼 보였다. 내가 물었다.

"무슨 일이에요?"

"마을에 배 한 척이 들어왔어. 덩케르크에서 온 배인데, 영국 해협을 건너다 폭격을 당한 군인들로 가득해."

그러더니 위층을 쳐다보며 소리쳤다.

"수잔!"

"내려가요!"

이모가 여성 자원 봉사 협회 모자 밑으로 머리카락을 쑤셔 넣으며 계단을 뛰어 내려왔다. 그러고는 현관문 앞에 잠시 멈춰 서서 내 뺨에 손을 얹으며 말했다.

"괜찮겠지? 너희 둘 다?"

"그럼요."

내가 제이미를 한 손으로 감싸며 대답했다. 우리는 토튼 부인이 먼지를 일으키며 자동차를 후진하는 모습을 지켜보았다.

내가 먼저 입을 열었다.

"독일군이 침공한 건 아니야."

제이미가 나를 올려다보며 말했다.

"저공 비행을 하면서 폭격한 거지."

나는 숨을 깊이 들이마셨다.

"그래, 맞아."

전날 저녁, 우리는 라디오를 들으며 공포에 떨었다. 영국 육군이 계속 후퇴해 덩케르크라는 프랑스 항구 도시까지 갔는데, 뒤로는 바다가 있어서 꼼짝없이 갇혀 버렸다는 것이다. 그곳 해안은 너무 얕아서 영국 해군이 군인들을 구하러 큰 배를 이끌고 갈 수가 없었다. 라디오에서는 해안까지 들어갈 수 있는 작은 배를 가진 사람들한테 배를 빌려 달라고 호소했다.

나는 마을에서 고깃배를 본 적이 있었다. 그 배는 열 명 남짓한 사람들을 태워서 옮길 수 있을 것 같았다. 순간, 37만 명의 군인들이 한 번에 열 명씩 보트에 오르는 장면을 상상해 보았다.

물론 그런 일은 일어날 수 없었다. 설령 보트가 있다고 해도 절대로 충분하지 않았다. 게다가 독일군이 저공 비행으로 폭격을 하면 군인들은 그 자리에서 전부 죽고 말 터였다.

"들어가자. 내가 아침 만들어 줄게."

나는 제이미를 위해 일부러 씩씩한 표정을 지으며 말했다.

"배고프지 않아."

"소시지 구워 줄게."

그러자 제이미가 씨익 웃었다.

소시지는 맛이 이상했다. 거의 곡물로 속을 채운 모양이었다. 나는 굳이 입 밖으로 그 말을 꺼내진 않았다. 이 소시지에 실제로 고기가 들어가긴 한 건지 궁금했지만.

우리는 설거지를 한 다음, 옷을 갈아입었다. 비행장에서 전투기가 차례차례 이륙하는 소리가 들렸다. 대충 세어도 수십 대가 넘었다. 우리는 밖으로 나가 그 장면을 지켜보았다. 바다 쪽으로 날아간 전투기들은 오래도록 돌아오지 않았다.

"비행장에 가서 조종사들이랑 이야기 좀 나누고 싶어."

제이미가 말했다.

"오늘은 안 돼. 다들 바쁠 거야."

그러자 제이미가 고개를 끄덕이며 말했다.

"전투기로 독일군을 공격하고 있겠지."

우리는 가만히 서서 전투기들을 더 지켜보았다. 문득 나도 군인들에게 도움을 주고 싶다는 생각이 들었다, 이모처럼. 마을로 내려가 보면, 분명 내가 할 수 있는 일이 있을 터였다.

"여기에 이렇게 가만히 있을 순 없어. 너는 프레드 할아버지한테 가 있어. 거기서 할아버지 일을 도와 드리면 돼. 나는 마을에 갈 거야."

제이미가 뭔가 말하려 입을 달싹였다. 나는 짐짓 가로막으며 그 자리에서 말을 지어냈다.

"나는 여성 자원 봉사 협회의 청소년 회원이야. 토튼 부인은 내가 군인처럼 맡은 바 임무를 다하길 바라실 거야. 나 역시 네가 네 임무를 다했으면 해."

제이미가 눈을 동그랗게 뜨며 다시 고개를 끄덕였다.

"수잔 이모나 내가 데리러 갈 때까지 프레드 할아버지랑 있어. 할아버지가 먹을 걸 챙겨 주실 거야. 만약 우리가 오늘 밤에 데리러 못 가면 거기서 자. 할아버지한테는 내가 그렇게 말했다고 해."

제이미가 물었다.

"버터는 내가 데리고 갈까?"

"그래."

제이미는 전에도 풀밭에서 자주 버터를 탔다. 나는 제이미가 버터에게 안장과 굴레를 채우는 걸 도와주었다. 그런 다음, 파란색 드레스를 꺼내 입었다. 머리도 직접 땋았다. 이모가 바느질해서 붕대로 만들려고 했던 천 조각들을 베갯잇에 잔뜩 집어넣은 다음, 목발을 짚고 마을로 향했다.

나중에 덩케르크와 관련된 뉴스 영화를 보았다. 내가 처음 덩케르크 군인들을 도와줬을 때 말고는, 그런 장면을 보고서도 당황하거나 혼란스러워하지 않았다. 오히려 뉴스 영화는 진실을 거의 보여 주지 않았다.

그걸 보면, 덩케르크를 탈출한 군인들은 피곤하지만 행복해 보였다. 철모를 쓴 군인들의 눈빛이 반짝반짝 빛났다. 그들은 카메라를 향해 빙긋 웃거나 손을 흔들거나 엄지손가락을 추켜올렸다. 건장한 영국 군인들이 고국에 돌아온 것을 무척 감격해하는 듯이 보였다. 어쩌면 그런 군인들도 어딘가에 있을지도 모른다.

하지만 우리 마을에 온 군인들은 총상을 입었거나 죽었거나 죽기 직전이었다. 그것도 아니면, 오랫동안 식량이나 물도 없이 후퇴를 거듭하면서 병을 얻어 괴로워하고 있었다. 첫 번째 배로 들어온 군인들 중에서 그나마 걸을 수 있는 사람들이 심각한 부상을 입은 동료들을 마을 회관으로 옮겨 주었다. 그곳은 제이미와 내가 이 마을에 처음 온 날, 누군가가 선택해 주길 간절히 바라며 서 있던 자리였다.

시내에 도착하자, 여성 자원 봉사 협회의 유니폼을 입은 여자가 마을 회관으로 들어가는 게 보였다. 나도 따라서 문을 밀고 들어갔다. 숨이 턱 막혔다. 짙은 안개가 깔려 있는 것처럼 마을 회관에는 피 냄새가 진동했다. 하지만 더 끔찍한 건, 심각한 부상을 입은 군인들이었다. 그들의 장이 처참하게 밖으로 쏟아져 나와 있었다.

이런 장면은 그 누구도 말하지 않았고, 글로 쓰지 않았으며, 뉴스 영화에도 나오지 않았다. 군인들은 젖먹이 아기들처럼 자기들이 싼 오물로 범벅이 되어 있었다. 그 지독한 악취에 눈물이 절로 흘러나오면서 배 속이 연방 울렁거렸다.

마을 회관에는 부상당한 군인들이 가득했다. 그레이엄 의사 선생님이 여성 자원 봉사 협회 회원들과 위생병들 사이에서 눈코 뜰 새 없이 바쁘게 움직이며 군인들을 치료했다. 토튼 부인도 보였는데, 얼굴에 피가 잔뜩 묻어 있었다. 수잔 이모는 나를 보더니 버럭 소리를 질렀다.

"여기서 얼른 나가지 못해!"

나는 이미 이곳에 있는 여자들이 어떤 일을 하는지 보았다. 그들은 군인의 바지를 벗긴 뒤 엉덩이 부분을 깨끗이 닦고 있었다. 내가 그런 일을 도울 수 있으리라고 생각하는 사람은 없을 것이다. 나는 이모한테 고개를 끄덕인 뒤 밖으로 나갔다.

거리에는 그나마 덜 다친 군인들이 있었다. 마을 사람들은 그 군인들을 식당이나 도서관, 빈 공간이 있는 건물로 옮겼다. 군인들은 비틀거리거나 맥없이 쓰러지거나 처절하게 울부짖었다.

"저기, 얘야."

군인 한 명이 나를 보며 말을 걸었다. 길가에 앉아 있던 그 군인은 피투성이가 된 한쪽 발을 앞으로 쭉 뻗고 있었다.

"물 좀 있니?"

나는 가까이 있는 식당으로 들어가 보았다. 거기에는 군인들과 마을 사람들로 엄청나게 북적거렸다. 나는 목발과 베갯잇을 계산대 뒤로 던져 놓은 다음, 주전자를 찾아서 물을 가득 담았다. 컵을 하나 챙겨 들고 절뚝거리며 거리로 나가 아까 그 군인한테 물을 주었다. 군인은 주전자째로 물을 벌컥벌컥 들이마셨다.

나는 식당을 오가며 부지런히 물을 날랐다. 그러자 내 또래로 보이는 식당집 딸이 양동이에 물을 한가득 담아 나왔다.

"너는 여기서 컵을 들고 있어. 내가 양동이로 물을 나를게."

그 여자애가 말했다.

땀과 피로 군복이 딱딱하게 굳은 군인들이 악취를 풍기며 지저분한 몰골로 내 주위에 몰려들었다. 그들은 물을 마시고 또 마셨다. 입술은 바싹 말라 있었고, 눈빛은 불안하게 흔들렸다. 물을 담은 양동이가 오고 또 왔다. 식당집 딸이 컵을 여러 개 더 가져왔다. 아직 걸을 수 있는 군인들이 몰려와 줄을 서기 시작했다. 나는 양동이에 컵을 담가 물을 뜬 다음 차례로 돌렸다.

얼마 뒤 군인들의 줄이 사라지자 식당으로 돌아가 다른 군인들을 도왔다. 그곳의 군인들은 마을 회관의 군인들과 비슷했다. 피를 흘리고, 오물로 지저분하고, 기진맥진해 있었다. 식당집 딸인 데이지와 나는 다시 밖으로 나와서 길에 있는 군인들한테 마실 걸 갖다 주었다.

날이 어두워지자, 데이지 엄마가 우리한테 와서 자꾸 부엌에서 쉬어야 한다고 말했다. 그러고는 우리를 긴 의자에 앉힌 다음, 음식이 담긴 접시를 내밀었다.

"어서 먹어."

데이지는 앉아서 꼼짝도 하지 않았다. 나는 억지로라도 포크를 집어 들려고 했다. 그때 데이지의 접시에 뭔가가 톡 떨어지는 게 보였다. 나는 고개를 번쩍 들었다. 데이지의 뺨에서 눈물이 흘러내렸다.

"그만 울어. 그런 건 아무 도움이 안 돼."

데이지 엄마가 말했다.

"하지만 군인들이 죽어 가고 있잖아요."

데이지가 대꾸했다.

"아니, 안 죽어. 더 심각해 보이는 군인들도 아직 살아 있어. 이거 먹고 좀 쉬어. 안 그러면 너희 둘 다 침대로 보낼 거니까."

우리는 음식을 꾸역꾸역 먹었다.

"드레스가 엉망이 됐네."

데이지가 말했다. 나는 고개를 숙여 내 옷을 내려다보았다. 파란색 드레스에 더러운 얼룩이 져서 엉망진창이었다.

"제일 좋아하는 옷인데."

내가 말하자 데이지가 고개를 끄덕였다.

"예쁘네."

우리는 휴식을 취한 다음, 밖으로 나가 차를 한 차례 나눠 주고 들어왔다. 그때 군인 한 명이 눈빛을 반짝이며 나를 쳐다보았다.

"얘야, 부탁 하나만 들어줄래? 나 대신 편지 좀 써 줘. 손에 감각이 없어서 말이야."

"데이지가 해 줄 거예요."

나는 아직도 글씨를 서툴게 썼다. 그래서 데이지를 데리러 급히 뛰어갔다. 얼마 뒤 우리가 종이와 연필을 챙겨서 돌아왔을 때, 그 군인은 이미 눈이 감겨 있었다.

어느새 군인은 죽어 버렸다. 식당 바닥, 바로 그 자리에서. 부상이 심해 보이지도 않았고, 피를 흘리지도 않았다. 다른 군인이 그 군인의 군복 단추를 푼 뒤 심장이 뛰고 있는지 확인했다. 거기에도 핏자국은 보이지 않았다. 하지만 그 군인은 죽었다. 다른 군인들이 담요를 가져와 얼굴을 덮어 주었다.

나는 숨을 쉴 수가 없었다. 군인이 죽었다. 그 사람은 조금 전까지도 나와 대화를 나누었다. 그 순간 편지를 쓰고 싶어 했다. 억누를 수 없는 슬픔이 밀려왔다. 나는 머릿속으로 멀리 달아나기 시작했다. 어딘가 안전한 곳, 버터나 제이미가 있는 곳이라면 어디든지. 그때 데이지가 내 손을 꽉 쥐었다. 나는 다시 현실로 돌아왔다.

"진짜 전쟁이구나."

데이지가 속삭였다. 나는 고개를 끄덕였다.

군인 한 명이 차를 마시고 싶다고 소리쳤다. 데이지와 나는 그 군인한테 서둘러 차를 갖다 주었다.

덩케르크 철수 작전이 벌어진 일주일 동안, 우리 마을에 정박한 초기의 몇몇 배들을 빼면 그런대로 상황이 좋은 편이었다. 그래도 아주 심한 부상을 입은 군인이 배마다 최소한 몇 명씩은 있었다. 배는 하루 종일 시도 때도 없이 부두에 도착했다.

부상당한 군인들이 모여 있는 마을 회관은 한 번도 빈 적이 없었다. 집 근처 비행장에서 스핏파이어 전투기가 밤낮없이 줄지어 이륙하고 착륙했다. 덩케르크를 오가는 수송선들을 보호하기 위해 가능한 한 많이 하늘로 날아올랐다. 그러는 동안, 마을 사람들은 전부 나와서 군인들을 돌보거나 그들에게 먹을 것을 갖다 주었다.

배가 처음 들어온 날 자정 직전, 이모는 식당에서 나를 발견했다. 데이지 엄마는 우리가 한 일을 이모한테 자세히 설명했다. 그러자 이모는 마지못해 내가 시내에 머물러도 된다고 허락했다. 데이지 엄마는 나한테 당분간 식당에서 그들 가족과 함께 지내도 된다고 말했다.

"너는 아직 어려. 이런 걸 다 볼 필요는 없다고."

이모가 말했다.

"이제 충분히 컸어요. 저도 돕고 싶어요."

나는 이모한테 그 죽은 군인에 대해 말하고 싶었지만, 그러면 어떻게든 집에 보내려 할까 봐 두려웠다. 이모가 나를 한동안 바라보더니 천천히 입을 열었다.

"그래, 알았어."

다음 날 아침, 이모는 식당에서 토튼 부인의 집에 전화를 걸었다. 제이미랑 프레드 할아버지와 통화를 했다. 그런 다음, 우리는 각자 할 일을 했다. 데이지와 나는 군인들한테 물을 갖다 주다가 지치면, 식당 부엌으로 돌아가 문 옆의 긴 의자에서 한숨 잤다. 그리고 잠에서 깨면 또 다시 밖으로 나갔다.

결국 우리는 33만 명의 영국 군인들을 구했다. 윈스턴 처칠 총리는 이를 두고 '영국의 가장 위대한 순간'이라고 불렀다. 나는 그때 총리의 연설을 집에서 라디오로 듣고 있었다. 그런데 극심한 고통에 시달리며 죽어 간 군인들을 떠올리며 대체 뭐가 위대하다는 건지 도무지 이해하기 어려웠다.

하지만 동시에 뭔가 달라진 나를 느꼈다. 덩케르크 철수 작전 이전의 나와 이후의 나는 분명 달랐다. 덩케르크 철수 작전 이후 나는 좀 더 강해졌다. 다친 군인들을 돌보는 건 감당하기 힘든 일이었지만 무슨 이유로든 중간에 그만두지 않았다. 절대로 포기하지 않았다.

며칠 후 이모와 내가 시내에 나갔을 때, 나는 데이지한테 인사를 하려고 식당에 들렀다.

"아이고, 우리 예쁜이 왔구나."

데이지 엄마가 나를 끌어당겨 풍성한 가슴으로 안더니 내 정수리에 입을 맞추며 말했다.

"데이지는 내가 멀리 보냈단다."

데이지 엄마가 이모를 보며 덧붙였다.

"이 애도 멀리 보내는 게 좋을 거예요."

이제는 이 마을 사람들도 자기 아이들을 멀리 피난 보내고 있었다. 실제로 히틀러 군대가 주둔하고 있는 곳에서 여기까지는 불과 오십 킬로미터도 안 되었다. 히틀러는 건지 섬과 저지 섬도 침공했다. 그 섬들은 영국 해협에 있었다.

영국 해협의 섬들은 히틀러에게 모두 항복했다. 지금 우리가 있는 켄트 지역은 프랑스에 주둔한 독일 군대와 가장 가까이 있었다. 히틀러가 영국에 침공한다면 아마 켄트에 가장 먼저 상륙할 것이다.

이모는 데이지 엄마한테 아무 말도 하지 않았다. 하지만 나중에 제이미와 나한테는 걱정하지 않아도 된다고 말했다. 엄마가 우리를 다른 곳으로 보내고 싶어 한다면 모를까, 그 전까지는 계속 여기에 머물러 있게 하겠다는 것이다.

며칠 후 토튼 부인이 이모를 찾아와서 제이미와 나를 다른 곳으로 보내야 한다고 설득했다. 토튼 부인은 여성 자원 봉사 협회가 나서서 우리를 위해 안전한 가정을 찾아 줄 거라고 말했다.

"그러면 에이다랑 제이미 엄마가 얘네를 찾기 어려워지잖아요?"

이모가 이의를 제기했다.

"그건 걱정 안 해도 돼요. 이 아이들의 주소를 당신한테 줄 테니까요. 얘네 엄마가 당신한테 연락할 때 그 주소를 넘겨주면 되지요."

이모는 계속 망설였다.

"잘 모르겠어요."

토튼 부인이 코를 벌름거렸다. 화가 날 때면 그랬다. 토튼 부인이 또박또박 말했다.

"독일군이 곧 침공할 겁니다. 여기서 교전이 벌어질 수도 있어요. 아이들을 가능한 한 멀리 보내야 해요. 마가렛도 이번 여름에는 집에 오지 않아요. 새로 진학할 학교로 곧장 갈 겁니다."

나는 무척 아쉬웠다. 매기를 곧 만날 수 있을 것이라 기대하고 있었기 때문이다.

"이 아이들을 멀리 보내야 합니다."

토튼 부인이 다짐하듯 덧붙였다. 그러자 내 마음 깊은 곳에서부터 어떤 감정의 물결이 크게 일렁였다. 그게 어떤 감정인지는 뚜렷이 모르겠다. 나는 창밖을 내다보며 필사적으로 버터를 생각하려 애썼다.

"…… 폭탄보다 더 안 좋아요."

순간, 이모의 목소리가 들렸다. 토튼 부인이 고개를 저으며 말했다.

"지금은 감정적으로 판단할 때가 아닙니다."

"감정적이라고요?"

이모가 되물었다. 이모가 내 어깨에 한쪽 손을 올리며 말을 이었다.

"이 아이들을 보세요. 에이다를 보시라고요. 이 애가 만약 나쁜 사람과 지내게 된다면 곧바로 예전 집으로 돌려보내질 거예요."

하지만 토튼 부인은 이모의 말에 대답하지 않았다. 나는 토튼 부인을 힐끗 보았다. 토튼 부인은 내가 도저히 읽을 수 없는 표정으로 이모를 쳐다보고 있었다. 이모가 또 말했다.

"에이다는 쉽지 않은 아이죠. 하지만 나는 이 애를 위해 싸울 거예요. 누군가는 그래야 하니까요."

마침내 토튼 부인이 조용히 입을 열었다.

"알겠습니다. 당신이 옳은지는 잘 모르겠지만, 무슨 말을 하는지는 알겠어요. 그러면 이 남자애는……."

"안 돼요. 둘을 갈라놓으면 둘 다 죽을 거예요."

이모가 단호하게 말했다.

토튼 부인이 떠난 뒤, 이모는 제이미와 나를 나란히 옆에 앉혔다.

"얘들아, 잘 들어. 나는 너희를 멀리 보내지 않을 거야."

그러면서 우리한테 한참 동안 이야기를 늘어놓았다. 그런데 나는 '너희를 멀리 보내지 않을 거야.'라는 말 뒤로 아무것도 들리지 않았다. 내 안에 일었던 감정의 물결이 잠잠해졌다. 나는 다시 숨을 쉴 수 있게 되었다.

"너희는 어떻게 생각해?"

이모가 내게 물었다.

어떻게 생각하냐고? 나는 모르겠다. 아까는 숨이 막혔는데, 지금은 숨을 쉴 수 있다. 이걸 어떻게 설명해야 할지 모르겠다. 이모는 내가 뭐라고 말하기를 기다렸다. 나는 여전히 어지럽고 당황스러웠다.

나는 마른침을 꿀꺽 삼킨 뒤 가까스로 말했다.

"제 생각엔, 여기 있는 게 좋을 것 같아요."

그러자 이모가 대답했다.

"잘 생각했어. 왜냐하면 다른 선택권은 주지 않으려고 했거든."

이모 말이 맞았다. 여름이 되자 초록색 나뭇잎과 풀들이 다시 돋아났다. 날씨는 정말 화창했다. 들판의 풀들은 버터의 무릎까지 자랐고, 텃밭의 채소들도 건강하게 잘 자랐다.

프레드 할아버지가 토튼 부인의 창고에서 낡은 자전거 한 대를 찾아냈다. 그 자전거를 수리해 제이미에게 주었다. 학교는 아예 문을 닫았다. 아이들 대부분이 떠났기 때문이다. 그래서 제이미는 매일 나와 함께 프레드 할아버지를 도우러 갔다. 정원사가 입대하는 바람에 프레드 할아버지 혼자서 일을 해야 했다.

제이미는 결국 영원히, 그리고 완전히 비행장에 들어갈 수 없게 되었다. 조종사들이 너무 바빠서 제이미를 근처에 둘 수 없었다. 전투기들은 하루 종일 낮이고 밤이고 무리지어 이륙했다. 영국 해협을 순찰하는 전투기들은 아주 작은 점처럼 보였다. 우리는 전투기들을 보며 곧 다가올 침공에 대비했다.

여름에는 늦은 저녁도 낮처럼 밝았다. 나는 잠을 자려 애썼다. 제이미와 보브릴이 큰 소리로 코를 골며 잠을 잤다. 코 고는 소리가 너무 요란해서 도저히 잠을 이룰 수 없던 어느 날 밤, 나는 계단을 기어 내려가 방보다 조금 더 어두운 거실로 갔다. 소파에는 이모가 다리를 꼰 채 초점 없는 눈으로 앉아 있었다. 하지만 작년처럼 깊은 슬픔에 잠긴 눈빛은 아니었다.

"잠이 안 오니?"

이모가 나에게 물었다. 나는 고개를 끄덕였다. 이모가 소파 옆자리를 손으로 톡톡 두드렸다.

나는 거실을 가로질러 이모 앞에 멈춰 섰다.

"사람들은 내가 너희를 멀리 보내야 한다고 생각해."

나도 알고 있었다. 이모가 여성 자원 봉사 협회 모임에 나갈 때 이따금 바느질을 도와주러 같이 갔으니까. 토튼 부인이 나를 볼 때마다 목구멍 깊숙이에서 나오는 목소리로 그렇게 말하곤 했다.

이모가 말을 이었다.

"어느 정도는 나도 동의해. 그 사람들이 좋은 뜻으로 그런 말을 했다는 것도 잘 알고. 하지만 한편으론 런던의 엄마들이 피난 보낸 자기 자식들을 왜 그렇게 빨리 되찾아 갔는지도 지금은 이해가 돼. 가족이라면 누구나 직면하게 되는 문제들이지."

히틀러는 파리에 있었다. 다음 주에는 런던에 있을 수도 있었다.

"나는 아주 오랫동안 생각했어. 내가 너희를 방치하고 있는 걸까? 사실 우리 엄마가 나와 오빠들을 키웠던 방식으로 너희를 돌보진 않았어. 우리 엄마라면 절대로 너를 들판에서 뛰어놀게 하지 않았을 거야. 하지만 요즘에 너를 보면, 내가 그렇게 못 돌본 건 아니라는 생각이 들어. 에이다, 넌 어떻게 생각해?"

나는 소파에 앉으며 대답했다.

"아무 생각도 안 하고 있으면, 모든 것이 머릿속에서 아주 선명해요. 그런데 진지하게 생각하려는 순간, 몹시 혼란스러워져요."

이모가 말했다.

"이해해. 이따금 나도 그러니까."

나는 이모한테 머리를 기댔다. 이모가 팔로 내 어깨를 감쌌다. 나는 이모의 품에 쏘옥 들어갔다. 잠에 빠져들었다. 이모가 내 정수리에 입을 맞추는 게 느껴졌다.

스파이가 나타났다

첫 번째 공습은 7월 둘째 주에 있었다. 그날은 무척 더운 날이어서 우리는 창문을 열어 놓은 채 커튼을 치고 있었다. 이번에는 나도 잠에 푹 빠져 있었다.

에엥-에엥! 에엥-에엥! 에엥-에엥! 비행장에서 사이렌 소리가 요란하게 울렸다. 그 소리가 어찌나 큰지 마치 우리 방에서 울리는 것 같았다. 제이미가 벌떡 일어나더니, 서둘러 보브릴을 꽉 잡았다. 보브릴이 제이미의 손아귀에서 벗어나려고 몸부림치며 마구 할퀴었다. 나는 목발을 집어 들었다. 때마침 이모가 가운을 휘날리며 뛰어 들어왔다.

"얘들아, 얼른 서둘러. 얼른."

나는 서두를 수 없었다. 계단을 내려갈 때는 시간이 더 걸렸다. 손이 바들바들 떨렸다. 도저히 빨리 갈 수 없었다. 곧 폭격을 당할 텐데도.

제이미가 앞서 뛰어갔다. 하지만 이모는 나를 기다려 주었다.

"괜찮아. 걱정하지 마."

우리는 거실을 가로질러 뒷문으로 나갔다. 제이미가 방공호에 들어가 보브릴을 바구니에 집어넣었다. 나는 방공호 입구에 가만히 서 있었다. 그 안에는 아직 들어가 본 적이 없었다. 그런데 방공호 안이 싫었다. 왠지 모르게 무서웠다. 런던 집의 싱크대 밑과 너무 닮아 있었다. 바퀴벌레가 기어 다니던 그곳과 자꾸만 똑같이 느껴졌다.

"에이다, 들어가. 어서!"

이모가 내 뒤에서 말했다. 나는 그럴 수 없었다. 그 안으로 들어가고 싶지 않았다. 싱크대 밑과 똑같은 냄새가 진동하는, 그 축축한 방공호 안으로는 절대로, 어둡고 고통스러운 그 안으로는 절대로.

사이렌이 울렸다. 제이미가 소리쳤다.

"누나, 얼른!"

전투기가 폭발하는 듯한 소리가 났다. 폭탄이었다, 진짜 폭탄. 이곳 켄트에서 사람들이 그토록 두려워하던 독일군의 폭탄이 터졌다.

이모가 나를 들어 올려 계단을 내려갔다. 축축한 냄새가 온몸을 휘감았다. 비좁고 갑갑한 싱크대 밑과 바퀴벌레의 흔적이 온전히 느껴졌다. 엄마의 웃음소리도 들렸다. 나는 비명을 질러 댔다.

폭탄이 또 떨어졌다. 비명 소리가 더 커졌다. 제이미인가? 아니면 나? 그 순간, 싱크대 밑에서의 기억이 생생하게 떠올랐다. 공포심이 나를 옥죄었다.

그때 뭔가가 내 몸을 감싸는 게 느껴졌다. 담요였다, 거칠거칠한 양모 담요. 이모가 크리스마스이브 때 그랬던 것처럼 나를 담요로 돌돌 말아서 꼭 감쌌다.

"쉬잇……, 쉬잇."

이모가 나를 두 팔로 안아 긴 의자 위에 눕혔다. 그러고는 엉덩이로 나를 방공호 벽 쪽으로 밀면서 의자에 반쯤 걸터앉았다.

"우리 다 여기 있어. 모두 안전해."

이모는 이렇게 말하며 제이미를 무릎에 앉혔다. 제이미가 흐느껴 울었다.

"제이미, 괜찮아. 누나는 그냥 무서워서 그러는 거야."

담요가 몸을 꽉 조이자, 어느 정도 마음이 가라앉았다. 그러면서 서서히 의식이 방공호로 되돌아왔다. 제이미와 이모가 있는 방공호로. 이제 비명도 지르지 않았다. 심장도 그리 심하게 뛰지 않았다. 나는 싱크대 밑과 방공호에서 나는 축축한 냄새 대신, 내 눈물로 젖은 양모 담요의 냄새를 들이마셨다.

멀리 떨어진 곳에서 폭발음이 들려왔다. 비행장에서 항공기 사격포 소리가 쿵쿵 울렸다.

"우리는 괜찮아. 우리는 괜찮아."

이모가 지친 목소리로 읊조렸다.

두 시간 후 공습경보 해제를 알리는 소리가 들렸다. 이모와 나는 계속 눈을 뜨고 있었다. 제이미는 이모 무릎에서 잠이 들었다. 이모가 제이미를 안아서 집으로 옮겼다. 나는 담요를 망토처럼 질질 끌며 이모 옆에서 걸었다. 우리는 거실 바닥에 털썩 드러누웠다. 너무 지쳐서 계단을 올라갈 힘조차 없었다.

다음 날 아침, 우리는 아주 늦게 일어났다.

"에이다, 앞으로 폭탄이 더 떨어질 거야. 우리는 방공호에 들어가야만 해. 그러니까 거기에 익숙해지는 게 좋을 거야."

이모가 말했다. 나는 몸서리가 났다. 거기에 또 들어가야 한다니! 상상하기도 싫었다.

"뭣 때문에 그래?"

"런던 집의 싱크대 밑이요. 그 냄새가……."

나는 정신을 잃기 전에 얼른 머릿속 어딘가로 들어갔다. 그래, 버터. 나는 버터를 타는 상상을 했다. 이모가 내 턱을 손으로 가볍게 치며 말했다.

"냄새는 바꾸면 돼."

이모는 시장에 가서 로즈메리와 라벤더, 세이지처럼 향이 좋은 허브를 사 왔다. 그리고 방공호의 긴 의자 가장자리마다 허브를 거꾸로 매달았다. 허브 향이 방공호에 가득 찼다. 허브가 바싹 마른 후에도 향은 계속 퍼졌다.

나는 그 축축한 냄새를 맡지 않았다. 그렇지만 여전히 공포에 사로잡혔다. 그때마다 이모가 담요로 감쌌다. 그래서 비명은 참을 수 있게 되었다. 머릿속에 싱크대 밑도 떠오르지 않았다. 방공호에 들어가는 건 여전히 끔찍하지만, 더 이상 제이미를 놀라게 하진 않았다.

우리는 첫 번째 공습 이후로 거의 매일 밤 방공호에 들어갔다. 영국에서 항공전이 시작되었다. 독일은 영국보다 전투기와 조종사의 수가 훨씬 더 많았다. 독일에는 여러 종류의 전투기가 있었지만, 영국 것보다 비행 거리가 짧았다. 다시 말해서, 독일 전투기는 영국의 동남쪽 지역까지만 올 수 있었다. 연료가 다 떨어지기 전에 다시 공급받으러 돌아가야 했기 때문이다.

그러니까 독일군은 오직 켄트 지역에서만 전투기를 격추시키고 비행장에 폭탄을 떨어뜨릴 수 있었다. 켄트의 비행장들은 곧 독일군의 주요 표적이 되었다. 공중에 떠 있든 비행장에 있든, 독일군이 영국 전투기를 한 대씩 파괴할 때마다 그들은 영국 침략에 한 발짝 더 다가섰다. 그리고 독일군이 활주로를 한 군데씩 파괴할 때마다 영국 조종사들은 안전하게 착륙할 장소를 잃었다.

이모네 집 근처의 비행장은 첫 번째 공습이 있던 날 폭격을 맞았다. 화물 창고 두 개가 직격으로 폭탄을 맞았고, 활주로에는 작은 탱크 정도 크기의 폭탄 구멍이 여럿 생겼다. 다행히 공군 병사들은 모두 방공호로 대피했다. 공습경보가 해제되자 병사들은 파편을 모아 폭탄 구멍으로 집어넣었다.

어느새 7월이었다. 세상은 초록색으로 가득하고 날씨는 화창했다. 나는 버터를 타고서 바람에 흔들리는 풀밭을 지나 마을의 언덕 위로 올라갔다. 눈부신 햇살 속에서 반짝이는 파란 바다가 눈에 들어왔다. 한쪽에 무성하게 자란 야생장미의 향기가 공기 중에 짙게 깔려 있었다. 요즘엔 거의 매일 스파이와 전투기를 살피러 언덕바지에 올라갔다. 그 둘은 아직 낮에는 나타나지 않았다.

이모는 내가 버터를 타고 밖에 나가는 걸 반기지 않았다. 그렇다고 나가지 말라며 금지하는 것도 아니었다. 이모네 집은 비행장에서 무척 가까웠다. 나는 차라리 이렇게 나와 있는 게 더 안전하다고 우겼다.

내 말을 듣고는, 이모가 험상궂은 얼굴로 말했다.

"그래, 맞아. 아무래도 이젠 너를 멀리 보내야겠어."

나는 신발 끝을 내려다보며 중얼거렸다.

"버터를 두고 떠날 수 없어요."

그러자 이모가 한숨을 내쉬며 말했다.

"런던에선 조랑말 없이도 잘 살았잖아."

나는 고개를 들어 이모를 쳐다보았다. 그랬다, 어느 정도는. 그런데 또다시 그렇게 살 수 있을까? 그 방 한 칸짜리 집에서 살았을 때는 내가 지금 소중하게 여기는 것들을 아예 알지도 못했다.

"그래, 알았어. 그래서 내가 너를 여기에 두고 있는 거잖아."

이모가 부드럽게 말했다,

"…… 폭탄보다 더 안 좋아요."

나는 이모가 예전에 한 말을 기억하며 이렇게 말했다.

"나도 그렇게 생각해. 그리고 켄트는 넓은 지역이야. 독일군도 이곳을 전부 폭격할 수는 없어."

이모가 창문 너머로 비행장을 내다보며 말했다. 하지만 걱정과 근심 때문인지 눈살이 찌푸려져 있었다.

우리는 매일 밤 방공호에서 지냈다. 폭발과 포격 속에서 잠을 이루는 건 불가능했다. 이모에게는 손전등이 있었다. 하지만 손전등은 건전지가 있어야 했고, 건전지는 구하기 힘들었다. 대신 이모는 화분에 양초를 끼워 놓고 불을 붙였다.

그리고 그 어스레한 불빛 속에서 우리한테 책을 읽어 주었다. 《피터 팬》, 《비밀의 정원》, 《버드나무에 부는 바람》. 어떤 책들은 도서관에서 빌려오고, 어떤 책들은 이모의 책장에서 가져왔다. 제이미는 《로빈슨 가족》을 읽고 또 읽었다.

"우리는 로빈슨 가족이랑 비슷해."

어느 날 밤, 제이미가 말했다. 방공호의 양철 벽에 촛불의 그림자가 어른거렸다.

"우리는 동굴에 들어와 있고, 안전하면서 따뜻하거든."

나는 몸을 부르르 떨었다. 얇은 침대 시트로 몸을 감싸고 있었다. 담요가 너무 더웠기 때문이다. 나는 따뜻하지만 안전하지는 않았다. 방공호 안에서는 절대로 안전하다고 느껴지지 않았다.

이모가 말했다.

"그래, 맞아. 너희 방이 더 안전하다고 느껴질 수도 있겠지만, 실제로는 방공호가 훨씬 더 안전해."

내가 어떻게 느끼는지는 중요하지 않았다. 사이렌이 울릴 때마다 이모는 나를 방공호에 들어가게 했다. 사람들은 마을 주변의 도로 이정표를 모두 치웠다. 히틀러가 침공했을 때 이곳이 어디인지 알아차릴 수 없도록 하기 위해서였다.

히틀러가 침공하면 라디오도 땅에 묻어야 했다. 제이미는 벌써부터 마당에 구멍을 파 두었다. 우리는 독일군에게 도움이 될 수 있는 행동이나 말을 해서는 안 되었다.

내가 만약 밖에서 버터를 타고 있을 때 히틀러가 침공한다면, 그 즉시 지름길로 재빨리 집에 돌아와야 했다. 공습이 없더라도 히틀러가 침공했는지는 알 수 있을 것이다. 교회의 종들이 모두 울릴 테니까.

"독일군이 버터를 데리고 가면 어떡해요?"

내가 이모한테 물었다.

"안 데려갈 거야."

이모가 말했다. 순간, 나는 이모가 거짓말을 하고 있다고 확신했다.

8월 초의 어느 날, 이모는 여성 자원 봉사 협회 모임에 나가고, 제이미는 텃밭을 돌보고 있었다. 제이미는 그 일을 무척 좋아했다. 그리고 나는 버터를 타고 밖으로 나갔다.

여느 때처럼 언덕바지로 올라갔다. 잠시 멈춰 서서 늘 하던 대로 바다와 하늘을 살폈다. 전투기도 큰 배도 없었다. 그런데 저 멀리 바다 위에 떠 있는 작은 물체 하나가 눈에 들어왔다. 노로 젓는 아주 작은 배 한 척이 바닷가 쪽으로 가고 있었다.

그런데 뭔가 좀 이상했다. 길을 잃었나? 그 배는 시내의 항구가 아니라 철조망이 쳐진 바닷가 쪽으로 향했다. 지뢰가 묻혀 있을지도 모르는 바닷가에 왜 가는 거지?

나는 눈살을 찌푸리며 계속 지켜보았다. 배에서 노를 젓는 사람은 남자 같았다. 그 남자는 바닷가 쪽으로 곧장 나아갔다. 마을 쪽으로 가는 게 훨씬 더 안전하다는 걸 알고 있을 텐데도.

그렇다면……, 스파이였다. 순간, 온몸이 오싹해졌다.

스파이라니! 믿을 수 없었다. 나는 언덕에서 날마다 스파이를 찾아보았다. 그건 습관이었다. 포스터에도 나오고 유언비어도 난무했지만, 내가 스파이를 실제로 볼 줄은 몰랐다.

아직까지는 노를 젓는 배 한 척뿐이었다. 저 남자는 어디에서 왔을까? 잠수함에서 나왔을까? 만약 저 남자가 스파이가 아니라면, 왜 아무도 없는 바닷가로 가는 거지? 그때 머릿속에서 이모의 목소리가 들렸다.

'희박해.'

이 말은 어떤 일이 일어날 가능성이 아주 낮다는 뜻이었다. 그럼에도 불구하고, 지금 이 상황은 정부가 내놓은 행동 지침 중 하나에 해당했다.

의심스러운 일이 생기면 즉시 신고한다.

나는 버터를 타고 언덕 아래로 내려갔다. 눈으로는 작은 배를 계속 좇으면서 관목 숲과 웃자란 풀밭을 뚫고 지나갔다. 언덕 밑으로 내려가자 그 남자가 내 시야에서 사라졌다. 나는 속도를 높이면서 철조망이 쳐진 바닷가와 연결된 길을 달렸다. 그리고 바닷가가 나타났을 때, 나무숲에 버터를 멈춰 세웠다.

지금은 썰물 때여서 모래밭이 바닷가를 따라 넓게 펼쳐져 있었다. 그 남자는 모래밭에 다다르자, 배낭을 어깨에 메고 배에서 내렸다. 그러고는 커다란 트렁크를 꺼내더니, 타고 온 배를 바다 쪽으로 떠밀었다. 바다는 고요했다. 배는 넘실거리는 파도를 따라 떠내려가기 시작했다.

나는 마른침을 꿀꺽 삼켰다. 적어도 멀리서 볼 때는 아주 평범하게 느껴졌다. 그 남자는 배낭에서 뭔가를 꺼내더니, 그걸로 바닷가 모래밭에 구멍을 팠다. 그런 다음에는 그 구멍에 트렁크를 집어넣고 모래로 덮었다.

이윽고 모래 언덕을 지나 철조망으로 향했다. 그 뒤로는 무엇을 하는지 전혀 보이지 않았다. 그런데 갑자기 그 남자가 철조망 반대편으로 넘어와 내 쪽으로 걸어오고 있었다.

나는 버터를 타고 반대편으로 힘껏 달렸다. 비행장으로 갈 수도 있었다. 하지만 경찰서가 훨씬 더 가까운 데다 위치도 어디인지 정확히 알았다. 학교 옆, 이모와 내가 차를 마셨던 찻집 근처였다. 경찰서에 다다르자, 버터의 고삐를 건물 난간에 묶었다. 나는 최대한 빨리 걸음을 옮겼다. 목발도 짚지 않았다.

"스파이를 찾은 것 같아요!"

나는 우선 눈에 띈 사람한테 말했다. 그 뚱뚱한 경찰관은 커다란 나무 책상 뒤에 앉아 있었다.

"바닷가에 스파이가 있다고요!"

뚱뚱한 경찰관이 나를 보며 말했다.

"얘야, 진정해! 횡설수설하지 말고."

나는 넘어지지 않으려고 책상 모서리를 손으로 꽉 잡고 있었다. 다시 한 번 같은 말을 반복했다. 경찰관은 나를 위에서 아래로 쭉 훑어보았다. 특히 아래쪽, 집에서 만든 특이한 신발을 신은 내 오른발을 유심히 보았다. 나는 오른발을 숨기지 않으려고 안간힘을 썼다.

"그래, 어쩌다가 스파이를 본 거니?"

경찰관은 얼굴에 옅은 미소를 띠고서 시큰둥하게 물었다. 나는 그 경찰관이 나를 믿지 않는다는 걸 깨달았다.

"제가 조랑말을 타고 나갔는데……."

나는 전부 이야기했다. 항상 망을 보던 언덕과 작은 배, 그리고 모래밭에 파묻은 트렁크까지.

"조랑말을 탔다고?"

경찰관이 고개를 끄덕이며 말했다. 옅은 미소가 어느덧 능글맞은 웃음으로 바뀌어 있었다.

"뉴스 영화를 많이 보는구나, 그렇지? 라디오에서 무서운 이야기도 많이 듣고?"

그 경찰관은 내가 거짓말을 하고 있다고 생각했다. 아니면 적어도 지나치게 과장하고 있다고 생각했거나. 경찰관의 눈길이 또 내 오른 발로 향했다. 순간, 뜨거운 열기가 목까지 차올랐다.

이럴 때 이모라면 어떻게 했을지 생각해 보았다. 나는 허리를 꼿꼿이 세우며 그를 쏘아보았다.

"제 발은 머리랑 아무 상관이 없거든요."

경찰관이 눈을 깜박였다. 나는 이어서 말했다.

"그리고 아저씨보다 높은 사람하고 이야기하고 싶어요. 정부는 우리한테 수상한 일이 생기면 언제든 신고하라고 했어요. 제가 하려는 게 바로 그거예요. 아저씨가 제 이야기를 듣지 않을 거라면, 저는 제 이야기를 들어 줄 사람과 이야기하고 싶어요."

두 번째 경찰관은 나를 좀 더 진지하게 대했다.

"경찰차를 타고 나가서 그 사람을 찾아보자."

그 경찰관은 내가 차까지 가는 동안 도움이 필요한지 물었다.

"아니요, 괜찮습니다."

나는 할 수 있는 한 똑바로 서서 걸었다. 발이 미친 듯이 아프기는 했지만. 경찰관은 운전석에 앉았고, 나는 그 옆의 조수석에 앉았다. 우리는 차를 타고 거리로 내려갔다. 시내를 벗어나기도 전에 내가 봤던 그 남자를 발견했다. 그 남자는 아주 자연스럽게 길을 걷고 있었다. 나는 경찰관에게 그 남자를 가리켰다.

"확실하니?"

경찰관이 묻자 나는 잠시 흔들렸다. 사실 그 남자의 얼굴을 가까이에서 보지는 못했다. 하지만 그 남자가 맞는 것 같았다. 나는 고개를 끄덕였다. 경찰관이 차를 세운 뒤 밖으로 나갔다.

"신분증 좀 보여 주시겠습니까?"

"무슨 일 때문에 그러시죠?"

그 남자는 영어를 완벽하게 했다. 억양도 토튼 부인과 똑같았다.

"정기적으로 하는 일입니다."

경찰관이 대답했다. 그 남자는 말도 안 된다는 듯 눈썹을 치켜올렸지만 순순히 주머니에 손을 넣었다. 그리고 낡은 가죽 지갑에서 신분증을 꺼내며 말했다.

"며칠 동안 도보 여행 중이에요."

그러더니 어깨에 멘 배낭을 가리키며 말을 이었다.

"배급 통장은 여기에 있는데 원하시면 꺼내 드리고요."

그 남자는 영어가 아주 능숙했다. 거의 영국인처럼 보였다.

"경찰관 아저씨."

나는 경찰관을 불렀다. 그러자 경찰관이 조수석의 창문으로 와 몸을 기댔다. 그리고 고개를 흔들며 말했다.

"얘야, 미안하구나. 내 생각엔 네가……."

"저 사람 바짓단이 젖어 있어요. 그 안에는 모래가 가득하고요."

요즘은 아무도 바닷가에 가지 않았다. 전쟁이 난 뒤로 거기에 들어가는 건 법으로 금지하고 있었다.

경찰관의 얼굴에서 웃음기가 싹 사라졌다. 잠시 동안 경찰관이 나한테 화가 난 줄 알았다. 그런데 그게 아니었다. 경찰관이 바닷가에 있던 그 남자한테 수갑을 채우더니, 경찰차 뒷좌석에 억지로 밀어 넣었다. 그 남자는 격렬하게 저항했다, 완벽한 영어로.

경찰서로 다시 돌아왔다. 버터는 아직도 건물 난간에 묶인 채 얌전히 있었다. 경찰관이 나한테 집에 가 있으라고 했다.

"여기서부터는 우리가 처리할게."

나는 이모한테 전부 털어놓고 싶었지만 어떻게 말을 꺼내야 할지 몰랐다. 그래서 계속 미루면서 생각을 더 했다. 그날 저녁, 식사를 한창 하고 있을 때 경찰관이 현관문을 두드렸다.

두 번째 경찰관과 처음 보는 경찰관이 같이 와 있었다.

"여기 여자애한테 할 이야기가 있어서 왔습니다."

나는 자리에서 벌떡 일어났다. 이모는 어리둥절한 표정을 지었다. 제이미는 사뭇 즐거워하는 눈치였다.

"그 남자가 짐을 어디에 파묻었는지 알려 줄 수 있겠니?"

두 번째 경찰관이 물었다.

그래서 나는 또 경찰차를 탔다. 이번에는 바닷가로 바로 갔다. 경찰관들한테 내가 버터를 타고서 지켜본 장소를 보여 주었다. 그리고 그 남자가 배를 타고 와서 내렸다고 생각되는 장소를 알려 주려고 노력했다. 지금은 밀물 때라서 그때와 모든 게 달라 보였다.

"아무래도 군대에 요청해서 파내야 할 것 같습니다. 우리가 아는 거라곤, 바닷가에 지뢰가 묻혀 있다는 것뿐이죠."

처음 보는 경찰관이 말했다.

우리는 차를 타고 철조망을 따라 달렸다. 그 남자가 넘어온 것 같은 철조망 근처에서 차를 세운 다음 길을 따라 왔다 갔다 하면서 걸었다. 우리는 발자국 하나를 찾았다. 경찰관이 그 발자국 바로 옆 철조망에 천 조각을 묶어 표시를 해 두었다. 그런 다음 나를 집에 데려다주었다.

나는 차에서 내리기 전에 조금 더 앉아 있었다.

"그 남자를 어떻게 할 건지 알려 주실 수 있어요?"

그러자 경찰관들이 고개를 저으며 말했다.

"그건 기밀이란다."

"그럼 그 남자가 진짜로 스파이였는지는 알려 주실 수 있어요? 스파이가 맞아요?"

경찰관들이 서로 얼굴을 쳐다보더니 고개를 끄덕였다.

"하지만 소문을 내선 안 된다."

나는 고개를 끄덕였다.

"입을 가볍게 놀리면 배가 침몰하지요."

나는 이모한테 설명을 해 주려고 집에 들어갔다. 이모가 보라색 소파에서 나를 기다리고 있었다. 이모는 내 이야기를 전부 들었다. 그리고 두 손으로 내 뺨을 감싸며 살며시 미소를 지었다.

"에이다, 정말 자랑스럽구나."

이튿날 오후, 누군가 우리 집 현관문을 또 두드렸다. 경찰관이었다. 그런데 나를 도와준 경찰관이 아니었다. 책상 뒤에 앉아서 내가 거짓말을 한다고 생각했던 그 뚱뚱한 남자였다.

“여기 여자애한테 사과하려고 왔습니다.”

경찰관이 나를 보더니 모자를 벗고 허리를 굽히며 인사했다.

“네 말을 믿어야 했는데……, 미안하구나. 우리 정부는 너의 신고 정신을 높이 살 뿐만 아니라 진심으로 고마워하고 있단다.”

그러고는 내게 양파를 하나 건넸다.

얼마 후, 군인들이 모래밭에 파묻힌 트렁크를 찾아냈다. 그 안에는 스파이들이 암호화된 메시지를 영국 해협 건너편으로 보내는 무선 송신기가 들어 있었다. 영어로 완벽하게 말했던 그 남자는 진짜 스파이였다.

나는 영웅이 되었다. 집 근처 비행장의 영국 공군에선 내게 초콜릿을 주었고, 여성 자원 봉사 협회에선 회원들이 설탕을 한 순가락씩 모아 한 봉지 갖다 주었다. 식당의 데이지 엄마는 나를 볼 때마다 끌어안았다. 시내에 갈 때면 사람들이 나를 보고 미소 짓거나 환호를 해 주었다. “스파이를 잡은 꼬마 아가씨다!”라거나 “우리 마을의 영웅이 왔네!”라고 말하면서.

마치 내가 이 마을에서 태어난 것 같았다. 마치 내가 튼튼한 두 다리로 태어난 것 같았다. 마치 내가 중요한 사람이고 사랑받는 사람인 것 같았다.

제이미는 나한테 그 이야기를 반복해서 해 달라고 했다. “또 해 줘. 누나의 영웅담을 또 들려줘.”라며 졸랐다.

매기는 학교에서 편지를 보냈다.

—우아, 너랑 같이 있었으면 좋았을 텐데! 집에 있었다면, 그럴 수 있었을 거야. 그렇지?

—그래, 그랬으면 좋았을 텐데.

내가 이렇게 답장을 쓰자 다시 답장이 왔다.

—정말? 네 영광을 나랑 나눠야 하는데도?

나는 그런 것에 신경 쓰지 않았다. 그런 건 하나도 마음에 걸리지 않았다. '영웅'이란 말은 그동안 내가 들어 온 말이 아니었다. 칭찬은 기분 좋지만 지나친 관심은 오히려 불안감을 키웠다.

"한 번만 더. 첫 번째 경찰관한테 했던 말."

제이미가 키득키득 웃으며 말했다.

"그 사람은 내 오른발을 쳐다봤지. 그래서 내가 말했어. '제 발은 머리랑 아무 상관이 없거든요.'라고."

"누나가 옳았어."

당연히, 한편으론 겁이 났다. 스파이가 실제로 돌아다녔으니 말이다. 영국을 침략하기 위해 보낸 진짜 스파이. 공습경보 사이렌이 또다시 울리기 시작했을 때, 나는 두려움을 극복하기가 무척 힘들었다.

"누나가 스파이를 잡았잖아."

"한 명 잡았지, 딱 한 명."

그날 저녁은 평소보다 일찍 사이렌이 울렸다. 저녁을 먹고 있을 때 사이렌이 울려서 우리는 각자 자기 접시를 들고 방공호에 들어갔다.

"지금쯤이면 그 남자 죽었을걸."

제이미가 입을 벌린 채 쩝쩝대고 먹으며 말했다.

"그 남자를 들판에 데리고 가서 나무 기둥에 세운 다음에, 탕!"

제이미가 총 쏘는 흉내를 냈다. 순간, 나는 움찔했다.

"아닐 거야. 내가 물어봤어."

이모가 말했다. 제이미가 눈을 가늘게 뜨며 물었다.

"그럼 어떻게 하는데요?"

"확실하게 말할 수 있는 사람은 아무도 없지."

나는 내 접시에 있던 삶은 감자를 포크로 쿡 찍었다. 이모는 감자 껍질을 벗기지 않았다. 껍질을 벗기는 건 음식 낭비니까. 전쟁 중에는 음식 낭비가 허용되지 않았다. 나는 감자 껍질을 좋아하지 않았다. 영국에는 감자가 많았고, 우리는 매일 감자를 먹어야 했다.

"그 남자를 이중 스파이로 만들 수도 있지. 그러니까 정부가 나서서 그 남자가 독일에 가짜 메시지를 보내도록 하는 거야. 그 남자가 갖고 온 무선 송신기로."

이모가 말했다.

"그 남자한테 거짓말을 시키는 거네요."

내가 말하자 이모가 대답했다.

"그렇지."

그러자 제이미가 얼굴을 찌푸리며 말했다.

"저라면 그렇게 안 할 거예요. 만약 제가 독일군에 붙잡히면……."

내가 끼어들었다.

"아니, 나는 할 거야. 만약 그 남자가 거짓말을 못 하겠다고 하면 우리 정부는 그 남자를 총으로 쏠걸. 나는 거짓말이라도 해서 살아남을 거야."

요즘에는 독일군 전투기가 낮에도 공격을 했다. 전투기가 멀리 떨어져 있으면 제이미와 나는 들판에 서서 손으로 햇빛을 가리고 지켜봤다. 전투기들은 하늘에서 윙윙거리며 돌아다니는 곤충 떼 같았다.

그중 하나가 꼬리에서 연기를 내뿜으며 곤두박질치기 전까지는 그랬다. 이렇게 멀리 떨어진 곳에서는 어느 것이 영국 전투기고, 어느 것이 독일 전투기인지 구별할 수 없었다. 하지만 제이미는 가능했다. "저건 우리 거야."라고 하거나, "저건 독일 거야."라고 말했다.

때때로 조종사가 전투기를 탈출하면서 낙하산을 펴는 모습도 보았다. 나는 항상 낙하산이 펼쳐지기를 바랐다. 비록 그게 독일 전투기라 할지라도.

크리스마스 저녁때 우리 집에 왔던 조종사들 중 두 명이 죽었다. 제이미는 그 사실을 알고서 엉엉 울다가 잠이 들었다. 나는 그 조종사들의 얼굴을 떠올렸다. 그들은 활짝 웃으면서 제이미와 신나게 놀았다. 제이미와 달리, 나는 그 조종사들의 이름이 떠오르지 않았다.

그날 나는 내 초록색 드레스 때문에 무척 화가 나 있었다. 크리스마스 때 그렇게 화가 났던 건, 내가 뭔가에 압도당한 기분이 들어서 그랬던 것 같다. 나는 정말로 나 자신을 어떻게 할 수가 없었다.

하지만 지금 돌이켜보니, 조종사들이 죽었다는 걸 알았을 때 드레스를 떠올리며 속상해한 건 좀 예의가 아니었던 것 같다. 다시 그때로 돌아갈 수 있다면 그 조종사들을 진심으로 추모할 것이다.

영국은 전투기를 매일 잃었다. 독일은 더 많이 잃었다. 전투기가 추가로 영국 북쪽에서 우리 비행장으로 날아왔다. 비행 연습장에서 훈련을 갓 마친 조종사들도 계속 들어왔다. 그들은 매일 하늘로 날아올랐다. 그리고 전부 다 돌아오지는 못했다.

이모는 이번 항공전에서 꼭 이겨야 한다고, 그렇지 않으면 우리는 전쟁에서 질 거라고 말했다. 윈스턴 처칠 총리가 라디오에 나와 "인류 전쟁사에서 이렇게 많은 사람들이 이렇게 적은 사람들한테 이렇게 많은 빚을 진 적은 없었다."라고 말했다. 바꾸어 말하면, 조종사들이 우리 모두를 살리고 있다는 뜻이었다. 조종사들이 독일군을 막아 주는 유일한 방어막이라는 뜻이기도 했다.

9월이 왔다. 마을에서 내게 쏟아진 관심도 이제는 조금 시들해졌다. 일주일 전에는 영국 전투기가 베를린을 공격했다. 우리가 독일 영토에서 전쟁을 벌인 건 처음이었다. 프레드 할아버지가 크게 기뻐하며 말했다.

"이제 우리가 맛 좀 보여 줄 차례지."

독일 전투기에서 떨어져 나온 작은 조각 하나가 토튼 부인의 밀밭 가장자리에 떨어졌다. 프레드 할아버지가 그 조각을 내게 주며 제이미한테 갖다 주라고 했다.

"이게 독일 건지 어떻게 아셨어요?"

내가 금속 조각을 이리저리 돌려 보며 물었다.

"내가 봤거든. 전투기 꼬리에서 연기가 폴폴 나는데, 영국 해협 쪽으로 계속 날아가더라고."

집 가까이에 왔을 때 버터를 뛰게 하는 건 좋은 훈련이 아니었다. 하지만 나는 그날 그렇게 했다. 정말 행복했다. 햇볕은 따뜻하고 전투기는 보이지 않았다. 사이렌도 울리지 않았다. 독일 전투기 조각을 보면 제이미가 무척 기뻐하겠지. 버터도 귀를 쫑긋 세우며 신나게 달렸다.

나는 여름 내내 버터를 타고서 땅에 꽂아 둔 나무 막대기를 뛰어넘으며 연습을 했다. 아직 프레드 할아버지가 허락을 한 건 아니지만, 우리는 이미 돌담을 뛰어넘을 준비가 되어 있었다. 나는 속도를 늦춰 풀밭의 출입구로 들어가는 대신, 돌담 쪽으로 방향을 틀어 버터를 힘껏 달리게 했다. 버터는 공중으로 신나게 날아올라 돌담을 풀쩍 넘었다. 야호, 마침내 돌담을 뛰어넘었다!

풀밭 너머로 우리 집 뒷마당에 서 있는 이모가 보였다. 그 옆에는 제이미와 낯선 어른이 한 명 서 있었다. 나는 버터를 타고 풀밭으로 내려가며 큰 소리로 외쳤다.

"제이미! 내가 메서슈미트 전투기의 조각을 가져왔어!"

그리고 고삐를 바짝 잡아당겨서 버터를 멈춰 세웠다.

"우리, 뛰어넘는 거 봤어요? 네?"

나는 기쁨에 차서 이모한테 자랑스럽게 물었다. 그런 다음, 이모 옆에 서 있는 사람을 보았다.

세상에서 가장 나쁜 엄마

엄마였다. 아무것도 생각나지 않았다. 버터를 타고서 마당의 돌담 앞에 있던 나는 고삐를 손에 쥔 채 엄마를 멍하니 바라보았다. 엄마가 뒤돌아보았다. 그리고 이마 위에 손을 올려 햇빛을 가렸다. 그 특유의 냉랭하고 화난 표정은 조금도 변함이 없었다.

"오셨어요?"

내가 인사하자 엄마가 얼굴을 찡그리며 물었다.

"너는 누구니?"

엄마는 나를 못 알아보았다. 나는 버터에서 내려오며 조심스럽게 왼발을 땅에 디뎠다. 안장 뒤에 묶어 두었던 목발을 짚고 마당으로 걸어갔다.

"에이다예요."

엄마가 나를 알아보자마자 화를 누르지 못했다.

"도대체 뭐 하는 짓이야? 제 분수도 모르고, 응?"

제이미는 엄마 손을 꽉 잡고 있었다. 제이미의 눈빛은 희망에 차 있었다.

"조랑말을 타다니! 마가렛 공주 흉내라도 내는 거야, 지금?"

"여기서 말 타는 걸 배웠어요. 그리고 곁안장이 있어서 그렇게 아프지 않아요."

엄마가 내 코 밑으로 낡은 봉투 하나를 쓱 내밀었다.

"그리고 이거! 이게 무슨 뜻이지?"

이모가 보낸 편지 중 하나였다. 봉투에 이모 글씨가 적혀 있었다.

"수술이라니, 무슨 수술?"

갑자기 심장이 미친 듯이 뛰었다.

"의사 선생님이 그러는데 제 발을 치료할 수 있대요."

"하이고, 퍽이나. 그 발을 치료할 수 있는 방법은 이 세상에 없어. 그리고 나는 최근에 편지를 한 통 받았지. 정부에서 보낸 건데, 너희를 피난 보낸 값을 내라나? 세상에, 일주일에 19실링씩이나! 쳇, 나더러 돈을 내라는 거야……."

"그건 걱정하실 필요 없어요, 전혀……."

이모가 끼어들었지만 엄마는 무시하고 계속 말했다.

"……그리고 하나 더! 애들을 이상한 곳에 보내 놨어. 잠자코 애들이나 볼 것이지, 어디서 나한테 이래라저래라 훈계질이야, 건방지게? 그리고 에이다, 너! 온갖 치장은 다 하고선 조랑말에 올라타서 잘난 척하긴. 세상에서 네가 제일 잘난 것 같지?"

"엄마, 그런 거 아니에요."

"시끄러워! 이리 와. 집으로 갈 거니까."

이모가 나서서 설득해 보려고 하자, 엄마가 몸을 홱 돌리더니 다짜고짜 노려보았다.

"이 여자가 미쳤나? 내 애들을 데려간다는데 왜 이 난리야? 집에만 틀어박혀 있는 게으른 년이……."

엄마는 그 뒤로도 한참 동안 이모한테 욕을 퍼부었다.

나는 이모와 엄마에게서 엄청난 괴리감이 느껴지면서 마음이 착 가라앉았다. 신기하게도 저절로 단념이 되었다. 하지만 지금은 여기 있어야 했다. 조금 전에 버터를 그냥 내버려 두고 왔기 때문이다. 나는 뒤돌아서 풀밭으로 걸어갔다.

"어디 가?"

엄마가 소리쳤다.

"버터한테요. 안장을 계속 얹어 두면 안 되거든요."

"정신이 나갔구나! 얼른 이리 와. 다음 기차를 타고 갈 거니까."

나는 걸음을 멈추지 않았다. 엄마가 내 목덜미를 힘껏 후려졌다. 내 몸이 앞으로 고꾸라지면 목발이 바닥에 내팽개쳐졌다. 손바닥이 땅에 쓸렸다. 제이미가 비명을 질렀다. 내 눈에서 눈물이 흘러내렸다. 그동안 맞는다는 게 무엇인지 까맣게 잊고 있었다.

나는 비틀거리며 일어났다.

"버터는 내가 돌볼게."

이모가 한 발 나서며 다급히 말했다.

"에이다, 얼른 와."

엄마는 한 손으로 제이미의 목덜미를 움켜잡은 채 말했다. 그래서 나는 제이미의 얼굴을 똑바로 볼 수가 없었다. 엄마는 곧 제이미를 뒷문 쪽으로 끌고 갔다.

"잠깐만요! 애들 물건 좀 챙기고요."

이모가 허겁지겁 몸을 돌렸다. 그러자 엄마가 사나운 목소리로 소리쳤다.

"필요 없어, 그런 귀족 나리 같은 옷들은. 당신은 우리 애들한테 호의를 베풀었다고 생각하겠지만 착각하지 마. 오히려 자기 분수도 모르게 만들었어. 우리 집에서는 그딴 물건들 필요 없다고."

어쨌든 이모는 집 안으로 뛰어 들어갔다. 그리고 《로빈슨 가족》을 들고 나와 제이미한테 내밀었다.

"이거 가져가. 네 거잖아."

엄마가 그 책을 미심쩍은 눈으로 바라보았다.

"애가 안 좋아하네. 대체 그걸로 뭘 하겠어?"

"저, 그거 안 좋아해요. 안 좋아한다고요!"

제이미가 엄마 말을 따라 했다. 잠시나마 희망에 차 있던 제이미의 눈빛이 금세 사그라졌다.

"그래요, 제이미는 그거 안 좋아해요."

나는 이렇게 말하며, 애원하는 듯한 눈빛으로 이모를 바라보았다.

'제이미한테 책을 주지 마세요. 그걸 주면 제이미가 매우 난처해질 거예요.'

이모가 얼빠진 표정으로 나를 바라보았다. 그러고는 책을 팔 밑으로 슬며시 감추며 말했다.

"제이미, 그럼 이건 여기에 보관하고 있을게. 에이다, 버터는 내가 잘 돌볼 거야. 발톱이 길게 자라도록 내버려 두지 않을게."

엄마가 제이미를 문밖으로 밀쳐 냈다. 이모가 서둘러 말했다.

"아니야. 얘들아, 꼭 안 가도 돼. 에이다, 제이미! 나랑 여기에 있자. 네 발은 내가 치료해 줄게. 약속해. 여기에 있어."

엄마가 험악한 얼굴로 말했다.

"아가리 닥쳐! 어디서 내 애들을 훔쳐 가려고, 응?"

"지금 경찰서에 가자. 그러면 경찰관들이 에이다 네 말을 들어 줄 거야. 우리 말을 들어 줄 거라고. 넌 여기 있어도 돼."

이모가 간절한 목소리로 말했다.

그 뒤에 이어진 침묵은 평생토록 지속될 것만 같았다. 엄마가 숨을 크게 들이마셨다. 제이미는 코를 훌쩍였다. 나는 이모를 멀거니 쳐다보았다. 그리고 이렇게 말했다.

"우리를 원하지 않았잖아요."

이모가 나를 똑바로 바라보며 말했다.

"그건 일 년 전 얘기야. 지금은 너희를 간절히 원해."

하지만 제이미는 엄마 손을 꼭 잡고 있었다. 경찰은 나를 이모 옆에 머물도록 할 수도 있을 터였다. 하지만 제이미를 엄마에게서 떼어 낼 명분은 없었다. 제이미를 한 번도 가두지 않았으니까.

"제이미랑 떨어져 있을 수 없어요."

이모가 나를 다시 보더니 아주 느리게 고개를 끄덕였다. 엄마가 혼자서 뭐라고 구시렁거렸다. 그러고는 제이미를 홱 잡아당기며 길을 따라 내려갔다. 나도 그 뒤를 따라갔다.

잠시 후 뒤를 돌아보니, 이모는 이미 돌담 저편에서 버터의 안장을 풀고 있었다. 이모는 고개를 들지 않았다. 잘 가라는 인사말도 없었다.

우리가 길 끝에 다다랐을 때, 엄마가 대뜸 멈춰 서더니 내 목발을 가리키며 물었다.

"그건 뭐야?"

"이게 있으면 빨리 걸을 수 있어요."

그러자 엄마가 콧방귀를 뀌었다.

"흥, 걷는 거 좋아하시네."

"저, 걸을 수 있어요."

"이봐요, 아가씨! 이제 얼마 안 남았네요, 얼마 안 남았어."

얼마 뒤, 우리는 기차에 올랐다. 런던행 기차는 우리가 피난 올 때보다 훨씬 더 많은 사람들로 붐볐다. 그리고 매우 천천히 달렸다. 기차 통로에는 군인들이 군용 가방을 깔고 앉아 있었다. 군인 중 한 명이 내 목발을 보더니 자리를 양보했다. 엄마가 얼굴을 찌푸리며 그 군인을 쳐다보았다. 그리고 나를 밀치며 앉으려고 했다. 그 군인이 뭐라 말하려고 입을 달싹이자, 내가 서둘러 말했다.

"서 있어도 괜찮아요. 목발이 있어서……."

언제나 그랬듯, 나는 입을 다물고 있어야 했다. 엄마가 눈을 가늘게 뜨더니, 화가 나서 아주 나직한 목소리로 말했다.

"도대체 누구 생각인지 모르겠어. 사람들 많은 곳에 널 돌아다니게 하다니! 절름발이라고 자랑하는 거야, 뭐야? 그건 우리가 집에 도착할 때까지만 쓸 수 있어. 그다음엔 단 일 분도 안 돼."

"하지만 저는 이제 걸을 수 있어요."

"하지만 나는 네가 그러는 거 싫어. 알아들었어?"

나는 마른침을 꿀꺽 삼켰다. 차라리 악몽이었으면 좋겠다.

"누나는 스파이를 잡았어요."

제이미가 나직이 속삭였다. 엄마가 또 코웃음을 쳤다.

"말도 안 돼."

"누나, 엄마한테 말해. 스파이 잡은 거 말이야."

나는 입을 꾹 다문 채 고개를 세차게 흔들었다.

우리가 기차에서 내렸을 때엔 이미 늦은 밤이었다. 우리는 칠흑처럼 어두운 런던의 밤거리를 더듬거리며 걸었다. 나는 톡 튀어나온 보도블록에 발이 걸려 넘어졌다. 처음 보는 건물의 그림자들은 몹시 낯설었지만, 축축한 거리에서 진동하는 썩은 내는 이전과 똑같았다. 버터, 나는 버터를 타고 달리는 생각을 했다.

엄마는 요즘에 일하러 다니는 공장 근처로 이사를 했다고 말했다.

"엄마는 요새 제대로 된 직장을 다니고 있어. 뭐, 여전히 밤에 일하긴 하지만. 너희도 이곳을 좋아할 거야. 그 늙은 부자 박쥐가 있던 곳처럼 화려하지는 않지만 꽤 괜찮거든."

"수잔 이모는 늙은 부자 박쥐가 아니에요."

제이미가 말했다.

이런, 세상에! 제이미, 제발 입 좀 다물어. 나는 속으로 생각했다.

"맞거든. 분명 그 여자는 너희를 거둬들이면서 한몫 단단히 챙겼을 거야. 물론, 그 옷들에 쓴 돈은 빼야겠지만. 그건 그렇고 에이다, 너 뭘 입고 있는 거야? 설마 바지야?"

"승마용 바지요."

나는 대답을 하자마자 후회했다. 아, 아무 말도 하지 말걸.

"이야, 엄청 비싸 보이네! 그럼 그걸 집에서 입고 있을 때는 뭐라고 불러?"

"이건 말을 탈 때 입는 바지예요. 이 바지는 비싼 상류층 옷이 아니에요. 상류층 여자들은 여성용 승마복이 따로 있어요. 그리고 이 바지는 돈을 주고 산 게 아니라 수잔 이모가 만든 거예요."

이모는 매기한테 물려받은 승마 바지가 다 해지자, 새로 하나 만들어 주었다. 아, 그런데 이번에도 나는 입을 다물고 있어야 했다.

"아이고, 상류층 여자들은 여성용 승마복이 따로 있어요? 그러세요? 네가 그런 상류층 옷을 입고 있지 않다니, 참 놀라운 일이구나! 우리 집에서는 그 바지를 입을 일이 없을 거야. 내일은 그 옷들을 전당포에 맡긴 다음, 너한테 어울리는 옷가지를 가져올 거고. 칫, 건방진 여자 같으니라고. 너를 밖에 내보내다니. 사람들이 다 쳐다보게."

"제가 뭘 그렇게 잘못했어요? 그리고 제 발은 머리랑 아무 상관이 없어요."

찰싹! 나는 뒤로 철퍼덕 넘어지면서 울퉁불퉁한 바닥에 팔꿈치가 긁혔다. 목발을 또 놓쳤다. 제이미가 나를 도와주었다. 입 좀 닥쳐, 제발 입 좀 닥치라고! 나는 속으로 중얼거렸다.

엄마는 3층까지 계단으로 올라갔다. 각 층계참에 매달린 백열전구에서 희미한 불빛이 새어 나와 계단을 그늘지게 만들었다. 나는 뭔가가 잽싸게 움직여 사라지는 걸 보았다. 쥐구나. 나는 그동안 쥐를 까마득히 잊고 있었다. 낡은 아파트 복도에서 풍기는 지린한 공동 화장실 냄새도.

엄마는 지저분한 나무문을 활짝 열었다.

"자, 여기다."

집에는 작은 거실과 방이 하나씩 있었다. 우리는 식탁과 싱크대, 그리고 의자 몇 개가 놓여 있는 거실로 들어갔다. 장판 바닥에는 얇은 깔개가 한 장 깔려 있었다. 다행히 싱크대 밑에는 내가 들어갈 만큼의 넉넉한 공간이 없었다. 나는 그걸 제일 먼저 확인했다.

"어때?"

엄마가 물었다. 나는 침을 꿀꺽 삼키며 대답했다.

"아주 좋네요."

"흥, 사치스런 계집애. 내가 알아봤지. 아주 그냥 흠씬 두들겨 패서 그 상류층 겉멋을 쏙 빼놔야 해."

엄마가 식탁에 놓인 의자 중 하나를 고르더니 말을 이었다.

"이 의자를 창문 옆에다 둘 거야. 여기 앉아 밖을 내다보도록 해."

내가 뭐라고 말해야 할까? 나는 더 이상 적절한 대답을 찾을 수가 없었다.

"고맙습니다."

"아이고, 우리 집에 예의를 아주 잘 지키는 아가씨가 들어오셨네. 우리한테 너무 과분해서 이를 어쩌나?"

엄마는 곧 우리한테 방을 보여 주었다. 거기에는 이전 집에서부터 쓰던 오래된 옷장과 새로 구입한 침대가 있었다. 침대 시트는 없었고, 그저 매트리스 위에 베개 하나와 까칠한 담요 한 장만 덩그러니 놓여 있었다.

이모와 살기 전까지는 나도 이런 침대에 익숙했다. 예전의 나였다면 이 집을 좋다고 생각했을 것이다. 거실과 방이 분리되어 있으니, 어쩌면 과분하다고 생각했을 수도.

"오늘 밤은 직장에 휴가를 냈어. 너희를 데려오려고 말이야. 엄마는 선술집에 가서 한잔할 거야. 너희 둘은 자고 있어. 참! 에이다, 네가 쓸 양동이를 찾아 줄게."

엄마는 왜 나한테 양동이가 필요할 거라고 생각했을까? 나는 그 이유를 알아차리는 데 시간이 좀 걸렸다.

"화장실로 직접 가는 게 좋겠어요. 요즘엔 주로 그렇게 했거든요."

엄마가 또박또박 힘주어 말했다.

"너는 이 집에서 한 발짝도 못 나가."

엄마는 잠시 쉬었다가 말을 이었다.

"알아들었어? 나는 다리병신 계집애 때문에 창피를 당하고 싶지 않아. 네가 그 전에 어디서 뭘 했든 상관 안 해. 하지만 지금은 나랑 있으니까 내 말대로 해. 내 말을 거역하면 단단히 후회하게 만들어 줄 거야. 너는 불구자야. 그게 너라고. 너는 그냥 불구자일 뿐이야. 알아들었어?"

"수잔 이모는 저를 부끄러워하지 않았어요."

"아주 잘하는 짓이다. 그 여자는 너를 부끄러워했어야 해."

그러더니 엄마는 눈빛을 반짝였다.

"내 말을 거역하면……."

엄마가 제이미를 가리켰다.

"저 녀석한테 죄다 퍼부을 거야. 알았어?"

"네."

엄마가 밖으로 나갔다. 나는 문을 쳐다보았다. 그리고 양동이를 내려다보았다. 별수 없이 그 양동이에 볼일을 봤다.

제이미와 나는 매트리스에 누웠다. 방이 무척 더웠다.

"잠이 안 와. 보브릴이 있어야 되는데."

제이미가 속삭였다.

"이모가 잘 돌봐줄 거야."

"보브릴이 있어야 한다고. 잠이 안 와."

"알아, 나도 알아."

"왜 그런 거야? 엄마는 왜 그렇게 화가 난 거야?"

"우리가 달라진 것 같으니까."

나는 숨을 깊이 들이마셨다. 마음 한구석에선 이 모든 게 다 내 잘못인 것 같았다. 내가 내 분수도 모르고 잘난 척하며 날뛰어서. 엄마가 사랑할 수 있는 딸이 되지 못해서. 그리고 불구자라서.

하지만 지금이라도…… 엄마는 내 발을 치료할 수 있다. 내가 아기였을 때도 치료할 수 있었고. 그저 엄마가 바라지 않을 뿐이었다.

엄마는 내가 영원히 불구자로 살기를 바랐다. 그건 앞뒤가 맞지 않았다.

달이 떠올랐다. 나는 달빛이 흐르는 천장을 바라보았다.

'너는 그냥 불구자일 뿐이야.'

"제이미, 내가 스파이를 잡았어."

나는 제이미를 팔꿈치로 쿡 찌르며 말했다.

"맞아."

"버터를 타는 법도 배웠어. 버터를 타고서 돌담도 뛰어넘었지. 프레드 할아버지한텐 내가 필요한데."

"으음."

제이미가 몸을 뒤척였다.

"나는 글을 읽고 쓸 줄도 알아. 뜨개질도, 바느질도 할 줄 알고. 덩케르크에서 건너온 군인들도 돌봐 줬어. 그리고 매기랑 데이지는 나를 좋아해."

"수잔 이모도 누나를 좋아해."

"이모는 우리 둘 다 좋아해."

"그래, 맞아. 보브릴이 보고 싶어."

제이미가 코를 훌쩍였다. 나는 아무 대답도 하지 않았다. 어느 순간, 엄마가 들어오기 전에 잠이 들었다. 나는 단어 하나를 곱씹어 생각했다. 전쟁…….

마침내 내가 싸워야 하는 대상과 그 이유를 확실히 알았다. 그리고 엄마는 내가 얼마나 막강한 싸움꾼이 되었는지 전혀 눈치채지 못하고 있었다.

막강한 싸움꾼

다음 날 아침, 제이미는 침대에 오줌을 쌌다. 나는 어느 정도 예상을 했다. 하지만 제이미 옆에서 잠을 자던 엄마는 몹시 화를 냈다. 제이미의 엉덩이를 손바닥으로 찰싹 때리면서 앞으로 또 그러면 가만 안 두겠다고 엄포를 놓았다.

"다음엔 바닥에서 잘 줄 알아!"

제이미는 금방 울음을 터뜨렸다. 제이미는 아직 맞는 데 익숙하지 않았다.

"그만 울어. 너도 알잖아. 울면 더 안 좋아져."

나는 두 팔로 제이미를 끌어안으며 속삭였다. 그리고 엄마에게 말했다.

"담요는 제가 빨게요."

나는 신발을 신은 뒤, 목발을 잡기 위해 바닥으로 손을 뻗었다. 그런데 목발이 없었다! 엄마가 내 표정을 보더니, 재미있다는 듯 깔깔깔 웃음을 터뜨렸다.

"목발을 잃어버렸나 보네. 그렇지?"

"제가 어렸을 때 왜 목발을 안 해 줬어요?"

그러자 엄마가 콧방귀를 뀌었다.

"내가 말했지? 너, 싸돌아다니는 거 싫다고. 누가 보면 어떡해?"

"하지만 제 발은 치료할 수 있었어요. 어렸을 때……."

"이런! 너, 지금 그 말을 믿는 거야? 예전에 그 사람들도 그렇게 말했지. 그 간호사들 말이야. 내가 돈 쓰기를 바랐던 그 작자들, 그리고 내 돈이랑 아기를 탐냈던 그 작자들. 참 나, 너를 병원에 몇 달씩 입원시키는 조건으로 내 돈을 전부 내놓으래. 그러면서 그 돈으로 뭘 할 건지 알려 주는 사람은 아무도 없었어. 쳇, 아무리 그래 봤자 나한텐 아무 소용 없었지만. 그리고 아기 때는 네 발이 지금처럼 흉측하지도 않았다고."

나는 엄마 말을 전부 이해하려고 노력했다. 하지만 제이미는 딴생각을 했다.

"폭탄이 떨어지면요? 그러면 어디로 대피해요? 집에 있을 땐 방공호가 있어서……."

제이미가 말을 뚝 멈췄다. 공포에 잠긴 채 두 눈을 동그랗게 뜨고서. 나는 왜 그러는지 곧바로 이해했다. 큰 실수를 저질렀기 때문이다. 엄마 앞에서 수잔 이모네 집을 그냥 집이라고 불렀으니…….

엄마는 다행히 눈치를 채지 못했다. 그저 콧방귀를 뀌며 이렇게 말했다.

"런던에는 폭탄 안 떨어져. 지금까지 한 번도 안 떨어졌거든. 그리고 전쟁이 벌어진 지도 벌써 일 년이 지났어."

그날은 토요일이었다. 하지만 엄마는 그날 저녁에 일하러 나갈 거라고 했다. 공장은 스물네 시간 쉼 없이 돌아갔다. 내가 아침 식사로 빵을 노릇노릇하게 굽고 차를 끓일 동안, 엄마는 침대의 마른 부분에서 한숨 잤다.

한참 뒤, 잠에서 깬 엄마는 제이미랑 먹을 걸 사러 나가며 이렇게 물었다.

"너희 배급 통장은?"

그건 이모가 갖고 있었다. 엄마가 그 난리를 치며 서두르지만 않았어도, 이모는 우리한테 배급 통장을 챙겨 주었을 것이다.

나는 바보가 되기로 했다.

"글쎄요, 잘 모르겠어요."

그러자 제이미가 뭐라 말을 하려고 했다. 나는 제이미를 쏘아보았다. 제이미는 급히 입을 다물었다. 아니나 다를까, 엄마는 대뜸 욕부터 퍼부었다.

"칠칠치 못한 여자 같으니라고. 혹시 나를 속이려고 작정했던 거 아니야? 지금쯤 너희 배급 통장을 들고 가서 설탕이랑 고기를 맘껏 사고 있겠네."

나는 아무 말도 하지 않았다. 그냥 창문가 의자에 앉아 밖을 내다보았다. 아무것도 볼 게 없었다. 거리에는 뛰노는 아이들조차 보이지 않았다. 몇몇 상점에는 모래주머니가 창문 높이까지 쌓여 있었다. 여자들은 하나같이 바삐 걸었다. 현관에 앉아 수다를 떠는 사람도 없었다.

전쟁.

엄마는 내게 좀 더 친근한 표정을 지어 주었다.

"너도 방법이 없잖아. 발이 그렇게 생겨 먹은 이상, 네가 뭘 할 수 있겠니? 너는 평생토록 다리병신으로 살아갈 거야."

이윽고 엄마와 제이미가 밖으로 나갔다. 처음엔 집 안이 너무 더러워서 청소를 하려 했다, 싱크대와 바닥까지. 하지만 그러지 않기로 했다. 청소한 걸 엄마가 알아차리면 도리어 화를 낼 게 뻔했다. 엄마는 내가 의자에 가만히 앉아 있기를 더 바랄 것이다.

집에는 물건을 숨길 만한 장소가 많지 않았다. 부엌 찬장에는 엄마가 몇 년 동안 모은 냄비와 접시가 있었다. 옷장에는 엄마의 오래된 옷들과 새로 산 옷들이 몇 벌 걸려 있었다. 그리고 방에는 새로 구입한 작은 탁자가 있었는데, 그 위로 커다란 거울이 붙어 있었다.

머리가 엉망이었다. 나는 엄마의 머리빗으로 빗질을 한 다음 두 갈래로 단정하게 땋았다. 얼굴이 꼬질꼬질했다. 그래서 부엌의 싱크대에서 비누를 찾아내 세수를 했다. 양동이에 볼일을 보고서 문 앞으로 옮긴 다음, 냄새가 나지 않도록 접시로 입구를 막아 두었다.

거울이 있는 탁자 앞으로 다시 돌아왔다. 탁자에 서랍이 붙어 있었다. 서랍 앞쪽에는 머리핀과 몽당연필, 그리고 오래된 종잇조각들이 어지럽게 널려 있었다. 나는 서랍을 앞으로 더 쭉 잡아당겼다. 제일 안쪽에 종이 상자가 하나 놓여 있었다. 그 안에는 서류가 한 뭉치 들어 있었다.

나는 제일 위에 있는 서류를 꺼내 펼쳐 보았다.

출생증명서, 에이다 마리아 스미스.

나는 숨을 깊이 들이마셨다. 얼른 그 서류를 훑어보았다. 내가 그토록 알고 싶어 하던 것을 마침내 찾았다.

1926년 5월 13일

당연히 우리는 내 생일을 잘못 알고 있었다. 하지만 태어난 해는 정확하게 맞췄다. 나는 진짜로 열네 살이었다. 제이미의 출생증명서는 그 밑에 있었다. 그리고 엄마 아빠의 결혼 증명서가 있었다.

그때 계단에서 시끄러운 소리가 들렸다. 제이미가 있는 힘을 다해 목청껏 노래를 불렀다. 잘했어, 제이미. 엄마가 문을 열고 들어왔을 때, 나는 서류들을 원래 있던 곳에 넣어 놓고서 창문가 옆 내 의자에 차분히 앉아 있었다.

저녁 식사로 엄마는 감자와 양배추, 그리고 질겨 보이는 소고기 덩어리 하나를 푹 익혔다. 소고기는 엄마만 먹었다. 배급 통장을 되찾아올 때까지는 우리한테 고기를 먹을 권리가 없다고 했다.

"그 불여우한테 배급 통장을 보내라고 해야겠어. 필요하다면, 법이 뭔지 알려 줘야지."

제이미는 몹시 우울해 보였다. 음식을 먹고 싶어 하지 않았다. 하지만 나는 제이미의 접시에 채소를 가득 담아 주며 다독였다.

"먹어. 몸에 좋은 거야. 소고기 맛이 살짝 나는 것 같기도 해."

나는 슬쩍 윙크를 했다. 제이미는 나를 잠시 쳐다보더니, 접시 위에 있는 채소들을 골고루 먹었다.

엄마가 출근하려고 자리에서 일어나자 나는 숨을 크게 들이마셨다. 드디어 때가 왔다. 지금이 아니면 영영 할 수 없어!

"저희가 여기 꼭 있어야 하나요? 엄마도 우리를 돌보거나 먹여 살리느라 기운 쓰고 싶지 않잖아요. 엄마는 우리를 진짜로 바라지 않잖아요, 심지어 제이미조차도."

제이미가 뭐라 말하려 들었다. 나는 식탁 밑으로 제이미를 힘껏 걷어찼다. 제이미는 입을 꾹 다물었다.

엄마가 나를 쏘아보며 물었다.

"지금 뭐라는 거야? 또 무슨 꿍꿍이수작이지?"

"엄마는 우리를 한 번도 원하지 않았어요. 진심으로 원하지 않았다고요. 그래서 다른 엄마들은 다 자기 자식을 위해 피난 보냈지만 엄마는 아니었잖아요."

"네가 그걸 갖고 불평한 권리는 없지. 내가 볼 수 없는 곳에서 너는 꽤 근사한 시간을 보냈잖아. 화려한 옷을 입고, 상류층 사람들이 어떻게 사는지도 보고, 말을 타고 이리저리 돌아다니고……."

"우리가 어떻게 살든 엄마는 관심 없잖아요? 우리를 데려온 건, 그냥 피난 보내고 나서 돈이 더 들 것 같아서잖아요?"

"더 들 뻔했지. 너, 그 편지 봤구나. 내가 왜 너를 위해 돈을 내야 하지? 그것도 나보다 더 잘 살도록? 넌 그냥……."

"그건 중요하지 않아요."

나는 목소리를 차분하게 내려고 애를 썼다. 나는 솔직하게 진실만을 말하려 했다. 더 이상 거짓말은 하고 싶지 않았다.

"일주일에 19실링씩을 내라니! 처음 너희를 피난 보냈을 땐 공짜였다고. 나는 절대로 너를 위해서 일주일에 19실링이나 쓸 수 없어. 이거, 완전 날강도 아냐?"

"만약 그 돈을 낼 필요가 없다면, 엄마는 우리가 떠나든 말든 신경 쓰지 않겠죠. 그 돈은 제가 어떻게 해결해 볼게요. 우리는 멀리 떠날 거예요. 엄마는 그 어떤 돈도 낼 필요가 없을 거예요."

그러자 엄마가 눈을 가늘게 뜨며 말했다.

"요 계집애가 대체 무슨 꿍꿍이인지 모르겠네. 그런 말들은 또 어디서 주워들은 거야? 어디 계속 지껄여 봐."

"제 발은 치료할 수 있었어요. 물론 지금도 그렇죠. 저는 불구자로 지낼 이유가 없었어요. 엄마가 저를 수치스럽게 여길 필요가 없었다고요."

이모는 나를 부끄럽게 여기지 않아. 문득 이런 생각이 스쳐 지나갔다. 엄마 얼굴이 발갛게 달아올랐다.

"네 발을 치료하는 데 난 한 푼도 안 낼 거야."

"제가 아기였을 때 수술을 했으면 훨씬 더 쉬웠을 거예요."

"세상에, 그건 거짓말이야! 그 사람들 말을 그대로 믿다니! 그건 다 거짓말이야! 내가 말했어, 너희 아빠한테도……."

아빠. 나는 엄마 서랍장을 뒤지다가 아빠에 관한 기사를 읽었다. 어딘가에서 오려 낸 신문에서.

나는 천천히 또박또박 말했다.

"아빠는 제 발을 고치려 했을 거예요."

이건 순전히 추측이었다.

"그래, 그랬어. 아기를 원한 것도 그 사람이었고, 너를 흔들어 주며 노래를 불러 준 것도 다 그 사람이었어."

순간, 뺨을 타고 눈물이 흘러내렸다.

"엄마는 우리를 조금도 원하지 않았어요. 지금도 마찬가지고요."

엄마 눈이 불처럼 활활 타올랐다.

"네 말이 맞아. 난 너희를 원하지 않았어. 나더러 자연의 순리를 따르라면서 아기를 원한 건 그 사람이었어. 그러더니 네가 덜컥 기형아로 태어났지. 애가 하나 더 태어난 뒤 남편은 곧바로 죽었어. 난 너희 둘을 한 번도 원한 적 없어."

제이미가 그 소리를 듣고 훌쩍이기 시작했다. 하지만 아직은 달랠 수가 없었다.

"그러니까 엄마는 이제 저희를 돌보지 않아도 돼요. 돈도 낼 필요 없고요. 내일 아침에 여기를 떠날 거예요. 영원히 사라질게요."

엄마가 자리에서 일어났다. 가방과 모자를 챙기더니 나를 보며 말했다.

"돈 한 푼 안 내고도 너희를 안 볼 수 있다는 거지?"

나는 고개를 끄덕였다. 엄마가 빙긋 웃었다. '에이다, 싱크대 밑으로 들어가.'라고 하면서 벌을 줄 때처럼 심술궂은 웃음이었다.

엄마가 다짐하듯 물었다.

"약속한 거다?"

'그럼요, 그리고 지금 이 순간을 평생 기억할 거예요.'

나는 속으로 이렇게 되뇌이며 대답했다.

"네."

다시 만난 기적

나는 제이미를 붙들었다. 우리는 울고 또 울었다. 제이미의 눈물이 내 셔츠를 적시고, 내 콧물은 제이미의 머리 위로 툭툭 떨어졌다. 우리는 한 번도 울어 본 적 없는 것처럼 엉엉 소리 내어 통곡하듯 울었다. 마음이 너무 아팠다. 마음의 고통은 지금껏 느꼈던 발의 통증보다 훨씬 더 심했다.

나는 제이미를 두 팔로 꼭 안아서 살살 흔들어 주었다. 마침내 제이미가 고개를 들어 나를 보았다. 제이미의 속눈썹에는 눈물방울이 잔뜩 맺혀 있었다.

"집에 가고 싶어."

제이미가 말했다. 나는 제이미한테 약속했다.

"그래, 가자. 날이 밝으면 여길 떠날 거야."

나는 이제 거리 표지판을 읽을 수 있었다. 그러니 길을 찾는 건 어렵지 않을 터였다. 기차 요금은 한 푼도 없지만, 분명 이 근처 어딘가에 여성 자원 봉사 협회 지부가 있을 것이다. 그러면 협회 회원들이 우리를 도와주겠지.

나는 출생증명서를 꺼내서 제이미에게 보여 주었다.

"너는 1931년 11월 29일에 태어났고, 이제 아홉 살이야."

엄마 아빠의 결혼 증명서도 보여 주었다.

"우리 아빠 이름은 제임스야. 너랑 같지?"

나는 마지막으로 신문 기사를 오린 종이 한 장을 꺼냈다.

로열 앨버트 부두에서 사고로 여섯 명 사망.

"아빠는 네가 막 태어나자마자 돌아가셨어. 그때 나는 겨우 다섯 살이었고."

나는 결혼 증명서와 신문 기사를 다시 서랍장에 넣어 두었다. 하지만 출생증명서는 내 승마 바지 주머니에 집어넣었다. 그리고 아침을 맞을 준비를 했다.

에엥-에엥! 에엥-에엥! 에엥-에엥! 열린 창문 너머로 사이렌 소리가 들려왔다. 공습이었다. 나는 방공호가 어디 있는지 몰랐다. 게다가 목발도 갖고 있지 않았다. 목발 없이는 오랫동안 걸을 수 없었다. 제이미가 겁에 질려서 내 손을 움켜잡았다. 사이렌 소리는 점점 더 커졌다.

내가 소리쳤다.

"나가자!"

"어디로?"

"계단으로 내려가!"

내가 아는 척을 했다. 사람들은 이불을 감싸 안은 채 허겁지겁 계단을 내려가 아파트를 빠져나가고 있었다. 계단에 사람들이 하도 북적여서 미끄러지듯 내려갈 수가 없었다. 그래서 난간을 양손으로 꽉 쥐고서 할 수 있는 한 빠르게 움직였다.

사람들은 나를 밀치며 앞다투어 지나갔다. 제이미가 벌벌 떨면서 내 셔츠 자락을 움켜잡았다. 사이렌 소리가 약해지는가 싶더니, 폭탄 터지는 소리가 점점 크게 들렸다. 쾅! 쾅! 쾅!

밖으로 나오자 거리가 온통 컴컴했다. 나는 어디로 가야 할지 알 수가 없었다. 사람들의 소리가 들리긴 했지만 제각기 다른 방향으로 움직였다. 사람들의 고함 소리가 건물 사이사이에서 울려 퍼졌다. 나는 제이미의 손을 꼭 잡고 무작정 빨리 걸었다. 밑으로 내려가는 계단이 있는 곳을 찾아서…….

그때 머리 위에서 폭탄이 하나 터졌다. 유리창 깨지는 소리가 사방으로 퍼졌다. 우리 앞에 보이는 부두 쪽 하늘이 빨갛게 물들었다. 불이었다! 부두가 이내 불길에 휩싸였다.

우리 뒤에 있던 건물도 폭발했다. 그 충격으로 우리는 바닥에 쓰러지고 말았다. 마치 귀가 터지는 듯한 느낌이었다. 벽돌이 몸 위로 우르르 쏟아져 내렸다. 유리 조각과 파편이 한데 뒤섞인 채.

나는 재빨리 제이미의 머리를 두 팔로 감싸 안았다. 그때 우리 앞에 문이 열려 있는 출입구가 보였다. 밑으로 내려가는 계단도 있었다. 방공호였다. 정말 다행이었다.

사람들 몇몇이 나와서 우리를 황급히 안으로 끌어당겼다. 계단을 내려가자, 지하에 사람들이 꽉 들어차 있었다. 안은 덥고 습했다. 사람들이 걱정스런 얼굴로 연방 입술을 움직이며 뭐라고 떠들었지만, 내 귀에는 아무 소리도 들리지 않았다.

사람들은 우리를 바닥에 앉히고서 따뜻한 차를 건넸다. 그리고 제이미의 얼굴에 흐르는 피를 수건으로 닦아 주었다. 나는 제이미한테 몸을 가만히 기댔다. 절대로 제이미를 놓지 않을 거야, 절대로. 얼마 안 있어, 우리는 스르르 잠이 들었다.

다음 날 아침, 공습 대피 지도원이 방공호 안의 사람들을 깨웠다.

"불길이 점점 이쪽으로 오고 있어요. 여기서 철수해야 합니다."

나는 몸을 일으켜 바로 앉았다. 어제 부두에서 불이 나긴 했지만, 거기서 여기까지는 거리가 꽤 멀 텐데. 아닌가?

"얘야, 지금 전부 불타고 있단다. 수도관이 터져서 불길을 잡는 데 시간이 오래 걸려."

공습 대피 지도원이 이렇게 소리치자, 비로소 내가 말을 뱉었다는 걸 알아차렸다. 그리고 내가 잘 들을 수 있다는 사실도. 귀가 여전히 먹먹하긴 했지만 다시 잘 들리고 있었다. 나는 제이미를 흔들어 깨웠다. 제이미는 토끼가 토끼 굴에서 기지개를 켜는 것처럼 서서히 잠에서 깼다.

"집에 가고 싶어."

제이미가 말했다. 나는 고개를 끄덕였다.

"그래."

제이미는 머리부터 발끝까지 먼지를 뒤집어써서 온통 잿빛으로 변해 있었다. 목까지 흘러내린 빨간 코피 자국이 그대로 남아 있었다. 제이미의 셔츠는 찢어져 있었고, 신발 한 짝은 어디로 갔는지 보이지 않았다. 내 모습도 제이미만큼 형편없을 거라는 생각이 들었다. 아니면 더 안 좋거나.

내가 말했다.

"나가자."

우리는 황폐해진 거리로 나갔다. 먼지와 연기가 하늘에 장막을 드리워 햇빛을 꽉 막고 있었지만, 거리는 별들로 뒤덮인 것처럼 반짝반짝 빛났다. 산산이 부서진 유리 조각 때문이었다.

우리 쪽으로 어떤 여자가 다가오고 있었다. 왜소한 체형의 그 여자는 파편과 잔해를 헤치며 흐느적흐느적 걸어왔다. 가늘고 곱슬곱슬한 금발머리가 모자 옆으로 수북이 삐져나와 있었다. 그 모습은 마치 강단이 센, 삐쩍 마른 마녀 같았다. 나는 그 여자를 물끄러미 쳐다보았다. 도저히 믿기지 않았다. 내 목소리가 목구멍 안에서 말라붙었다.

하지만 제이미는 아니었다.

"수잔 이모!"

제이미가 소리를 바락 질렀다. 이모가 고개를 번쩍 들었다. 누군가 이모의 머리를 끈으로 잡아당긴 것처럼. 이모가 입을 크게 벌렸다. 그런 다음 우리 쪽으로 황급히 뛰어왔다. 제이미도 뛰어갔다. 그리고 그 지저분한 얼굴을 이모의 치마에 파묻었다. 그다음엔 내가 달려갔다.

언제인지 모르겠지만 이모가 나를 꽉 안고 있었다. 이모의 양모 카디건이 내 얼굴에 닿아서 따끔거렸다. 나는 두 팔을 벌려 제이미의 머리 위로 이모를 껴안았다. 그것도 힘주어서 꽉!

이모가 말했다.

"세상에 이럴 수가! 얘들아, 이건 정말 기적이야. 이제 너희 둘 다 괜찮아."

창문이 여기저기 깨지긴 했지만, 기차역 부근에 문을 연 식당이 있었다. 이모는 차를 주문했다. 그리고 우리를 화장실로 데려가 깨끗이 씻겨 주었다.

"에이다, 목발은 어디 있어? 세상에, 이 발 좀 봐."

나는 스타킹을 신고 있었지만, 발은 온통 베인 상처투성이였다. 이모가 계속 물었다.

"신발은?"

"엄마가 다 가져갔어요. 그래서 첫 번째 폭탄이 터지기 전에 방공호로 빨리 대피할 수 없었어요."

이모가 입술을 꽉 깨물었다. 아무 말도 하지 않았다. 이윽고 종업원이 샌드위치를 갖다 주었다. 우리는 허겁지겁 먹기 시작했다.

"저희를 어떻게 찾았어요?"

제이미가 물었다.

"너희 엄마가 편지 뭉치를 두고 가셨어. 그중 하나에 런던 주소가 적혀 있었고. 그런데 그 아파트는……."

이모가 잠시 말을 멈췄다.

"으음, 폭격을 당했지. 하지만 다행히 그곳에 사셨던 분들 중 몇 분이 방공호로 피했다가 오늘 아침에 돌아와서 그 잔해 속에 서 있더구나. 그리고 한 여자분이 네가 계단을 내려가는 걸 봤다고 하지 뭐니?"

이모가 얼굴을 찌푸리며 말을 이었다.

"그 여자분은 너를 제치고 지나간 걸 기억하시더라고. 네가 너무 느리게 움직였다면서. 그래서 나는 너희가 무사히 방공호로 대피했기만을 바랐지. 그 뒤로는 방공호를 찾아다니고 있었어. 방공호가 그렇게 많을 줄은 미처 몰랐네."

나는 정말로 묻고 싶은 게 있었다.

"왜요? 왜 찾아오셨어요? 저희를 여기로 보내 놓고서."

이모는 골똘히 생각에 잠긴 채 찻숟가락으로 차를 휘휘 저었다. 식당의 탁자에는 설탕이 놓여 있었지만, 많이 가져가는 건 예의가 아니었다. 마침내 이모가 입을 열었다.

"앞으로 너는 진실에도 여러 가지 종류가 있다는 걸 알게 될 거야. 네 엄마한테 너희에 대한 권리가 있다는 건 진실이야. 너희를 보낼 때 나는 계속 그 생각을 했어. 하지만 그 뒤로 잠을 잘 수가 없었지. 그리고 그 고약한 고양이와 방공호에 앉아 있다가 깨달았어. 규정이 어떻든 간에 내가 너희를 지켜야 한다고. 왜냐하면 너희가 내 아이들이라는 것도 진실이니까. 이해되니, 응? 이해할 수 있겠어?"

"안 그래도 오늘 아침에 이모한테 되돌아가려던 참이었어요."

내가 말하자 이모가 고개를 끄덕였다.

"그것참, 잘됐네."

그러더니 뜸을 들인 뒤 말했다.

"어제 첫 기차를 탔어. 그런데 너무 느리게 달릴 뿐만 아니라 여러 번 멈춰 서는 거야. 폭탄이 떨어지기 시작하니까, 기차는 아예 런던으로 가지도 않더라고. 밤새 철도 대피선에 있다가 새벽녘에야 겨우 도착했어."

이모가 말을 멈췄다. 제이미가 머리를 탁자에 쿵 박았기 때문이다. 그새 잠이 든 모양이었다.

얼마 뒤, 우리는 기차역으로 향했다. 내가 발을 절뚝거리자, 이모가 내 팔을 잡으며 말했다.

"목발을 새로 맞춰야겠다. 옛날 걸 쓰기엔 너도 키가 많이 자랐지."

나는 고개를 끄덕였다. 이모한테 따로 설명을 하지 않아도 되어서 고마웠다. 언젠가 나는 여기서 있었던 일을 이모한테 털어놓을 것이다. 내가 엄마한테 한 말과 엄마가 내게 한 말 모두를. 하지만 지금은 아니었다. 어쩌면 오랫동안 털어놓지 못할지도 모르겠다.

켄트로 가는 기차가 플랫폼으로 들어왔다. 이모는 나를 위해 자리를 하나 찾아 주었다. 하지만 제이미는 어쩔 수 없이 의자 밑으로 눕혔다. 이모는 통로에 놓인 군인들의 가방 위에 앉았다. 기차가 요란한 소리를 내며 움직이기 시작했다.

나는 머리를 옆으로 기대고서 깜빡깜빡 졸았다. 제이미가 기차 밖으로 오줌을 눌 때는 군인들이 짐짓 고개를 반대편으로 돌려 못 본 척해 주었다. 제이미가 볼일을 다 보자, 그제야 군인들이 다시 고개를 바로 했다.

우리는 비틀거리며 켄트 기차역을 빠져나왔다. 이모가 도로 한쪽에 세워진 택시를 향해 손을 흔들었다. 그리고 내게 이렇게 말했다.

"어서 타. 너를 더는 걷게 하고 싶지 않으니까."

일요일 아침, 우리는 한층 고요해진 마을을 지나갔다. 얼마 뒤 나무가 양쪽으로 줄지어 서 있는, 이모네 집의 진입로로 들어섰다. 그런데 바로 그 순간, 이모가 화들짝 놀라며 숨을 헉 들이마셨다.

나는 택시에서 내리자마자 이모가 본 것을 내 눈으로 또렷이 보았다. 세상에, 이모네 집이 없어져 버렸다. 독일군의 폭탄을 직격으로 맞은 모양이었다. 마을 사람의 절반 정도가 그 잔해 속에서 벽돌과 돌들을 조심스럽게 들어 올리고 있었다.

그들은 고개를 들어 택시를 보았다. 그리고 우리를 보았다.

우리가 런던에서 이모를 또다시 만났을 때처럼 그들의 얼굴에는 놀라움이 가득했다. 이내 두려움이 행복으로 바뀌면서 그들의 얼굴에 안도의 미소가 떠올랐다. 이모는 손으로 입을 가린 채 그대로 얼어붙어 있었다.

그들은 곧 우리한테로 몰려왔다. 프레드 할아버지, 목사, 스티븐 화이트, 데이지의 부모님, 경찰관들, 조종사들……. 토튼 부인은 이모를 두 팔로 끌어안더니 눈물을 펑펑 쏟았다.

"왜 나한테 말하지 않았어요? 딴 데로 간다고. 워낙 집에만 있는 사람이라……, 왜 아무한테도 말하지 않았어요?"

그때 잔해 속에서 회색 털 뭉치 하나가 나오더니, 곧장 제이미에게로 뛰어왔다.

"보브릴!"

제이미가 반가움을 감추지 못한 채 소리를 질렀다.

건물 잔해가 들판에도 쫙 깔려 있었다. 내가 뛰어가려 했지만, 세 걸음도 못 가서 프레드 할아버지가 나를 붙잡았다.

"괜찮아. 네 조랑말은 괜찮아. 폭탄이 떨어졌을 때 들판 반대편에 있었나 봐."

프레드 할아버지의 뺨으로 눈물이 줄줄 흘렀다. 프레드 할아버지가 울먹이며 더듬더듬 말했다.

"우리는 너희를 그리워하고 있었어. 잔해를 뒤지며 너희를 애타게 찾고 있었다고. 어제저녁 내내 사이렌이 울렸단다. 우리는 너희 셋을 다 잃은 줄 알았어."

제이미가 이모 품으로 달려들더니 빙긋 웃으며 말했다.

"저희는 그동안 난파당했어요."

이모는 여전히 얼이 빠진 듯 보였다. 잠시 후, 나와 제이미를 꼭 안고서 말했다.

"너희를 쫓아간 건 행운이었어. 너희 둘이 내 생명을 구한 거야. 너희가 그랬다고."

나는 이모의 손을 꼭 잡았다. 낯설고 어색한 기분이 온몸으로 퍼졌다. 그건 바다와 햇살과 말과 비슷한 느낌이었다. 그리고 사랑과 비슷했다. 나는 내 마음을 가만히 들여다보았다. 마침내 그 이름을 찾았다. 그건 기쁨이었다.

나는 말했다.

"이제 우리는 비긴 거네요!"

맨발의 소녀

첫판 1쇄 펴낸날 2019년 3월 28일
6쇄 펴낸날 2021년 4월 26일

지은이 킴벌리 브루베이커 브래들리 **옮긴이** 이계순
펴낸이 박창희
편집 김수진 이민주 **디자인** 권은숙
마케팅 이상민 **회계** 양여진

펴낸곳 (주)라임
출판등록 2013년 8월 8일 제 406-2013-000091호
주소 경기도 파주시 회동길 57-9, 우편번호 10881
전화 031) 955-1820, 1821 **팩스** 031) 955-1825
이메일 lime@limebook.co.kr **인스타그램** @lime_pub

ISBN 979-11-89208-21-9 44840
979-11-951893-0-4 (세트)